AF433869

DESTINS TISSÉS

CYCLE

LA TAPISSERIE DES MONDES

Recueil de nouvelles

Romans

La Tapisserie des Mondes

Préludes

Plus brillantes sont les étoiles (avril 2021)

Yggdrasil – premier cycle
La prophétie (janvier 2016) – Réédition (octobre 2022)
La rébellion (juillet 2016) – Réédition (octobre 2022)
L'Espoir (avril 2017) – Réédition (octobre 2022)

Aldarrök – deuxième cycle
Le chant du chaos (octobre 2022)
Les serpents d'ombre (novembre 2023)
L'aube du néant (octobre 2024)

Nouvelles

Destins Tissés – Recueil de nouvelles (avril 2025)

Abri 19 (février 2018)

Les Larmes des Aëlwynns
Le prince déchu (2018)
Le dernier mage (2019)
La déesse sombre (2020)

Le chat qui ne dormait jamais (février 2025)

Recueils de nouvelles
(avec l'association des auteurs indépendants du Grand-Ouest)
Légendes : Entre terres & mers (octobre 2017)
Jour de pluie : (octobre 2018)
Le jour où la pluie s'arrêta : (2021)

DESTINS TISSÉS

Myriam Caillonneau

CYCLE
LA TAPISSERIE DES MONDES

Recueil de nouvelles

Ce livre est dédié à vous, mes lectrices et mes lecteurs.

Grâce à vous, l'histoire commencée avec Yggdrasil s'est envolée, et s'est amplifiée. Mon univers a vu le jour. Des personnages ont pris vie sous mes doigts, mais aussi sous vos yeux. Vous avez été les véritables tisseurs en donnant à ces livres un écho et une mémoire.
Ce recueil est mon humble cadeau pour vous remercier de votre fidélité et de votre amour pour mes personnages.

Avec toute ma gratitude,

Myriam

Avertissement

La Tapisserie des Mondes se situe au centre d'une entité mystérieuse, nommée *Yggdrasil*. Elle représente la vie et la destinée de tous les êtres vivants de tous les mondes.

La Tapisserie des Mondes est également une vaste saga qui décrit l'évolution de l'humanité, depuis la conquête de l'espace, jusqu'à la conclusion des aventures de Nayla.

Le premier cycle s'intitule : *Yggdrasil*.

Le deuxième cycle s'intitule : *Aldarrök*.

De nombreux préludes sont prévus, afin de ponctuer la chronologie de romans qui raconteront la progression des humains vers l'apogée retracé dans *Yggdrasil* et *Aldarrök*. Les préludes peuvent se lire de façon tout à fait indépendante.

Le premier prélude est *Plus brillantes sont les étoiles*.

Concernant les deux cycles principaux, il est possible de lire *Aldarrök* sans avoir lu *Yggdrasil*. Si, néanmoins, vous envisagez de lire Yggdrasil, alors je vous conseille de le lire en premier.

Afin de dire adieu à cette immense histoire, je vous propose de retrouver quelques personnages, dans des aventures individuelles. Elles explorent différentes périodes. Vous pouvez les découvrir au moment de votre choix, soit de façon chronologique, soit dans l'ordre de publication.

Bonne lecture.

Liste des nouvelles

Naissance d'un dieu (Arji Tanatos) –
648 ans avant Yggdrasil – 1 – La prophétie — page 13

Compassion (Lan Tarni) –
35 ans avant Yggdrasil – 1 – La prophétie — page 19

Une tempête s'annonce (Citela Dar Valara) –
26 ans avant Yggdrasil – 1 – La prophétie — page 29

Épreuve du feu (Mutaath'Vauss) –
20 ans avant Yggdrasil – 1 – La prophétie — page 43

Huit heures (Jani Qorkvin) –
9 ans avant Yggdrasil – 1 – La prophétie — page 49

Dilemme (Devor Milar) –
6 ans avant Yggdrasil – 1 – La prophétie — page 77

Un nouveau départ (Mylera Nlatan) –
4 ans avant Yggdrasil – 1 – La prophétie — page 91

L'enclave sud (Nayla Kaertan) –
1 an avant Yggdrasil – 1 – La prophétie — page 109

Rêve d'espoir (Jym Garal) –
Juste avant Yggdrasil – 1 – La prophétie — page 135

S'inquiéter ne sert à rien (Xaen Serdar) –
Pendant Yggdrasil – 3 – L'espoir — page 149

Les cendres de la rébellion (Leene Plaumec) –
1 an après Yggdrasil – 3 – L'espoir — page 155

Je ne suis plus seul (One) –
Un temps lointain et indéterminé après Aldarrök — page 177

À propos des nouvelles de Destins Tissés — page 183

Ligne chronologique de la Tapisserie des Mondes — page 191

Naissance d'un dieu

Se déroule six cent quarante-huit ans avant
le début de YGGDRASIL — 1 — La prophétie

Le martèlement des bottes résonnait sur les dalles grises en galatre et leur écho rebondissait sur les murs noirs, veinés d'or, de la salle du trône. Des soldats s'alignaient entre les colonnes en marbre blanc, leurs silhouettes solennelles formant une haie d'ombres menaçantes sous la lumière glacée des lustres. Les portes massives, autrefois symbole de l'invincibilité des maîtres de la fédération Tellus, pendaient comme les ailes mutilées d'un colosse abattu.

Arji Tanatos franchit l'imposante arcade d'un pas lent, presque cérémonial. Il savourait l'instant. Ses yeux gris, acérés comme une lame d'acier, balayaient la salle en silence, capturant chaque détail avec une froideur méthodique. Les magnifiques colonnes en marbre blanc qui flanquaient la pièce aux dimensions vertigineuses portaient les stigmates d'impacts récents. Les tapis d'or filé, jadis intacts, portaient des traces du combat intense qui s'était déroulé ici. Ils étaient souillés par des éclaboussures brunâtres, de larges flaques rouges et des brûlures noires qui rongeaient la trame. Les lustres suspendus au plafond diffusaient une lumière crue, réfractée par leurs pampilles en cristal pur, dévoilant les vestiges d'une splendeur profanée. Partout se dressaient des meubles de prix, des dorures, des incrustations faites des pierres les plus précieuses de la galaxie.

L'air était saturé par une odeur lourde qui montait des murs et du sol : celle de l'encens mêlée au fer du sang et à celle piquante du lywar. Les narines d'Arji frémirent et un sourire victorieux glissa sur ses lèvres. Des Decem Nobilis étaient tombés dans cette pièce, incapables de résister à son armée. Et ceux qui s'étaient échappés n'avaient pas survécu. Leurs vaisseaux n'étaient plus que des cendres absorbées par le vide de l'espace.

Il s'arrêta un instant, son regard se posant sur un vase brisé, un éclat de porcelaine Taoar scintillant dans une flaque rouge sombre. Un sourire, subtil et cruel, effleura ses lèvres, mais il le contint aussitôt. Ce n'était pas le moment de savourer son triomphe, bien qu'il fût total. L'Hégémon et ses Decem, ces despotes qui avaient anéanti sa famille, n'étaient plus. Leur lignée s'était éteinte, balayée comme un déchet insignifiant. Lui, Arji Tanatos, était victorieux et vengé.

Il poursuivit sa progression d'un pas lent. Son armure noire semblait absorber la lumière, comme s'il portait la nuit elle-même sur ses épaules. Des cheveux sombres, plaqués contre son front par un mélange de sueur et de poussière, encadraient un visage mince aux traits aiguisés et sévères, d'une beauté austère et inaccessible.

Devant lui se dressait un siège monumental sculpté dans un bloc unique de sölibyum, la matière la plus précieuse de la galaxie. Elle luisait, comme animée d'une énergie propre. Ses lignes anguleuses, dures et épurées sublimaient ce trône imposant. Il posa une main gantée sur l'accoudoir lisse et froid, puis il s'assit, son armure crissant doucement contre la pierre. Il leva les yeux. Le plafond, si haut qu'il semblait remplacer le ciel, exposait des fresques dorées représentant les victoires des dirigeants déchus de la Fédération : les batailles, les conquêtes et des visages figés dans une gloire éternelle.

Arji reporta son attention sur les deux hommes qui l'attendaient, aussi raides que des statues. Son général en chef, une montagne de muscles et de discipline, se tenait à sa gauche. À sa droite, le grand prêtre, mince et nerveux, affichait une dévotion presque effrayante. Tous deux le regardaient comme on contemple un dieu : avec crainte et adoration mêlées.

— Ils se croyaient immortels, déclara enfin Arji Tanatos, sa voix rauque troublant le silence. Ils ne croyaient qu'en leur vanité et cela a creusé leur tombe.

Il se redressa légèrement, ses yeux brillant d'une lueur froide, perçant les deux hommes tels deux éclats de glace.

— Mais rien n'est éternel, rien ne perdure à jamais, continua-t-il avec un calme presque terrifiant. Leur lignée a disparu, leur pouvoir s'est évanoui comme s'il n'avait jamais existé.

Il se leva soudain, sa stature imposante écrasant la pièce. Un silence palpable emplissait l'espace. Et puis, sa voix claqua, assenant un jugement irrévocable.

— Désormais, je suis le seul maître de cette galaxie. Avant moi, il n'y avait rien. L'Histoire de l'humanité commence aujourd'hui. Ce qui précède cet instant n'est que poussière et mythes.

— Qu'il en soit ainsi, Mon Seigneur ! déclara le prêtre avec dévotion.

— Éliminez tous les survivants. Qu'aucun Tellusien ne subsiste, aucun soldat, aucun administrateur. La purge doit être totale ! continua Arji avec une détermination glaciale.

Le général inclina la tête. Sa voix, basse et contrôlée, ne trahissait aucune émotion.

— Qu'il en soit ainsi, Mon Seigneur ! Vos ordres seront exécutés.

Le prêtre, un homme mince à la belle chevelure rousse, se redressa. Il fixait Arji Tanatos avec une dévotion au-delà de la simple admiration. Il posa une main sur son cœur et déclama :

— Dieu est venu dans le monde des mortels pour y apporter la vérité. Il a chassé les ténèbres. Nous nous sommes tous ralliés à Son armée afin de répandre cette lumière jusqu'aux confins de la galaxie. Nous nous sommes emparés de ce monde, afin d'imposer Sa loi à l'humanité.

Arji fronça légèrement les sourcils et un tressaillement imperceptible le parcourut. Dieu… Le mot résonna dans son âme. Était-ce ainsi qu'ils le voyaient ? Une partie de lui se révoltait contre cette idée. Comment accepter d'être déifié vivant ? Son seul but était de libérer l'humanité du joug tellusien. Cependant, un autre aspect de sa personnalité, plus sombre, trouvait cette vénération presque naturelle. Il était écrit dans la Tapisserie des Mondes qu'il régnerait tel un dieu sur l'univers, qu'il serait un rempart contre le Chaos qui devait dévaster la galaxie, qu'il devrait renforcer l'humanité pour qu'elle soit prête le moment venu. Il balaya ses doutes d'un geste intérieur.

— Qu'il en soit ainsi ! déclara-t-il avec force.

Un mois s'était écoulé depuis la chute de Tellus Mater. Le palais, autrefois saturé d'or et d'opulence, avait été dépouillé de tous ses ornements. Devant les murs immaculés, les colonnes blanches se dressaient nues, leurs marbrures exposées comme des cicatrices. Il ne restait rien dans l'immense salle, si ce n'est le trône, noir, brillant, massif.

Assis sur ce siège de sölibyum, Arji Tanatos portait une tenue sobre en velours bleu nuit, et pourtant, il donnait toujours l'impression de soutenir la galaxie sur ses épaules, ce qui d'une certaine façon, était la réalité. Ses doigts jouaient distraitement sur l'accoudoir froid, effleurant ses arêtes anguleuses, tandis que ses yeux fixaient un point au-dessus de lui : une déchirure. Une fissure dans la trame du réel, petite, mais indéniablement présente, était suspendue dans l'air comme une étoile morte qui ne voulait pas s'éteindre.

Des années auparavant, il avait projeté son âme au cœur d'Yggdrasil. Il s'y était perdu. Après huit années de coma, il avait réussi à s'en échapper et, en le faisant, il avait déchiré la réalité. Cette petite entaille s'était accrochée à lui, le rattachant à la Tapisserie des Mondes. Elle l'avait accompagné durant sa longue guerre contre Tellus. La déchirure se plaisait dans le palais, il le sentait. Elle semblait vibrer avec plus d'intensité. Cet endroit était construit sur un nœud cosmique, un lieu où le tissu de l'univers frémissait. Il le percevait jusque dans ses os fatigués. Il poussa un soupir chargé de lassitude. Bientôt, il n'aurait plus l'énergie de quitter cette pièce. Il était prisonnier de cette maudite déchirure, prisonnier de la Tapisserie des Mondes. *Qu'il en soit ainsi !* se dit-il, avec un sourire désabusé.

Son attention revint à Zan Telavarn, debout devant lui. Le grand prêtre n'avait pas changé. Même après toutes ces années, il arborait toujours cette vénération fébrile, presque insupportable. Ils s'étaient rencontrés il y a longtemps, alors que cette lutte n'était qu'une idée, un rêve né dans l'adversité. Zan l'avait suivi avec une foi inébranlable, telle une ombre dévouée corps et âme. Et puis, quelque part en cours de route, il avait commencé à parler d'Arji Tanatos comme d'un sauveur, un être particulier, un être sanctifié. Arji n'avait rien fait pour l'en dissuader ; il avait besoin de cette ferveur pour rassembler une armée. Zan avait fondé un clergé, tout entier dédié à son nom.

— Que puis-je pour vous, Mon Seigneur ? demanda Zan, inclinant légèrement la tête.

Arji arqua un sourcil, laissant planer un long silence avant de répondre.

— La planète est-elle nettoyée ?

— Oui, Mon Seigneur, affirma Zan avec empressement. Les opérations d'éradication progressent sur tous les mondes de l'Imperium.

Une ombre de sourire glissa sur les lèvres d'Arji, mais il ne laissa rien transparaître de la satisfaction brûlante qui l'habitait. L'Imperium. Le nom s'était imposé de lui-même, comme s'il avait toujours existé, attendant qu'il vienne le réclamer.

— J'ai également terminé la rédaction du Credo, Mon Seigneur, ajouta Zan, la voix tremblante d'un mélange de fierté et de nervosité. Ce serait un honneur si vous acceptiez de le lire.

— Si tu insistes, répondit Arji d'un ton neutre, mais cesse de m'appeler « Mon Seigneur » lorsque nous sommes seuls. As-tu oublié que nous sommes amis ?

Zan rougit légèrement sous l'embarras.

— Non, bien sûr que non ! murmura-t-il précipitamment.

— Bien ! reprit Arji, caressant distraitement l'accoudoir du trône. L'univers va connaître une période d'instabilité. Cela arrive toujours après la chute d'un empire. Je vais avoir besoin de soldats.

— Votre armée vous est entièrement dévouée, Mon Seigneur…, commença Zan avant de se corriger avec un petit rire gêné. Pardon ! Ton armée t'est entièrement dévouée.

Arji hocha la tête, mais son regard resta fixé quelque part au-delà de la silhouette de Zan.

— Je le sais ! Mais elle est épuisée par ces huit années de guerre. J'ai besoin de nouveaux soldats, fiables et implacables. Des soldats qui ne questionneront pas les ordres.

Zan fronça les sourcils, une ombre de confusion traversant son visage.

— Que veux-tu dire ?

Arji resta immobile un instant, puis leva les yeux. Son regard acier brillait d'une froide résolution.

— Les armées de clones de Tellus avaient leur utilité.

Zan se redressa comme si on venait de le gifler.

— Des clones ? cracha-t-il avec dégoût. Tu as interdit toute recherche sur le clonage, toute exploitation de cette… abomination. Et tu as bien fait.

— Peut-être, répondit Arji, d'une voix calme. Les scientifiques de Tellus ont-ils été capturés comme je l'ai ordonné ?

— Ils sont en prison, oui.

— Je veux qu'un groupe soit mis en place, en secret. Ils travailleront à créer des soldats à partir d'un matériel génétique de haute qualité. Ces soldats naîtront normalement, mais seront élevés pour devenir des guerriers parfaits, sans passion, sans sentiments. Ils privilégieront l'efficacité sans être encombrés par une quelconque empathie.

Zan écarquilla les yeux, mais ne dit rien.

— Malgré cela, ils devront rester des individus distincts. Je ne veux pas qu'ils se ressemblent comme…

— Comme des clones, coupa Zan avec dégoût.

— Exactement ! conclut Arji Tanatos, avec une autorité incontestable.

— Et… Et ensuite ? balbutia Zan.

— Ensuite, j'ai besoin d'hommes pour surveiller les croyants ; des individus capables de sonder les esprits et de lire dans les pensées.

— Mon Seigneur… Euh… Arji, je ne sais pas si c'est possible.

Tanatos se pencha en avant, et dans son regard, il y avait une intensité qui fit reculer Zan d'un pas.

— Je suis Dieu et je l'exige, gronda-t-il.

Le grand prêtre se recroquevilla légèrement, puis il baissa la tête, vaincu.

— Oui, Mon Seigneur, bafouilla-t-il d'une voix chevrotante.

Zan quitta la pièce précipitamment. Une fois seul, Arji se laissa aller contre le dossier du siège en sölibyum. Ses épaules s'affaissèrent et sa main droite, si ferme un instant plus tôt, se mit à trembler doucement. Il fixa la fissure dans la trame du réel, suspendue au-dessus du trône, comme un rappel de son fardeau. La Tapisserie des Mondes avait parlé. Son destin était écrit et inévitable.

— Je vais devenir un monstre, murmura-t-il. Un tyran sanguinaire. Mais si je disparais, si je meurs…

Il ferma les yeux, sentant le poids de ses décisions le broyer. Puis il les rouvrit et une lueur glaciale brilla dans ses pupilles.

— Si je meurs, le Chaos dévorera l'univers. Je ne le permettrai pas.

Il fixa la fissure au-dessus de lui, comme s'il entendait sa réponse.

— Cela n'arrivera pas, déclara-t-il avec force. Je ferai ce qu'il faudra. Tout ce qu'il faudra !

Et dans la pièce vide, le silence sembla s'incliner devant lui.

Compassion

Se déroule trente-cinq ans avant le début de
YGGDRASIL − 1 − La prophétie

Lan Tarni était assis, silencieux et immobile, dans l'habitacle exigu du bombardier Furie. Le ronronnement régulier des réacteurs vibrait dans ses os, une mélodie qu'il connaissait par cœur. Autour de lui, l'air était saturé d'une tension familière, ce mélange d'excitation et de nervosité qui précède une mission. Ses yeux étaient fixés sur le nouveau capitaine : Aaron Jouplim, un homme aux manières rigides qui venait de rejoindre la Phalange grise. Jouplim n'était qu'un officier comme tant d'autres parmi les Gardes de la Foi : raide, impatient, persuadé de son importance.

Lan, du haut de ses vingt-trois ans, était déjà un vétéran. Il avait survécu à trop de batailles contre les Hatamas pour être impressionné par les ordres aboyés par un officier sans cicatrices. *Cette mission ne sera qu'une formalité*, pensa-t-il. *Des rebelles à pacifier sur une planète insignifiante non loin du No Man's Space. Rien que des amateurs mal armés. Une simple routine pour les Gardes noirs.*

— Nous arrivons ! Préparez-vous ! rugit Jouplim.

Un imperceptible sourire assuré effleura les lèvres de Tarni. Il empoigna son fusil lywar et vérifia le niveau de charge, d'un geste devenu un automatisme. Autour de lui, ses camarades imitaient ses mouvements, les yeux rivés sur leurs armes. Pas un mot, pas un murmure. Juste des professionnels prêts au combat.

Une secousse bouscula l'appareil qui ralentit, ses réacteurs hurlant en décélérant. Avec un grincement strident, il se posa dans un nuage de poussière et de cendres. Avant même que le sas soit totalement ouvert, les Gardes noirs bondirent dans la lumière aveuglante, leurs bottes imprimant leurs marques sur le sol meuble. Lan atterrit souplement, fléchissant les genoux, puis courut se placer à une centaine de mètres du vaisseau. Le ciel gris au-dessus d'eux pesait comme une chape de plomb.

Devant lui, la ville n'était plus qu'un amas de ruines fumantes. Les bombardements avaient fait leur œuvre. À première vue, les rues étaient désertes, seulement jonchées de débris et de cadavres calcinés. Des pans de murs tenaient encore debout, défiant la gravité, mais tout ici empestait la mort.

— Fouillez les lieux ! Protocole 3 ! hurla Jouplim en avançant d'un pas martial. Je veux savoir où se cachent ces rats. Je serai avec le premier groupe !

Lan échangea un regard avec Kyme, son chef de groupe. Ils n'eurent pas besoin de parler pour partager le même ennui d'avoir le capitaine avec eux. Kyme leva une main en direction des ruines et s'élança, le fusil prêt à faire feu. Tarni suivit, ses bottes glissant dans la boue noire mêlée de cendres. Le silence était presque assourdissant. Pas de tirs ennemis. Pas de cris. Juste le craquement des fragments de maçonnerie sous leurs semelles et l'écho lointain de leur respiration dans les communicateurs. Ils fouillèrent méthodiquement chaque bâtiment éventré, chaque recoin obscur, les armes braquées sur les ombres. Rien. Seulement des cadavres statufiés dans des postures grotesques, témoins muets d'une vie brutalement interrompue.

Ils s'engagèrent dans une rue étroite, encombrée de gravats. Lan aperçut quelque chose bouger dans une maison à moitié effondrée. Il se figea, leva le poing pour signaler la présence et désigna la structure de ses doigts tendus. Les Gardes se déployèrent instantanément, se faufilant entre les débris avec une précision mécanique. Lan se glissa le premier à l'intérieur, le fusil braqué devant lui. Une odeur âcre lui agressa les narines : la poussière, la chair brûlée et quelque chose de plus rance. Il repéra une forme humaine recroquevillée dans un coin, cachée sous des haillons. Une vieille femme.

— Tarni ! ordonna Kyme d'un ton sec.

Lan s'avança, ses bottes écrasant du verre brisé qui crissa trop fort dans le silence. Il s'arrêta juste devant la silhouette en guenilles, posa une main gantée sur son épaule et la força à se retourner. Elle leva un visage marqué par l'âge et la terreur, ses yeux élargis par une peur viscérale. Tout son corps tremblait.

— Debout, ordonna-t-il froidement.

Elle s'effondra presque aussitôt, ses jambes incapables de soutenir son poids. Lan l'agrippa par le manteau et la hissa comme une poupée de chiffon.

— Où sont les rebelles ? demanda-t-il d'un ton sec.

La vieille secoua la tête, balbutiant des mots indistincts. Lan resserra sa prise, mais avant qu'il puisse insister, Jouplim entra dans la pièce. Le capitaine, imposant dans son armure noire, le rejoignit avec la détermination d'un prédateur. Il agrippa la femme par le devant de sa robe souillée.

— Les rebelles ! Où sont-ils ? Parle, ou je te fais fusiller ici et maintenant, gronda-t-il en abaissant son visage près du sien.

L'ancienne se recroquevilla davantage, incapable de répondre. Avec une grimace dégoûtée, Jouplim la relâcha. Lan savait ce qui allait suivre : la torture. Et vu l'état de cette rescapée, cela ne servirait pas à grand-chose. Lan ouvrit un compartiment de son armure et en sortit une barre énergétique. Il ôta la protection et la plaça devant les yeux de la prisonnière. La panique dans son regard s'effaça un peu, remplacée par une lueur d'espoir fébrile. Un filet de bave glissa le long de son menton parcheminé.

— Si tu parles, tu mangeras, dit-il d'un ton dur, mais mesuré.

Elle hésita, puis tendit une main tremblante. Lan recula légèrement, maintenant la promesse à sa portée. La faim vainquit sa résistance.

— Les montagnes…, murmura-t-elle, la voix brisée. Ils sont partis vers les montagnes au nord. Mais ce sont… ce sont des mineurs… des femmes, des enfants…

Une toux rauque déchira sa gorge.

— Ce ne sont pas des soldats, implora-t-elle. Ils ne…

Jouplim ne lui laissa pas le temps de finir son propos. Avec un geste fluide, il dégaina son pistolet lywar et tira à bout portant. La détonation résonna dans l'air comme un coup de tonnerre. La vieille femme fut projetée contre le mur. Une giclée de sang éclaboussa la pierre sale avant qu'elle s'effondre, inerte, le visage carbonisé, réduit à de la pulpe sanglante.

Lan regarda le corps sans ciller, un masque d'indifférence plaqué sur ses traits. Comme tous les Gardes, il était formé pour ne rien éprouver. Cependant, il ressentit une pointe de dégoût. Après avoir affronté les Hatamas, ces non-humains redoutables, exécuter une vieille femme à moitié morte lui semblait grotesquement inutile.

— Garde ! tonna Jouplim en se tournant vers lui. Je n'aime pas les prises d'initiative !

Lan se figea au garde-à-vous, la barre énergétique encore serrée dans sa main.

— Sauf quand elles réussissent, ajouta Jouplim avec un sourire mince. Bien joué, Garde !

Tarni baissa lentement la tête, cachant le scintillement fugitif d'un regret dans son regard. Il aurait aimé que son capitaine épargne cette femme. Il frémit. Ce genre… d'émotions n'était pas autorisé. Un Garde obéissait sans se poser de questions. Il rangea la barre énergétique et suivit Jouplim hors de la pièce.

Lan Tarni progressait d'un pas rapide sur la crête escarpée, l'arme levée, les sens aiguisés par des années de combat. Le vent mordant fouettait son casque, chargé de poussière et de l'odeur métallique des montagnes ocre de PsM 04. À sa droite, le défilé s'ouvrait comme une plaie dans le paysage, une faille bordée de pics déchiquetés. Les Furies y avaient repéré des mouvements. Les rebelles étaient proches.

— Restez vigilants, gronda Jouplim dans leurs communicateurs.

Lan jeta un bref coup d'œil derrière lui. Le capitaine suivait de près, ses bottes claquant contre la roche rugueuse, tandis que le groupe grimpait le sentier raide. Le reste de la compagnie s'était déployée dans le labyrinthe des montagnes. C'était une stratégie dangereuse, mais les mineurs n'étaient pas des adversaires redoutables et les Gardes ne craignaient rien ni personne. Malgré tout, la tension était palpable, car ce genre de terrain était idéal pour des embuscades.

Soudain, tout explosa !

Un cri perça l'air, suivi d'une rafale de tirs. L'écho des impacts résonna contre les parois, amplifié à l'infini. Lan plongea au sol et fit une roulade avant de s'adosser à un rocher. Une pluie d'éclats tranchants crépita sur son armure. Des formes indistinctes s'agitaient sur les hauteurs, tirant sans discontinuer. Une explosion retentit tout près et un choc se répercuta jusque dans ses os. Une lame de pierre, longue comme son avant-bras, s'était fichée dans son épaule. L'armure avait tenu, mais à peine. Lan aperçut une silhouette dans les rochers et, dans le même temps, devina un chemin entre les blocs ocre.

— T3-1-2, avec moi ! cria-t-il.

Sans attendre de réponse, il s'élança. Derrière lui, les deux Gardes de son trinôme le suivirent. Lan escalada la pente instable, ses bottes glissant sur les gravillons, son fusil crachant des tirs pour dégager leur passage. Les rebelles – ils devaient être quatre ou cinq – cavalaient devant eux. Ils étaient rapides et agiles. Ils disparurent dans un étroit défilé qui serpentait plus loin dans la montagne.

Lan s'immobilisa un instant, son souffle rauque résonnant dans son casque. Il ajusta son arme. Un fuyard apparut brièvement dans son viseur avant de disparaître de l'autre côté d'une brèche. Il pressa la détente dès que le deuxième franchit la fissure. Il s'effondra en avant, une gerbe rouge éclaboussant la pierre. Lan reprit sa course, ses deux camarades derrière lui. Il dépassa le cadavre sans ralentir. La poussière montait en nuages autour d'eux, chaque virage révélant des pans entiers de roche dénudée. Lan gardait les silhouettes en ligne de mire. Elles bondissaient comme des ombres, glissant et sautant entre les blocs avec l'habileté de ceux qui connaissent bien le terrain.

— Par là ! hurla-t-il à l'intention de ses compagnons.

D'autres tirs, plus lointains, se répercutèrent tel le tonnerre. Les trois Gardes gravirent la pente en courant, sans même haleter ; seul le bruit de leurs bottes résonnait en écho dans la montagne. Un de ses camarades dépassa Lan.

— Plus vite, vieillard ! se moqua Olaje, un jeune Garde.

Lan n'eut pas le temps de répondre. Une alarme sourde vibra dans son esprit. Quelque chose clochait. Cette fuite… Trop linéaire, trop bien calculée. Une embuscade !

— Attention ! tenta-t-il d'alerter.

Mais il était trop tard.

Une fusillade éclata à l'instant où Olaje passait un virage. De puissants traits lywar le fauchèrent, transperçant sa poitrine malgré le ketir de son armure. Il s'effondra sans un cri. Vaan, derrière lui, s'agenouilla instinctivement, son arme déjà braquée. Il tira une rafale et abattit un rebelle. L'instant d'après, un tir de mortier explosa près de lui. Le souffle bouscula le Garde et le projeta dans le vide. Son hurlement s'évanouit dans l'abîme.

Lan plongea derrière un rocher, juste à temps pour éviter une nouvelle salve. La pierre éclata en une dizaine de morceaux et une pluie de fragments frappa son armure. Il roula sur le côté, se redressa à demi et fit feu, une, deux, trois fois. L'un des rebelles tomba en arrière et disparut. Les autres s'évanouirent dans un virage plus loin.

Lan n'hésita pas. Il s'élança à leur poursuite. *La mort n'est rien ! La victoire est tout !* se dit-il, citant le Code avec dévotion.

Devant lui, deux silhouettes indistinctes et bondissantes disparaissaient à chaque détour. Ils ne lui échapperaient pas. Un craquement sourd déchira l'air frais de la montagne. Lan leva les yeux. Une masse de rochers dévalait la pente dans un grondement assourdissant. Une avalanche ! Ces maudits hérétiques avaient déclenché une avalanche !

Il plongea sur le côté, mais la vague de pierres le rattrapa. Le monde devint chaos. Des blocs le heurtaient, l'entraînaient dans leur chute. L'armure encaissait, mais il ressentait chaque choc dans sa chair.

Une roche massive s'abattit sur son casque, le fêlant sous l'impact. Il sentit les morceaux de métal s'enfoncer dans sa joue. Un liquide chaud et poisseux coula sur son visage. Du sang ! Une douleur aiguë traversa son crâne. Le monde vacilla et ses sens se brouillèrent.

Quand il revint à lui, il était couché sur le dos, à moitié enseveli sous d'énormes cailloux. Son souffle rauque faisait trembler sa poitrine. Il tenta d'ouvrir les yeux, mais ses paupières étaient engluées de sang. Il ne voyait plus rien. Lan arracha son casque devenu inutile et s'essuya comme il put. Sa vision s'éclaircit enfin.

Une silhouette apparut au-dessus de lui, se découpant en contre-jour sur le ciel bleu. Une femme. Lan plissa les yeux, essayant de détailler ses traits. Des vêtements de mineur déchirés et couverts de poussière, un visage dur, marqué par la fatigue et le désespoir. Elle braquait sur lui un pistolet lywar qu'elle tenait à deux mains tremblantes.

Lan tenta de bouger, mais les énormes pierres le maintenaient cloué au sol. Son regard croisa celui de la femme. Il n'y vit pas de haine ou de triomphe, plutôt de l'étonnement, comme si elle était surprise de constater qu'un Garde était un être humain.

L'arme se leva, le canon pointé sur lui. Lan ne cilla pas, bien sûr. Il était un Garde noir. Il savait qu'un jour ce moment viendrait. Il était prêt. Comme disait le Code, la mort n'était rien.

La détonation retentit. L'impact s'écrasa à quelques mètres de son crâne, pulvérisant un serpent à la peau orange striée de pourpre. Lan cligna des yeux, abasourdi. L'inconnue lui avait sauvé la vie. Elle baissa son arme et haussa les épaules, avec un étrange mélange de lassitude et de résignation sur son visage.

— Je ne suis pas comme vous. Je ne tue pas les gens désarmés, murmura-t-elle.

Elle tourna les talons et disparut, laissant Lan seul, toujours écrasé par les roches. Il garda le regard fixé sur l'endroit où elle s'était tenue. Elle l'avait épargné. Pourquoi ? Elle devait savoir qu'à sa place, il n'aurait pas hésité.

Lan Tarni repoussa un dernier caillou de ses bras tremblant sous l'effort. Il grogna douloureusement lorsque le roc bascula sur le côté. Il était enfin libéré de ce piège de pierres qui l'avait cloué au sol. Il resta un instant sur le dos, haletant, son souffle lourd résonnant dans l'air pur de la montagne. Chaque muscle de son corps protestait, mais il serra les dents. Un sang chaud coulait encore de la blessure sur sa joue, glissant en traînées poisseuses le long de son cou. Il dégrafa sa gourde et avala une gorgée d'eau, amère et tiède, avant de s'agenouiller pour fouiller dans sa trousse d'urgence. Ses doigts tremblants attrapèrent un tube d'hemaw. Il appliqua la pâte sur ses plaies et grimaça en sentant la brûlure familière. Ce n'était pas parfait, mais cela tiendrait.

Son fusil avait disparu, probablement emporté par l'avalanche. Avec un rictus frustré, il se mit sur ses pieds. Il balaya du regard l'amoncellement de roches et secoua la tête. Inutile de s'attarder. Il dégaina son pistolet, prêt à se défendre, mais il ne vit aucun rebelle. Il détailla les lieux. Il était impossible de remonter sur le sentier où il avait perdu ses camarades. Il existait peut-être une autre voie, un passage pour rejoindre le reste de la compagnie. Il se mit en marche, chaque pas soulevant un nuage de poussière dans l'air immobile.

Une rafale de tirs éclata quelque part devant lui. Lan réagit par instinct. Il accéléra, dérapant sur le chemin caillouteux. Il glissa plusieurs fois, tandis que les sons familiers d'une fusillade résonnaient en échos insistants. Il déboucha au-dessus du combat. Les Gardes s'étaient regroupés en formation d'assaut. Leurs tirs méthodiques repoussaient les rebelles, dont la résistance acharnée se brisait sous l'offensive.

Lan sauta de roche en roche pour atteindre le ravin. Tout en courant, il ramassa le fusil d'un Garde mort et rejoignit Kyme, son chef de groupe. Celui-ci lui jeta un bref regard, mais ne fit aucune remarque. C'était inutile. Lan épaula son arme, cherchant ses cibles. Il ajusta les rebelles. Ils tombèrent un après l'autre. Ils finirent par s'abriter derrière une barricade naturelle, surplombant les Gardes qui montaient à l'assaut. La position de défense des insurgés était parfaite et la compagnie de Jouplim perdit plusieurs hommes. Soudain, le hurlement strident des moteurs d'un bombardier Furie supplanta le son des fusils lywar. Ses canons matraquèrent le bastion des rebelles. Leur retranchement dévasté, les mineurs s'enfuirent à nouveau.

— On les poursuit ! cria Jouplim.

Les Gardes escaladèrent la pente comme une vague noire. Lan grimpa avec eux, son arme vibrant dans ses mains chaque fois qu'il ouvrait le feu. Les rebelles, désespérés, se replièrent dans un réseau de grottes en hauteur, croyant pouvoir y tenir une dernière position.

— Mortiers ! aboya Jouplim.

Les tirs de barrage explosèrent aux abords des cavernes, projetant alentour une pluie de débris, d'éclats de pierre et de flammes. Derrière cette couverture destructrice, les Gardes sprintèrent vers les insurgés. Ceux-ci n'eurent d'autre choix que de se réfugier à l'intérieur.

Lan Tarni fut l'un des premiers à entrer. Une odeur âcre de poussière et de chair brûlée envahit ses narines. Il fit feu et abattit ceux qui tentaient encore de résister. Dans le chaos, certains se rendirent, jetant leurs armes et tombant à genoux, les mains levées au-dessus de leurs têtes. D'autres s'enfuirent dans les profondeurs ténébreuses de la caverne, leurs silhouettes avalées par l'obscurité. Lan scruta les lieux, prenant en compte chaque détail. Il vit les vivres entreposés à la hâte, les familles de mineurs regroupées dans des coins sombres, tremblant de terreur. Ces grottes, creusées dans la montagne, n'étaient pas un bastion militaire. Elles étaient un refuge, un abri pour des gens désespérés. Elles allaient devenir leur tombe.

— Éliminez-moi ces chiens ! rugit Jouplim en désignant les rebelles à genoux. Groupes un et deux, fouillez les lieux, débusquez ces rats et exterminez-les ! Pas de prisonniers !

Le son des tirs lywar se répercuta contre les murs, tandis que les Gardes s'enfonçaient dans les boyaux obscurs. Lan se retrouva seul dans un étroit passage, sa lampe torche projetant un rayon tremblant sur les surfaces rugueuses. Il avançait prudemment, son fusil levé, chaque pas résonnant doucement contre la pierre. Il allait rebrousser chemin lorsqu'il vit une forme indistincte, presque invisible, qui se fondait dans l'ombre. Il braqua sa lampe. La lumière révéla un visage. Son cœur se serra. C'était elle ! La jeune femme des montagnes. Celle qui l'avait épargné.

Elle était accroupie contre la paroi, une main pressée sur une plaie béante sur son flanc. Son pistolet gisait à ses pieds, inutilisable. Ses vêtements déchirés et ensanglantés témoignaient du combat. Pourtant, ses yeux brillaient d'une flamme farouche.

— Alors c'est comme ça que ça se termine, dit-elle d'une voix rauque.

Lan resta figé, le fusil toujours pointé sur elle. Tout son entraînement, ses années à obéir sans questions, vacillèrent en un instant. Il aurait dû tirer, finir son travail. C'était ce qu'on attendait de lui. Pourtant, il hésita.

— Pourquoi ? murmura-t-il enfin. Pourquoi m'avoir laissé en vie ?

Elle eut un sourire amer.

— Parce que… tu avais l'air humain…, répliqua-t-elle faiblement. Tu me rappelais mon frère.

Lan fronça les sourcils, incapable de comprendre ce qu'elle disait. Il était un Garde noir. Il devait l'éliminer.

— Tuer n'est pas toujours la réponse, ajouta-t-elle. Cela ne peut pas être la seule réponse. Je… Je veux croire que… qu'il existe un… espoir.

Elle avait hésité sur ce dernier mot, mais ses paroles frappèrent Lan comme une gifle. Il se rappela les innombrables ennemis qu'il avait abattus, des soldats aguerris, des civils terrifiés, des blessés, des enfants, sans aucune distinction. Sans même s'en rendre compte, il baissa son arme.

— Je devrais te tuer, murmura-t-il, presque pour lui-même.

Elle le regarda droit dans les yeux, sans montrer de peur.

— Alors, fais-le, répondit-elle.

Elle ne lui rappela pas qu'il lui devait la vie, c'était inutile. Elle savait que les Gardes n'épargnaient pas leurs prisonniers. Lan déglutit difficilement. Sa main tremblait. Pour la première fois de sa vie, il n'arrivait pas à appuyer sur la détente. Il entendit des voix et des bruits de pas. Des Gardes s'approchaient, fouillant méthodiquement les cavités. Si la jeune femme était découverte, elle mourrait. Il prit une décision impulsive, un acte qui le terrifia autant qu'il le libéra.

— Ne bouge pas, chuchota-t-il.

Elle le regarda avec incrédulité, puis hocha la tête faiblement. Il ouvrit sa trousse de secours et lui donna de quoi juguler sa blessure.

— Injecte-toi ça, sinon tu vas te vider de ton sang.

Elle prit le cadeau d'une main tremblante. Leurs doigts se touchèrent et Lan frissonna.

— Pourquoi ? demanda-t-elle, d'une voix presque inaudible.

Lan n'avait pas de réponse. Il haussa les épaules puis souffla :

— Reste ici ! Attends qu'on soit partis.

Sur ces mots, il fit demi-tour et sortit du boyau. Il marqua l'entrée d'un signe indiquant qu'il avait déjà été fouillé. Après une profonde inspiration, il poursuivit la traque des rebelles survivants. Il n'en trouva aucun.

Quelques instants plus tard, les Gardes noirs convergèrent vers la grotte principale. La lueur crue des torches fixées à leurs fusils révélait un sol jonché de corps inertes, les visages figés dans des expressions de peur ou de défi. Le sang imbibait la pierre froide, formant des flaques sombres qui luisaient faiblement dans l'obscurité. L'air était saturé d'une odeur métallique et rance, si épaisse qu'elle semblait s'infiltrer sous les casques.

— Rapport ! gronda Jouplim.

Les chefs de groupe s'avancèrent, saluant brièvement avant de rendre compte. Des mots froids et détachés énonçaient les pertes et les succès :

— Aucun survivant.

— Résistance annihilée.

— Mission accomplie.

Jouplim hocha lentement la tête, les bras croisés, tandis qu'un sourire glacial étirait ses lèvres.

— Vous avez bien agi, Gardes, déclara-t-il. Dieu sera satisfait. Bien, nous en avons fini ici. Rejoignons les Furies.

Lan Tarni resta en retrait, immobile, observant ses camarades s'aligner avec une précision militaire, prêts à repartir. Son cœur cognait dans sa poitrine, tandis que la réalité de ce qui venait de se passer le frappait de plein fouet.

Il avait trahi l'Imperium.

Lui, un Garde de la Foi, formé depuis sa naissance à obéir sans hésitation, avait désobéi. Il avait laissé vivre une ennemie, une hérétique. Cela lui paraissait impossible. C'était une tache indélébile sur son honneur. Une honte qui, si elle était découverte, le conduirait à une exécution rapide, brutale et infamante.

Pourtant, il se sentait étrangement soulagé, comme si le destin souriait à sa décision. Il avait fait preuve de compassion. Il avait sauvé une vie. Il ignorait pourquoi il avait pris cette décision. Était-ce le regard de cette femme ? Était-ce les mots qu'elle avait prononcés ? Une certitude s'imposa à lui alors qu'ils sortaient des cavernes. Ce choix n'avait rien d'une faiblesse. Ce choix le définissait. Lan sentit un sourire naître sur ses lèvres. Ce choix faisait de lui un être humain.

Une tempête s'annonce

Se déroule vint-six ans avant le début de
YGGDRASIL — 1 — La prophétie

Citela Dar Valara se redressa en sursaut, le souffle court, le cœur battant à tout rompre. Son lit était trempé de sueur, ses draps froissés et poisseux. Encore une fois, ses rêves l'avaient emportée dans les méandres du Mo'ira, cet espace intemporel où la Tapisserie des Mondes se déployait, mer infinie de fils enchevêtrés, de destins noués et dénoués, de catastrophes inexorables. Elle porta une main tremblante à son front, cherchant à calmer les images qui tourbillonnaient encore dans son esprit. Depuis des siècles, elle décryptait cette tapisserie. Depuis des siècles, elle voyait, impuissante, l'univers courir à sa destruction. Une force ancestrale, une entité indescriptible, attendait dans l'obscurité pour tout dévorer. Elle l'avait prédit. Elle avait tout essayé pour prévenir les Decem Nobilis, pour persuader l'Hégémon d'agir pour changer le cours des choses. Mais il ne l'avait pas écoutée. Il ne l'écoutait plus.

Elle s'assit au bord de son lit, fixant le sol froid sous ses pieds nus. Elle se remémora, avec amertume, ses tentatives pour le convaincre. Il y a longtemps, il avait refusé de prendre en compte ses avertissements et Tanatos avait renversé la fédération Tellus, les avait chassés de leur planète, les avait obligés à se replier dans une partie reculée de la galaxie. Depuis, la coalition Tellus affrontait cycliquement l'Imperium, sans jamais l'emporter. Et pourtant, Haram ne l'écoutait toujours pas. Il rejetait ses prédictions comme des balivernes, des délires d'une prophète devenue encombrante.

Hier encore, elle était allée voir l'Hégémon. Elle lui avait parlé de ses visions. Elle lui avait dit que son retour sur le trône annoncerait la fin de l'univers. Haram Ar Tellus n'avait vu dans ses visions qu'une seule chose : la promesse de régner à nouveau. C'était… désespérant.

Mais cette nuit… cette nuit avait été différente. Citela inspira profondément, pour tenter de se calmer. Sa vision avait été claire, brutale et bien plus précise que toutes celles qui l'avaient précédée. Pour la première fois, elle avait vu une lueur d'espoir. Une infime chance d'empêcher le Chaos de dévorer la galaxie.

Elle fronça les sourcils, réalisant qu'elle avait interrompu la sauvegarde de ses pensées. Elle ne s'expliquait pas cette précaution instinctive. Était-ce à cause de l'incroyable révélation offerte par le Mo'ira ? Elle posa une main sur sa poitrine, sentant la pression de l'urgence s'intensifier. Elle devait agir, maintenant !

Elle était le quatre cent soixante et unième clone de Citela Dar Valara. Depuis des siècles, sa conscience avait été transférée de corps en corps, comme celle de tous les Decem Nobilis, afin de préserver leur quasi-immortalité.

Citela décida de faire confiance à son intuition. Personne ne devait savoir ce qu'elle prévoyait d'accomplir, pas même son clone suivant – voilà pourquoi elle avait interrompu cette sauvegarde automatique. Pour le bien de l'univers, pour le bien de tous, elle devait quitter Wyrdar et ce ne serait pas une tâche aisée. Comme tous les Decem, elle était prisonnière de ce monde et de cette forteresse.

Elle se leva d'un bond, habitée par une résolution inébranlable. Elle choisit une robe simple mais élégante, l'enfila rapidement et ajusta sa ceinture. Devant le miroir, elle croisa son reflet : une femme jeune, aux cheveux bruns coupés court, hérissés en mèches indisciplinées. Ses yeux verts où brillait une sagesse ancienne étincelaient d'une lueur déterminée. Elle ajouta une touche de maquillage pour intensifier son regard et fit glisser ses doigts sur la broche à son col, symbole discret de son rang. Après un dernier coup d'œil à son image, elle redressa les épaules, effaçant toute trace de doute.

— Il doit me laisser partir, marmonna-t-elle.

Elle quitta son appartement d'un pas rapide, ses talons résonnant sur les dalles impeccables. Les couloirs de Primum, la tour principale de la QuinteAlae, étaient étrangement silencieux à cette heure de la journée. Elle emprunta les escaliers menant aux appartements de l'Hégémon, sa détermination se renforçant à chaque marche gravie.

Haram était étendu sur un divan, vêtu d'une chemise et d'un pantalon décontractés. Il écoutait un opéra très ancien joué par un orchestre depuis longtemps disparu. À son entrée, il leva les yeux et poussa un soupir agacé.

— Citela, que veux-tu encore ? demanda-t-il, l'air las.

— J'ai eu une vision, Haram, répondit-elle sans préambule. Une vision décisive.

Il arqua un sourcil, mais son attention demeurait lointaine.

— Il existe un espoir pour empêcher le Chaos, précisa-t-elle avec conviction.

Elle fit un pas en avant pour l'obliger à la regarder.

— Mais pour cela, je dois quitter Wyrdar.

Haram se redressa lentement, ses traits s'assombrissant. Une étincelle de colère brilla dans ses yeux.

— Est-ce que tu plaisantes ? siffla-t-il.

— Non ! Écoute-moi ! C'est important, Haram.

— Les Decem sont confinés sur Wyrdar, tu le sais ! Et toi, tout particulièrement.

— Haram, je t'en prie, je dois…

— Cela suffit !

Sa voix claqua comme un coup de fouet.

— Je ne veux plus entendre tes absurdités. Tu ne quitteras pas cette forteresse et je n'écouterai plus une seule de tes prédictions.

Citela sentit la colère et le désespoir monter en elle, mais elle les ravala.

— Haram, il s'agit de l'univers entier…

Il la coupa brutalement et sa voix était menaçante, glaciale, implacable.

— Sors d'ici avant que je te fasse remplacer par le clone suivant !

Ses mots résonnèrent dans l'air comme une lame s'abattant sur elle. Citela ouvrit la bouche pour protester, mais s'abstint. Il était sérieux, elle le savait. Sans un mot, elle pivota sur ses talons et quitta la pièce, son cœur battant de rage et de frustration.

Au lieu de regagner ses appartements, elle gravit les marches menant à la terrasse, au sommet de la Primum. L'air glacial l'enveloppa dès qu'elle sortit. La QuinteAlae, cette forteresse tellusienne, était construite sur un piton rocheux, tel un monument à l'arrogance des Decem Nobilis. Ses cinq tours colossales perçaient le ciel, chacune dédiée à une fonction distincte. Elle s'avança jusqu'au garde-fou et ses yeux balayèrent l'horizon. À sa gauche se trouvait la Secundum, la tour où les clones démobilisés attendaient leur fin, réduits à des ombres abandonnées. C'est là qu'elle devait finir ses jours, là où Haram la reléguerait plus vite que prévu, si elle persistait dans ses avertissements. Le vent glacé des hauteurs balaya son visage, soulevant quelques mèches brunes autour de sa nuque. Elle s'accouda à la rambarde et laissa son regard errer sur l'immensité face à elle. Une chaîne de pics déchiquetés s'étendait à perte de vue, comme une mer figée en pleine tempête. En contrebas, la gorge s'enfonçait dans les entrailles de la montagne, hérissée de roches noires et parsemée de taches vert profond, vestiges d'une forêt ancienne. Le ciel violet était encombré de nuages lourds et sombres. Ils s'amassaient lentement, mais inexorablement. *Une tempête s'annonce*, songea-t-elle.

Elle soupira, ses doigts se resserrant sur le métal froid de la rambarde. Cette tempête, elle la sentait dans chaque fibre de son être. Pas seulement celle qui noircissait le ciel, mais celle qui grondait dans la Tapisserie des Mondes. Si elle ne faisait rien, si elle restait ici à attendre, le Chaos déferlerait sur la galaxie. Sa peur et son hésitation la clouaient pourtant sur place. Aurait-elle le courage et la force de faire ce qui devait être fait ? Et surtout… Avait-elle le droit d'imposer un tel avenir à son enfant pas encore conçu ?

Un frisson la parcourut. Elle ne pouvait chasser de son esprit ce qu'elle avait vu dans la Tapisserie des Mondes, cette fille qui… Elle secoua la tête et demeura immobile, son regard perdu dans les montagnes.

— Ah ! Te voici, Citela ! Je te cherchais partout.

Elle sursauta, se redressant brusquement. Elle n'avait pas entendu la porte s'ouvrir. Elle se retourna, son agacement se mêlant à une méfiance instinctive. Darlan Dar Merador avançait vers elle, d'un pas sûr et mesuré, une ombre de sourire aux lèvres. Il était toujours aussi imposant, toujours aussi magnétique, avec son regard bleu glacial et son visage marqué par une beauté cruelle. Citela sentit son cœur se contracter malgré elle. Depuis des siècles, cet homme avait été son compagnon, son amant, dans cette vie et dans toutes celles de ses clones précédents. Et pourtant, il y avait toujours quelque chose d'inquiétant dans cette froideur contenue, dans cette force tranquille, dans cette brutalité qui semblait prête à éclater à tout moment.

— Eh bien ! Citela ! Tu ne veux plus me parler ? s'enquit-il de sa voix grave dans laquelle vibrait quelque chose qui l'effraya.

Elle soutint son regard, mais son cœur s'accéléra.

— Que puis-je te dire, Darlan ? répondit-elle avec prudence. Que je suis heureuse d'être prisonnière ?

Il poussa un soupir qui se voulait compréhensif.

— Tu n'es pas une prisonnière, Citela. Tu es la conseillère de Haram. Depuis toujours. À chaque cycle, ton don s'affine. Tu n'es pas captive. Tu es l'arme dont il ne peut se passer.

Elle éclata d'un rire amer.

— Une arme ? répéta-t-elle. Autrefois, je combattais à ses côtés sans qu'il ressente le besoin de m'enfermer.

Au côté de Haram, Citela et les autres Decem avaient conquis l'univers et créé la Fédération, des milliers d'années auparavant. Elle aurait aimé que ses « amis » ne l'oublient pas.

— Nous sommes tous enfermés, répondit Darlan en ouvrant les mains d'un geste plein de fatalisme.

— C'est faux ! siffla-t-elle, sa colère montant tel un feu qu'elle ne pouvait plus contenir. Marthyn est libre. Il parcourt encore le monde.

— Marthyn est un espion, rappela Darlan d'un ton mesuré. Il a une mission. Moi, je suis un soldat. Je reste ici en attendant la prochaine guerre. Toi, tu es un prophète qui a toujours guidé l'Hégémon. Haram ne peut quitter la forteresse, alors il n'y a aucune raison pour que tu puisses le faire.

Citela serra les poings.

— Autrefois, j'étais sa compagne. Maintenant, il me fuit comme la peste !

Les mâchoires de Darlan se contractèrent. Il détestait qu'elle évoque cela. Il portait en lui la blessure, toujours vive, de n'avoir été qu'un remplaçant de Haram dans son cœur.

— Haram ne peut pas épouser un prophète, grogna-t-il. Tu le sais. Il tient à toi, mais pas comme tu le voudrais. Est-ce cela qui te chagrine, Citela ? As-tu oublié notre amour ? Il dure depuis si longtemps.

Il marqua une pause pour que ses mots aient le temps de s'imprimer dans son esprit.

— Ton indifférence me blesse.

— Ravale tes belles paroles, rétorqua-t-elle, sèchement. Je reste une prisonnière. Rien de plus.

Darlan fit un pas en avant, une lueur étrange dans les yeux.

— Pourquoi le prends-tu ainsi ? protesta-t-il. Aucun de tes clones n'a réagi de la sorte. Parfois, tu t'es agacée d'être coincée ici, mais cela n'a jamais été plus loin. Pourquoi es-tu si différente cette fois ?

Elle détourna le regard, mais son soupir trahit son épuisement.

— Parce que cette fois… je sais ce qui m'attend. Ce qui nous attend tous.

Darlan s'approcha davantage, une expression tendre adoucissant ses traits. Il effleura sa joue du bout des doigts et elle frissonna. Ce simple contact réveillait des souvenirs qu'elle aurait préféré enfouir. Il l'enlaça doucement et, pour un instant, elle se laissa aller contre lui.

— Rentre avec moi, murmura-t-il à son oreille. Oublie tes visions et tes peurs. Oublie tes envies de voyages. Faisons l'amour, et tout redeviendra comme avant.

— Ce n'est pas une envie de voyage, protesta-t-elle faiblement, presque malgré elle. Je veux être libre, Darlan.

Il l'embrassa. Son corps répondit avant que sa raison ne puisse l'arrêter. Mais juste au moment où elle se noyait dans cette chaleur familière, elle le repoussa brusquement… sans vraiment l'avoir décidé, comme si… comme si son corps avait réagi de sa propre initiative.

— Qu'est-ce qui te prend, Citela ? lâcha-t-il, surpris et agacé.

Citela passa une main nerveuse dans ses cheveux, le front plissé par une pensée qu'elle n'arrivait pas à formuler.

— Je suis désolée, Darlan…, murmura-t-elle.

Elle avait l'impression que quelque chose d'anormal était à l'œuvre.

— Tu deviens étrange, Citela. Tes visions sont trop sombres, trop pessimistes.

— Elles ne sont que la vérité, répliqua-t-elle avec force. Tellus va conduire l'humanité à sa perte. Je l'ai vu.

— Haram ne veut pas entendre cela, grogna-t-il.

La voix de Darlan s'était durcie. Elle connaissait trop bien cet accent cruel. Elle frissonna malgré elle.

— Il a tort. Je l'ai vu, Darlan ! insista-t-elle malgré tout. Le Chaos va ravager l'univers et cela sera de notre faute.

— Tu es folle !

— Je sais ce qu'il faut faire pour empêcher ce futur, mais il ne veut pas m'entendre, déclara-t-elle avec force. Et c'est moi qui serais folle ?

Darlan grimaça, ses yeux lançant des éclairs.

— Haram pense que tu souffres de dégénérescence…, finit-il par dire d'un ton tranchant.

— Je ne suis pas un clone défaillant ! s'écria Citela avec conviction. Quelque chose de mauvais couve ici et menace l'univers. Je dois partir. Aide-moi, Darlan.

— Tu es folle, répéta-t-il.

Elle attrapa sa main, ses doigts serrant les siens avec une urgence désespérée.

— Mon amour… Nous nous aimons depuis des millénaires. Tu dois me soutenir. Je t'en prie, aide-moi, le supplia-t-elle.

Il la fixa longuement, le visage impénétrable. Puis il soupira, le regard baissé.

— Je vais t'aider…

Darlan revint vers elle, et pendant une fraction de seconde, Citela crut qu'elle l'avait convaincu. Son regard semblait hésitant, troublé. Puis une voix tonna dans sa tête, une alarme instinctive qui fit vibrer chaque fibre de son corps. Elle vit le reflet de la lame : un poignard scintillait dans sa main.

— Darlan ! Que fais-tu ? s'écria-t-elle en agrippant son poignet à la dernière seconde.

Le visage de Darlan, habituellement si froid et impénétrable, se décomposa en une expression étrange, un mélange de regret et de détermination.

— Un clone défaillant doit être éliminé…, murmura-t-il. J'en suis désolé.

Avant qu'il ne puisse agir, une voix résonna dans l'air, glaciale et étrangère.

— Moi aussi !

Darlan s'arrêta net, ses yeux scrutant l'espace autour d'eux. Cette brève hésitation fut tout ce dont Citela avait besoin. Avec un cri de rage, elle le frappa à l'estomac de toutes ses forces. Ce n'était pas un coup parfait, mais il était suffisant. Darlan plia légèrement sous l'impact, et elle enchaîna, poussée par une énergie qu'elle ne comprenait pas encore. Son instinct de survie prit le dessus. Son instinct et… quelque chose d'autre. Elle agrippa le col de sa veste et tenta de le pousser contre la rambarde. Il résista, bien sûr. Il était plus fort, mieux entraîné. Ses mains se refermèrent sur ses épaules, la maintenant à distance.

Elle insista. Ils luttèrent pendant plusieurs secondes. Normalement, il aurait dû avoir le dessus sur elle, mais elle se sentait habitée d'une force étonnante. Elle lui donna un violent coup de pied au tibia qui le déstabilisa. Elle enchaîna avec un uppercut au menton, avec une précision et une technique qu'elle n'aurait pas dû posséder. La force qu'elle y mit le fit vaciller et son dos heurta la rambarde. Citela, emportée par une fureur presque surnaturelle, se jeta sur lui une dernière fois, toutes ses forces concentrées dans cet assaut. Darlan perdit l'équilibre. Son visage se tordit dans un mélange d'horreur et de rage alors qu'il basculait par-dessus le garde-fou. Ses cris déchirèrent l'air, emportés par le vide, jusqu'à ce que le silence retombe sur la terrasse.

Citela recula lentement, tremblante. Elle porta une main à sa bouche, étouffant un gémissement. Darlan… Elle chancela, comme si quelque chose en elle venait de se briser. Puis, un frisson glacial traversa son corps et elle sentit une présence. Une force inconnue, étrangère, s'arracha à son esprit comme une ombre qui se détache de son hôte. Elle leva les yeux. Une silhouette translucide, féminine, se tenait à quelques mètres d'elle.

— Qui êtes-vous ? murmura Citela, la voix brisée.

L'apparition la fixa, ses traits marqués par une surprise presque humaine, avant de disparaître dans un tourbillon d'énergie.

Citela, le cœur battant, dut mettre un genou au sol pour retrouver son calme. Elle venait de tuer Darlan avec l'aide d'une force étrangère… Était-ce le Mo'ira, ou une force plus sombre encore ? Elle secoua la tête. Elle n'avait pas le temps de se poser de questions.

— Je n'ai plus le choix. Je dois fuir, murmura-t-elle, et ses mots à peine audibles s'envolèrent dans le vent.

Elle se releva, titubante, le souffle court. L'air froid de la terrasse semblait plus oppressant qu'avant, mais elle inspira profondément, retrouvant une fraction de son calme. Ses yeux se posèrent une dernière fois sur la rambarde, là où Darlan avait disparu. Un mélange de douleur et de détermination brilla dans son regard.

Elle tourna les talons et traversa la terrasse à grandes enjambées, ses pas résonnant sur les dalles de pierre froide. La porte menant à l'intérieur était légèrement entrouverte. Elle s'arrêta un instant, tendant l'oreille. Rien. Mais les Decem Nobilis n'étaient jamais vraiment seuls, même au sommet de leur forteresse. Il y avait les domestiques, les systèmes de surveillance. Les soldats n'étaient pas à craindre, ils n'avaient pas accès à cet étage.

Citela marcha à pas rapides dans les couloirs immaculés pour gagner le niveau intermédiaire, nœud d'accès entre les différentes tours. Elle devait rejoindre la Tertium. Le sommet de cette tour abritait une plateforme d'atterrissage, où elle trouverait quelques vaisseaux.

L'ascenseur s'ouvrit en silence sur le vaste hall central. Elle le traversa sans ralentir, sa silhouette projetant une ombre solitaire sous les lumières froides. Elle s'engouffra dans un autre ascenseur, retenant son souffle. Lorsqu'il atteignit enfin la terrasse de la Tertium, une vague d'adrénaline la parcourut. La terrasse était vide. Le vent des sommets hurlait autour d'elle, glacial et tourbillonnant. Citela plissa les yeux, en étudiant les vaisseaux stationnés. Le *Blasilith* et le *Griffon* étaient de magnifiques yachts de combat, mais elle n'avait aucune chance de les piloter seule. Elle choisit le *Kitsune*, un petit vaisseau rapide et maniable. Il serait parfait.

Elle s'avança vers lui, mais quatre soldats surgirent de nulle part. Leur officier se porta en avant et salua.

— Madame, vous n'avez pas l'autorisation de décoller.

Citela ralentit à peine.

— Je suis Citela Dar Valara ! clama-t-elle avec autorité. Laissez-moi passer, c'est un ordre !

L'officier hésita. Ses consignes étaient claires. Les Decem Nobilis ne pouvaient quitter Wyrdar sans l'aval de l'Hégémon. Citela profita de son indécision pour continuer à marcher droit sur le *Kitsune*. L'officier la rattrapa et lui bloqua le passage à moins de cinq mètres du vaisseau.

— Madame, je vous en prie. Je dois…

Elle n'attendit pas qu'il termine. D'un mouvement fluide, elle dégaina un pistolet dissimulé dans sa ceinture et fit feu, touchant l'officier en pleine poitrine. Les soldats, abasourdis, mirent trois secondes à réagir. C'était tout ce dont elle avait besoin. Citela se précipita vers le *Kitsune*, ses jambes propulsées par une énergie désespérée. Les premiers tirs éclatèrent derrière elle, ricochant contre le métal de la plateforme. Elle s'engouffra à l'intérieur du vaisseau, la respiration sifflante. Une alarme se mit à sonner, tandis qu'elle courait vers le cockpit. Elle se glissa sur le fauteuil de pilote et activa les systèmes. Les écrans se réveillèrent. Un voyant s'alluma. Quelqu'un cherchait à la contacter. Elle n'avait pas besoin de prendre la communication pour savoir de qui il s'agissait. Haram voulait l'empêcher de partir.

— Allez… Allez ! gronda-t-elle, les doigts courant sur les commandes.

Les moteurs rugirent et le *Kitsune* s'éleva dans un grondement assourdissant. Les canons de la forteresse s'activèrent et des tirs lywar déchirèrent l'air autour du vaisseau. Une détonation le secoua, mais ses boucliers tinrent bon. Citela atteignit enfin l'atmosphère, mais sa joie fut de courte durée. Trois croiseurs venaient de la prendre en chasse.

— Non, non, non…, murmura-t-elle, ses mains volant sur les commandes.

Un tir la toucha de plein fouet et des alarmes retentirent dans l'habitacle.

— Pas maintenant ! siffla-t-elle, les mâchoires serrées.

Dans un dernier acte désespéré, elle enclencha la vitesse intersidérale. Le *Kitsune* se cabra, ses moteurs hurlant à pleine puissance, avant de disparaître dans un éclat de lumière.

Citela vécut les plus longues heures de sa vie. Son vaisseau vibrait, des conduits cédaient et crachaient une vapeur brûlante. Elle dut éteindre deux débuts d'incendie, mais elle ne ralentit pas. Elle devait atteindre Olima. La planète brillait encore dans son esprit, tissée dans les fils de la Tapisserie des Mondes. D'autres pensées l'assaillaient. Elle revoyait le sommet de la Primum : Darlan, le poignard, cette voix étrange qui avait résonné dans l'air et cette silhouette spectrale. Cette présence l'avait aidée à survivre. Était-ce le Mo'ira ou une force extérieure ? Cette question ne cessait de la hanter. Un frisson glacé la parcourut. Elle ressentait un lien, inexplicable, mais profond, avec ce… fantôme.

Une alarme stridente la ramena brutalement au présent. Le cockpit rougeoya sous la lumière des voyants d'urgence. Elle sortit de la vitesse intersidérale, projetant le *Kitsune* hors de l'hyperespace dans un frémissement brutal. Deux planètes jumelles occupaient l'espace devant elle, magnifiques et imposantes.

— Tiens bon, murmura-t-elle au vaisseau, ses doigts crispés sur les commandes.

Les moteurs râlaient comme une bête blessée et le *Kitsune* menaçait de se désintégrer. Elle scanna rapidement les planètes. La plus proche brillait d'un mélange de vert, de bleu et de mauve. Elle ressemblait à un joyau sur le dais noir de l'espace. Elle y dirigea son vaisseau qui pénétra dans l'atmosphère, telle une boule de feu qui zébra le ciel. Les contrôles répondaient à peine. Ses mains volaient sur les commandes, essayant frénétiquement de stabiliser la trajectoire. En dessous d'elle, un océan vert sombre couvrait tout un continent : une forêt immense, aux arbres si gigantesques qu'ils semblaient percer le ciel.

— Non, non…, murmura-t-elle en poussant les commandes.

Elle parvint à peine à dévier le *Kitsune*, le dirigeant vers une étendue de sable qui bordait un bras de mer. Elle grinça des dents en voyant le sol qui se rapprochait trop vite. L'ombre colossale des arbres ressemblait à des griffes prêtes à la happer.

L'impact fut terrifiant. Le vaisseau s'écrasa sur le sol dans une gerbe d'humus et de terre, laissant une longue cicatrice calcinée sur l'herbe rase entre la forêt et la plage. Il glissa à toute vitesse, puis il s'encastra dans un arbre gigantesque. Le choc fit éclater le cockpit. Citela fut arrachée à son siège. Son corps traversa les débris avant de heurter violemment le sol. Elle perdit connaissance.

Elle se réveilla en toussant, étranglée par un flot d'eau glacée qui coulait dans sa bouche. Elle recracha le liquide en suffoquant, puis elle fut secouée par une autre quinte de toux. Ses poumons la brûlaient et respirer était une torture. Elle se força à inspirer profondément. L'air était saturé de l'odeur de terre humide et de végétation.

— Où… Où suis-je ? balbutia-t-elle, d'une voix rauque et tremblante.

— Vous êtes sur Olima, répondit une voix masculine, chaude et apaisante.

Ses yeux papillonnèrent, tandis qu'elle tentait d'ajuster sa vision.

— Olima ? J'y suis… arrivée ? souffla-t-elle, incrédule. J'y suis arrivée…

— Que s'est-il passé ? demanda l'homme.

Sa tête tournait et ses pensées s'effilochaient. Citela n'arrivait pas à se concentrer.

— Je devais venir… Je devais fuir…, bafouilla-t-elle. Je ne voulais pas être enfermée… prisonnière pour le restant de mes jours. Non, je ne pouvais pas…

— Prisonnière ? Mais pourquoi ? s'enquit l'homme.

— Il faut prévenir quelqu'un ! s'exclama une deuxième voix, plus aiguë, presque nasillarde. Nous devons tenter de rejoindre le campement. Ils doivent avoir un confesseur et il saura ce qu'il faut faire d'elle.

— Nous n'allons pas livrer cette femme au clergé. C'est hors de question ! s'opposa le premier homme, avec une véhémence surprenante.

Citela essaya de focaliser son attention, mais les deux silhouettes au-dessus d'elle restaient floues. Elle distinguait seulement leurs formes contrastées par la lumière filtrant à travers les feuillages.

— Je suis certain qu'il s'agit d'un démon ! s'exclama celui à la voix aiguë. Nous avons le devoir de dénoncer les démons et les hérétiques !

Le mot frappa Citela et elle se souvint soudain que, dans l'Imperium, « démon » était le terme utilisé pour désigner ceux qui pouvaient lire la Tapisserie des Mondes – les prophètes, comme elle. Elle ne pouvait pas se laisser arrêter par l'Imperium, non elle ne le pouvait pas.

— Ne le laissez pas faire, s'il vous plaît, murmura-t-elle d'une voix brisée. Je ne… Je ne dois pas être capturée ni par les miens ni par l'Imperium.

Un silence choqué suivit ses mots.

— Vous n'appartenez pas à l'Imperium ? demanda l'homme à la voix grave, sans dissimuler son incrédulité.

Elle plissa les yeux, essayant de mieux discerner son visage. Lentement, sa vision s'éclaircit et elle le vit enfin. Grand, aux épaules larges, des cheveux noirs en bataille, des traits rudes et captivants, il n'était pas exactement beau, mais séduisant d'une certaine manière. *Comment s'appelle-t-il, déjà ?* se demanda-t-elle. *Oui…*

— Je viens de Tellus, murmura-t-elle, toujours un peu étourdie. Je vous en prie, Raen, vous devez… Vous allez m'aider. Je le sais. Je vous

ai vu me sauver, Raen. Votre regard… Votre regard est le même…
Aidez-moi…

— Je le savais ! C'est un démon ! hurla l'autre homme.

Raen recula d'un pas, une expression stupéfaite sur son visage.

— Comment connaissez-vous mon nom ? demanda-t-il, méfiant.

— Le destin…, murmura-t-elle, presque honteuse de cette réponse évasive. Le destin me l'a révélé.

Avant qu'il ne puisse répondre, un cri fendit l'air :

— Attention !

Citela vit une ombre se dresser derrière Raen. Un homme, une hache levée à la main, était prêt à frapper.

— Derrière vous ! s'exclama-t-elle.

Raen pivota juste à temps pour contrer l'attaque. Les deux hommes s'engagèrent dans une lutte féroce. Citela, impuissante, les regardait se battre, chaque coup de hache ou de poing résonnant dans l'air lourd. Raen réussit à désarmer son adversaire. Il ramassa la hache et la projeta avec force. L'autre la reçut en pleine poitrine. Il revint vers elle, essuyant ses mains ensanglantées sur ses vêtements. Son visage était fermé, accablé par ce qu'il venait d'accomplir.

— Est-ce que…, commença-t-elle.

— Je l'ai tué, oui, confirma-t-il avec un sang-froid qui étonna Citela. Je vais devoir cacher son corps et inventer une histoire plausible.

Elle frissonna devant son calme glacial, mais murmura tout de même :

— Merci, Raen, dit-elle doucement.

— Vous connaissez mon nom, mais moi, j'ignore le vôtre, répondit-il avec sérieux.

Citela sentit ses forces l'abandonner à nouveau, mais elle parvint à articuler :

— Citela… Dar Valara, réussit-elle à dire avant de s'évanouir.

Lorsqu'elle ouvrit les yeux, la lumière déclinante du crépuscule teintait le ciel d'une nuance mauve et dorée. La forêt derrière elle semblait presque irréelle, baignée dans une pénombre vibrante. Une douleur sourde pulsait à travers son corps, mais elle ignora la sensation. Raen était assis à côté d'elle, les coudes appuyés sur ses genoux, ses mains nouées devant lui. Il releva la tête en entendant son souffle.

— Vous… êtes toujours là ? murmura-t-elle d'une voix enrouée.

Raen détourna légèrement le regard, comme gêné.

— Je n'allais pas vous laisser. Et puis… je ne savais pas quoi faire, avoua-t-il.

Il paraissait presque timide, comme un garçon perdu, indécis face à l'ampleur de la situation. Pourtant, elle pouvait voir dans la tension de ses épaules et la dureté de ses traits qu'il était loin d'être faible. Citela inspira doucement. Le poids du secret qu'elle portait et de sa responsabilité s'abattit sur elle. Chaque seconde comptait.

— Il faut détruire mon vaisseau et faire disparaître le corps de votre ami, suggéra-t-elle, avec fermeté.

Raen tourna lentement la tête vers elle, ses sourcils froncés.

— Ce n'est pas mon ami, corrigea-t-il. Je l'ai rencontré sur la route.

Il marqua une pause, cherchant ses mots.

— Nous nous rendions tous les deux sur un site d'exploitation des irox.

— Des… irox ? répéta-t-elle, intriguée.

Raen hocha la tête, désignant les arbres massifs.

— Ces arbres, expliqua-t-il. Ils sont incroyablement précieux et protégés. Ce continent est interdit et les forestiers qui travaillent ici doivent avoir des accréditations spéciales.

Citela plissa les yeux, étudiant son visage.

— Et vous… vous n'êtes pas un forestier, n'est-ce pas ?

Raen baissa les yeux, un léger sourire presque honteux effleurant ses lèvres.

— Pas encore. J'espérais me faire recruter. Vous savez, voir autre chose, faire autre chose, vous comprenez ?

Il s'interrompit, fixant un point invisible devant lui.

— Je viens à peine de finir mon temps de conscription et je ne souhaitais pas retourner travailler à la ferme, juste comme ça, comme si rien n'avait changé. Je désirais un peu d'aventure.

Il haussa légèrement les épaules, mais ses yeux trahissaient une sincérité désarmante.

— En route, je suis tombé sur ce Deorg qui avait eu la même idée que moi.

Elle ressentit un bref soulagement.

— Alors personne ne peut vous rattacher à lui ? demanda-t-elle, retrouvant tout son pragmatisme.

Raen secoua la tête, un peu surpris par sa question.

— Non, personne.

— Dans ce cas, c'est parfait, déclara-t-elle, son ton tranchant. Prenez le corps et mettez-le dans mon vaisseau.

Raen ouvrit la bouche, hésitant, mais avant qu'il ne puisse protester, Citela siffla :

— Ne discutez pas ! Faites ce que je vous dis !

Il fronça les sourcils, puis se leva, obéissant à contrecœur. Tandis qu'il traînait le cadavre vers l'épave du *Kitsune*, elle s'adossa au tronc rugueux d'un arbre, sentant la fatigue l'envahir. Ses pensées dérivaient, incontrôlables. Raen était un fermier. Elle allait devoir le convaincre de retourner dans son village et de reprendre sa vie.

Citela soupira longuement, observant ses mouvements précis alors qu'il poussait le corps dans ce qui restait du vaisseau. Il commença à rassembler de l'herbe sèche et des branches, créant une pile autour de l'épave. Ses gestes étaient lents, mesurés, presque rituels. Elle détourna les yeux et fixa les cimes immenses des arbres, presque invisibles dans la nuit qui tombait. Elle sentit son cœur s'accélérer. Elle n'avait fait qu'entrevoir ce qui allait advenir. Le Mo'ira ne lui avait montré qu'un fragment du dessin, mais ce qu'elle avait vu était clair. Cet homme, Raen, serait le père de son enfant. Elle allait devoir le séduire et l'épouser. Elle avait présidé au destin de la fédération Tellus et elle allait s'enfermer dans une vie de fermière. Elle ferma les yeux. Cet enfant serait la clé, elle en était persuadée. Il serait la seule chance de sauver l'univers du Chaos qui s'étendait déjà, rampant dans l'ombre, prêt à dévorer tout ce qui existait.

— Qu'il en soit ainsi, murmura-t-elle.

Elle laissa cette vérité s'ancrer en elle, sachant qu'il n'y avait pas de retour en arrière possible. Quand elle rouvrit les yeux, Raen avait allumé une torche et s'apprêtait à mettre le feu au vaisseau. Les flammes lécheraient bientôt l'épave du *Kitsune*, effaçant toute preuve de son existence.

Citela observa cet homme, ce fermier, avec plus d'attention. Elle sentit un mélange de gratitude et de culpabilité monter en elle. Elle allait devoir le convaincre de rester à ses côtés, de partager un avenir qu'il n'avait jamais demandé. Elle se redressa lentement, chaque mouvement lui coûtant un effort immense. *Il n'est pas si mal,* songea-t-elle, avec ironie.

Raen revint vers elle, son visage éclairé par la lumière vacillante des flammes.

— C'est fait, dit-il simplement, d'une voix posée, calme étant donné les circonstances.

— Bien, répondit-elle, essayant de masquer la tempête qui grondait en elle.

Elle posa une main contre l'arbre pour se lever. Un avenir incertain l'attendait et un enfant, une fille pas encore conçue. Sa seule raison de vivre.

Épreuve du feu

Se déroule vingt ans avant le début de
YGGDRASIL — 1 — La prophétie

L'alarme déchira le silence, un hurlement métallique qui arracha Mutaath'Vauss de son sommeil. Son cœur battait déjà la chamade avant qu'il n'ait complètement émergé. Une attaque ! Il bondit hors de son lit, enfila sa tenue à la hâte, ses doigts glissant sur les attaches sous l'effet de la précipitation, puis saisit son fusil. La pluie tombait dru, comme elle le faisait presque constamment sur Chauvauam. Les gouttes crépitaient sur le filet énergétique au-dessus de la base. *Il est activé*, songea Mutaath en sentant monter l'excitation du combat. Il courut rejoindre son unité qui se regroupait dans la cour.

— Les humains, souffla Jalaaa'Gess, un de ses camarades.

— L'Imperium ? Les Gardes de la Foi ?

— Ouais, répondit l'autre. Aujourd'hui est un beau jour pour montrer sa valeur et pour mourir en héros.

Les mots de Jalaaa firent vibrer ses écailles. Les Gardes noirs : ces soldats sans pitié, implacables et terriblement efficaces. Leur réputation suffisait à étouffer les bravades. Le combat serait rude… Il frissonna. Son premier combat… La langue bifide de Mutaath darda plusieurs fois hors de sa bouche, tandis qu'il réprimait un frisson. Il ne pouvait pas échouer, pas après avoir quitté son clan réprouvé pour rejoindre l'armée. Il devait prouver sa valeur. *Aujourd'hui*, se dit-il. *Aujourd'hui, je vais mériter mon uniforme.*

Un ordre rauque envoya leur unité sur les remparts. Mutaath escalada rapidement les marches glissantes jusqu'au chemin de ronde. Il choisit une place, non loin de la mitrailleuse lourde, et appuya son fusil sur le parapet. De là-haut, il avait une vue dégagée. Derrière lui, la base construite en argile locale paraissait fragile, même s'il savait qu'elle était d'une solidité à toute épreuve. *Reste calme, le filet les empêche d'attaquer depuis le ciel,* se rassura-t-il. Devant lui, l'étendue boueuse qui entourait la base n'était rien de plus qu'un marécage. *Un vrai cauchemar pour charger,* pensa-t-il, avec un bref éclair d'espoir. Son optimiste s'évanouit aussitôt, lorsqu'un sifflement aigu perça l'air. Il leva la tête, imité par ses camarades.

Une escadrille de bombardiers Furie apparut sur la ligne d'horizon fondant vers le sol. Ils ralentirent avant de se poser juste hors de portée de tir. Des dizaines de soldats en armure de combat d'un noir brillant en jaillirent, se positionnant avec une précision de professionnels.

— Les Gardes noirs, souffla Jalaaa près de lui, d'un ton presque fasciné.

— Oui, siffla Mutaath, en serrant un peu plus fort son arme.

Les humains chargèrent, fonçant droit sur la base en courant à travers le marécage. À découvert, dans cette boue traîtresse et sous cette pluie battante, ils étaient des cibles faciles. Mutaath ne comprit pas cette tactique insensée. Il secoua la tête pour chasser l'eau de ses écailles, puis visa avec soin. Il tira. Son arme utilisait des projectiles à haute vélocité qui avaient la capacité de percer le ketir des armures de l'ennemi.

Un premier Garde tomba, puis un deuxième. La cadence des tirs s'accélérait autour de lui dans un ballet de destruction. Mutaath ajustait un soldat humain après l'autre, ratant rarement sa cible. Et puis, une silhouette attira son attention : un Garde noir, plus rapide que les autres, plus agile. Il dansait à travers les tirs, évitant les balles avec une précision presque surnaturelle. Mutaath visa et pressa la détente, mais l'homme se décala juste à temps. Il fit feu à nouveau. Cette fois, le projectile atteignit l'épaule du Garde, mais ricocha sans pénétrer son armure.

Ce choc ne ralentit pas le soldat ennemi. Au contraire, il leva son fusil et tira. Le trait lywar toucha leur mitrailleuse lourde de plein fouet. L'explosion fit vibrer le rempart, projetant Mutaath en arrière. Il atterrit sur le dos, l'ouïe bourdonnante, une douleur sourde pulsant dans son crâne. Il se redressa, juste à temps pour voir la silhouette agile s'élancer à nouveau tout en canardant la porte.

— Olam ! Ce type, là ! Arrête-le ! hurla Mutaath en désignant le Garde à celui qui servait la batterie de mortier.

Son camarade acquiesça. Il régla son tir et le mortier cracha la mort. Une énorme explosion souleva la boue, dans une impressionnante gerbe de shrapnels et de feu. Plusieurs Gardes noirs furent projetés au sol, mais pas celui qui inquiétait Mutaath. Il s'était jeté sur le côté une fraction de seconde avant l'impact. Il se relevait déjà, indemne.

— C'est impossible, marmonna Mutaath, incrédule.

L'homme attrapa au vol un havresac lancé par l'un de ses hommes et dans le même mouvement fluide, il sprinta une dernière fois. Il atteignit la porte sans être touché et se plaqua contre le panneau, hors d'atteinte des tirs. Une fraction de seconde plus tard, une explosion déchira l'air. La porte vola en éclats et une section entière des remparts s'effondra dans un nuage de poussière et de gravats.

Mutaath sentit le sol se dérober sous lui. Il bascula dans le vide, heurtant violemment le sol boueux en contrebas. La chute lui coupa le souffle. Son casque s'enfonça dans la vase. L'instant d'après, il gisait là, sonné, tandis que les bruits de la bataille grondaient autour de lui, à la fois sonores et lointains.

Des rafales et des explosions éclatèrent de l'autre côté de la forteresse. *Une deuxième attaque ! Nous sommes pris en tenailles !* songea Mutaath. Toujours étourdi, il se redressa maladroitement, les muscles tremblant, juste à temps pour apercevoir les Gardes noirs s'engouffrer dans la brèche fumante. Il vit le premier des humains traverser l'espace à découvert au pas de course, sans cesser de tirer. Il bondit par-dessus un abri improvisé et couvrit ses camarades. Plusieurs réussirent à le rejoindre.

— Maudits Gardes ! gronda Mutaath.

Il déchargea son arme sur l'amas de gravats, aussitôt aidé par le reste de son unité. Les morceaux d'argile volèrent sous leurs impacts, rendant la position de l'ennemi précaire. Soudain, un Garde surgit de la barricade. Le même salopard, Mutaath en était certain. Il se déplaçait avec cette fluidité qu'il avait déjà remarquée. *Pas cette fois*, songea le Hatama. Sa langue bifide de Mutaath siffla entre ses dents, avec fureur. Il secoua la tête pour chasser la boue de ses écailles, colla son œil au viseur, inspira profondément et pressa la détente. La balle frappa le Garde invincible au milieu du dos. Il s'effondra face contre terre, projetant une gerbe d'eau boueuse.

Une bouffée d'adrénaline envahit Mutaath, mais sa satisfaction mourut aussitôt. L'humain se redressa, puis reprit sa course. Il plongea derrière un muret.

— Par quel miracle…, grogna Mutaath entre ses dents.

D'autres Gardes se jetèrent dans l'espace à découvert pour rejoindre le premier. Quelque part, une mitrailleuse ouvrit le feu, hachant un humain en pleine course. Il s'effondra sur le muret et fut tiré à l'abri par les autres.

Un hurlement strident déchira l'air, plus perçant que tout le reste. Mutaath leva la tête vers le ciel. Un bombardier Furie, sombre comme un rapace, passa au-dessus de la base en rasant les toits. Il plongea, effleurant les herbes grises, et glissa sous la barrière énergétique. L'instant d'après, un éclair illumina la base : leurs défenses lourdes n'étaient plus qu'un tas de gravats et de métal fondu.

— Non ! rugit Mutaath, la colère nouant sa gorge.

Le Furie remonta, comme un prédateur qui s'éloigne après avoir frappé, pour mieux préparer l'attaque suivante. Un sifflement strident déchira l'air, suivi d'une traînée lumineuse. Un missile. La coque du bombardier éclata et une gerbe de flammes jaillit de son flanc. L'appareil oscilla, sa trajectoire devenant erratique, avant de plonger vers le sol. Une boule de feu s'éleva dans les cieux.

— Peloton trois, avec moi ! hurla une voix, puissante malgré le chaos.

L'ordre claqua comme un fouet. Mutaath secoua la tête pour chasser son vertige et se redressa pour suivre son chef. S'ils pouvaient capturer les maudits humains de ce bombardier, il se ferait un plaisir de les tuer lentement. Les soldats hatamas s'élancèrent au milieu des bâtiments, puis ils franchirent une porte latérale. Au grand soulagement de Mutaath, il n'y avait aucun soldat ennemi en vue. Ils couraient à travers la zone à découvert, au milieu du marécage. La pluie qui tombait toujours transformait le sol en une pâte gluante. Les Hatamas, habitués à ces terrains, bondissaient au-dessus des flaques, d'îlot de boue en atoll herbeux.

— On est suivis ! cria l'officier après avoir jeté un regard en arrière. Nos patrouilleurs ont décollé. Ils s'occuperont du Furie ! Nous, on arrête ces maudits humains avant qu'ils atteignent leur objectif !

Mutaath se retourna en entendant ce dernier mot. Les Gardes arrivaient, six silhouettes noires courant à travers la pluie, sans ralentir. Il s'agenouilla et épaula son arme. Son viseur s'aligna sur la première cible.

— Ils sont fous à lier…, murmura-t-il. Nous sommes plus nombreux…

Pourtant, il ne pouvait effacer la boule d'angoisse qui pesait sur sa poitrine. Il pressa la détente. Les balles fusèrent, déchirant le rideau de pluie. Autour de lui, ses camarades faisaient feu à l'unisson, mais les Gardes noirs ne ralentissaient toujours pas. Ils ripostaient avec une efficacité brutale. Mutaath entendit un cri, puis un autre. Des corps tombèrent à ses côtés, éclaboussant la boue de sang. Les humains fondirent sur eux, massacrant l'unité de Mutaath.

Un des Gardes bougeait avec grâce, tirant sans discontinuer tout en demeurant indemne avec une chance surnaturelle. Mutaath sentit ses écailles se hérisser sur son crâne. C'était lui, ce Garde noir invincible qu'il avait déjà vu. Il fallait l'arrêter. Il pointa son arme sur lui, mais un clic sec lui répondit. Vide !

C'est alors que le destin lui sourit. Le fusil lywar émit un son ressemblant à un aboiement. Il était déchargé, lui aussi. Mutaath lâcha son arme inutile et dégaina son poignard dans un même élan. *Tu ne t'en sortiras pas comme ça*, songea-t-il tout en se ruant vers l'humain. Au dernier moment, celui-ci pivota, esquivant l'attaque avec une aisance presque irréelle. Avant que Mutaath ne puisse réagir, une douleur fulgurante lui transperça la poitrine. La lame du Garde s'enfonçait dans sa chair. Mutaath tituba, le souffle coupé. Il s'effondra dans la boue.

Il ne perdit pas connaissance. Il vit, dans une brume rouge, ses camarades tomber, les uns après les autres. Mutaath voulut se relever, mais ses forces l'abandonnaient. Il roula sur le dos, les yeux fixés sur le ciel voilé de pluie. Au loin, des tirs éclatèrent. *Le Garde invincible… Il… va réussir*, se dit-il avant de sombrer dans un puits sans fond. Et tout devint noir.

Un souffle rauque et douloureux tira Mutaath'Vauss des ténèbres. La douleur, aiguë et pulsante, se propageait dans sa poitrine, comme si des éclats de métal s'y étaient incrustés. Il inspira difficilement : chaque mouvement était une torture pour ses côtes meurtries.

Une lumière froide baignait la pièce, d'un blanc clinique. Un vrombissement sourd, lointain mais constant, faisait vibrer le sol sous lui. Il comprit immédiatement qu'il était à bord d'un vaisseau.

— Tu es vivant, murmura une voix familière.

Mutaath tourna la tête, le cou raide. Jalaaa était assis près de lui, sa peau squameuse marquée de coupures, sa tête enserrée dans un bandage improvisé. Un sourire désabusé glissa sur son visage.

— Que… Que s'est-il passé ? réussit à articuler Mutaath, la gorge sèche comme du sable.

Jalaaa haussa les épaules.

— Nous avons dû fuir, répondit-il simplement.

Ces mots frappèrent Mutaath comme un coup de massue.

— Fuir ? répéta-t-il, incrédule, mais notre honneur…

— L'honneur n'a pas pesé lourd face aux Gardes noirs, rétorqua Jalaaa d'un ton amer. Le commandement a choisi de sauver ce qui pouvait l'être. Survie avant tout.

Mutaath détourna le regard, sa respiration haletante. La douleur écartelait son corps.

— Comment… Je… Je croyais être mort, murmura-t-il.

— Tu l'étais presque, admit Jalaaa. Salement amoché. Mais je t'ai traîné jusqu'à un patrouilleur.

— Mais les Gardes…

— Ils ont poursuivi leur course vers le Furie, expliqua l'autre.

Un court silence suivi, pesant, brisé seulement par le bourdonnement incessant du vaisseau.

— Oh… Euh, merci…, fit Mutaath.

Il tenta de se redresser, mais une douleur aiguë lui arracha un grognement. Il s'effondra de nouveau sur la couchette, les muscles tétanisés.

— Et… notre mission ? articula-t-il, avec difficulté.

Le visage de Jalaaa s'assombrit. Ses pupilles verticales se contractèrent, et son regard, soudain plus dur, fixa un point invisible sur le mur.

— Comme je te disais, l'un des Gardes a réussi à passer. Un seul. Il a massacré tout le monde sur le site du crash.

Mutaath sentit son cœur se serrer et un frisson hérissa ses écailles.

— Combien de soldats ?

— Une cinquantaine, en… quelques minutes, gronda Jalaaa.

Mutaath resta figé. Les mots de son ami flottaient dans l'air, comme des fantômes. Il revoyait le visage du Garde, ou plutôt l'ombre de ce visage, dissimulé sous son casque. Cette vitesse, cette précision… C'était lui. Ce maudit humain qui avait dansé à travers leurs tirs et évité chaque balle, comme s'il savait déjà où elles allaient frapper.

— C'est… impossible, murmura-t-il finalement.

Mais il savait. Il savait que c'était vrai. Il avait vu de ses propres yeux ce dont ces Gardes étaient capables et, pourtant, il peinait encore à y croire. Ces monstres n'étaient pas simplement des soldats, ils étaient des machines de guerre invincibles.

Un silence s'installa. Jalaaa fixait toujours le mur avec une expression ulcérée. Mutaath, lui, ferma les yeux. L'image du Garde revenait, encore et encore. Sa silhouette noire, ses mouvements fluides, sa précision. Un sentiment écrasant d'impuissance l'envahit.

Ses mains tremblèrent, et se contractèrent en des poings vengeurs. Il avait survécu à son épreuve du feu. Mais à quel prix ?

Huit heures

Se déroule neuf ans avant le début de
YGGDRASIL — 1 — La prophétie

La pluie martelait la plaine sans répit, une musique glacée qui transformait le sol en un océan de boue collante. Chaque pas s'enfonçait avec un bruit spongieux, comme si la terre elle-même tentait de retenir les intrus. Autour, la végétation grise ployait sous l'averse et les hautes herbes se balançaient avec des frissons de résignation sous cette bise insistante.

Jani Qorkvin jura, crachant une brève syllabe. Derrière elle, la forme sombre de son vaisseau, un modèle classe Vipère, ressemblait à un prédateur à l'affût, presque invisible dans le décor délavé. Il était posé au fond d'une légère dépression qui le masquait à un curieux éventuel. Elle admira la ligne fuselée de cet engin rapide, efficace et discret.

Sur la rampe d'accès du *Vipère Dorée*, Kala attendait, droite malgré le froid mordant. Sa grande silhouette élancée à la peau couleur acajou si caractéristique des natifs de Gala'am semblait défier les éléments. Jani leva le pouce pour signaler que tout était sous contrôle. Kala hocha simplement la tête, les traits figés dans sa vigilance habituelle.

Jani plissa les yeux en reportant son attention vers l'horizon. Jinox, une bourgade sans charme de la planète RjY 02, commençait à scintiller dans la pénombre. De loin, ses lumières formaient un amas difforme, une pustule jaunâtre émergeant des marais noyés. Elle rabattit brusquement la capuche de son manteau noir tout en pestant. Ces mondes coloniaux se ressemblaient tous : misérables et tristes. Ils étaient habités par de pauvres gens qui n'étaient rien de plus que des esclaves de l'Imperium, courbant l'échine sous la férule des soldats de l'armée Sainte et des prêtres.

Elle esquissa un rictus aiguisé qui effaça momentanément son agacement. Sans ces trous à rats, elle n'aurait pas de clients. La misère avait toujours besoin d'une sortie de secours et elle était là pour leur vendre la porte.

La pluie redoubla soudain, s'écrasant bruyamment sur son manteau et noyant ses bottes. Elle jeta un coup d'œil sur son armtop et maugréa :

— Ils sont en retard.

Un bruissement sur sa gauche la fit pivoter d'instinct. D'un geste fluide, elle dégaina son arme, la tenant d'une main ferme, l'index posé près de la détente. Là, en bas de la colline, une silhouette émergea lentement des buissons détrempés. L'individu leva les mains, geste universel de soumission, et entreprit de grimper jusqu'à elle, glissant à chaque pas dans la boue épaisse. Il s'arrêta à quelques mètres de Jani. Sa capuche ruisselante cachait encore ses traits. Elle se tendit, prête à l'action.

— Qorkvin ? souffla une voix masculine, rauque et fatiguée.

Jani ne répondit pas tout de suite. Son regard fouilla l'ombre sous la capuche, cherchant un signe de danger. Elle savait ce que coûtait la confiance : la mort, la plupart du temps.

— Et vous ? répliqua-t-elle, son arme toujours braquée.

L'homme hésita un instant, avant de lâcher :

— On m'a dit de vous dire que j'étais un lyjan.

Lyjan était le mot de passe qu'elle fournissait à ses contacts. Jani baissa légèrement le canon de son arme, mais resta sur ses gardes. La prudence d'abord.

— Vous êtes mes clients ? Combien êtes-vous ?

— Dix-neuf.

L'inconnu écarta les pans de sa capuche, révélant un visage buriné, des cheveux blonds plaqués contre son crâne par la pluie. Ses yeux verts, fatigués, mais ardents, captèrent brièvement les siens. À ce signal, des ombres émergèrent à leur tour des buissons : des vieillards vacillants, des femmes aux orbites creuses, des enfants qui s'accrochaient désespérément aux jambes des adultes. Les rares hommes en âge de se battre portaient des sacs énormes, leurs épaules courbées sous le poids.

— J'm'appelle Cyath U'Arthan, annonça-t-il.

— Évite de donner ton nom, répliqua-t-elle d'une voix sèche. Cela ne m'intéresse pas.

Il fronça les sourcils, mais ne répondit pas. Tant mieux. Jani balaya du regard le groupe pitoyable qui peinait à avancer. Des silhouettes usées, brisées par la misère et la peur. Elle avait vu des foules comme celle-ci plus souvent qu'elle n'aurait voulu s'en souvenir. Ces gens étaient prêts à tout pour fuir l'Imperium, même à miser sur une inconnue avec un vaisseau.

— Rassemblez-vous devant le Vipère, ordonna-t-elle en désignant la rampe d'accès d'un mouvement sec du menton. Pas question de traîner plus longtemps dans ce cloaque.

À peine eut-elle terminé sa phrase qu'une gamine surgit des rangs en courant. Ses cheveux blonds, collés à son front, ruisselaient de pluie. Ses jambes maigres pataugeaient dans la boue, mais elle n'en avait cure. Elle attrapa la main de Cyath en levant vers lui un regard suppliant.

— On va partir, papa ?

La voix tremblait, à la fois d'espoir et de peur. Cyath se pencha légèrement, son autre main serrant l'épaule de l'enfant pour la rassurer.

— Oui, Mira, on va partir.

Le regard de Jani s'assombrit. Elle détourna les yeux. Elle ne voulait pas assister à ce genre de scènes : la tendresse du père, l'espérance fragile de l'enfant… Pas en connaissant la fin de cette histoire.

— Bougez-vous ! lança-t-elle d'une voix plus dure qu'elle l'aurait voulu.

Elle tourna les talons, marchant vers son vaisseau sans attendre qu'ils la suivent. Ses bottes s'enfonçaient lourdement dans la boue, mais elle ne ralentit pas. Moins elle en saurait sur eux, mieux ce serait. Ces gens n'étaient qu'une cargaison, qu'une transaction, rien d'autre.

La pluie redoublait d'intensité, frappant la coque sombre du *Vipère Dorée* en un martèlement régulier qui semblait vouloir noyer le vaisseau dans la fange. Jani Qorkvin, bras croisés sur sa poitrine, restait immobile sur la rampe d'accès, scrutant les réfugiés trempés qui s'entassaient devant elle. Kala, juste à ses côtés, renifla de mépris.

— Ils ont l'air à peine capables de marcher, grommela la grande femme.

Jani ne répondit pas. Ses yeux glissaient sur les silhouettes fatiguées, traînant des sacs dégoulinant de pluie et des visages mangés par la peur. La lassitude s'insinua en elle, un poids familier. Elle détestait ce genre de boulot, mais une organisation comme la sienne ne tournait pas toute seule.

Cyath s'approcha, un petit sac de toile serré dans ses mains tremblantes. Il hésita une seconde avant de le lui tendre.

— Les söls, dit-il simplement.

Jani attrapa le sac sans un mot et l'ouvrit d'un geste sec. À l'intérieur, des barres noires scintillaient faiblement sous la lumière artificielle de l'entrée du vaisseau. Elle tendit le sac à Kala.

— Vérifie.

Son bras droit compta les barres et contrôla deux d'entre elles avec un scanner.

— Le compte y est, Capitaine, annonça Kala en lui rendant le sac.

Jani enfouit le sac dans une poche intérieure de son manteau avant de planter son regard dans celui de Cyath. Elle le trouva encore plus creusé que tout à l'heure. Il attendait, la tête baissée, les épaules lourdes, comme s'il escomptait qu'elle les abandonne là après avoir empoché toutes leurs économies. Peut-être devrait-elle le faire, ce serait mieux pour eux.

— Vous avez de quoi payer. C'est déjà ça, grogna-t-elle.

Elle désigna le vaisseau d'un mouvement brusque.

— Montez, et vite ! Kala, conduis-les à leurs… quartiers.

— À tes ordres, Capitaine, répondit Kala, de cette voix chaude que Jani adorait.

Cyath hocha la tête et fit signe à son groupe d'avancer. Lentement, les réfugiés commencèrent à gravir la rampe, leurs chaussures couvrant le métal d'empreintes fangeuses. Certains titubaient sous le poids de leurs maigres possessions, d'autres tenaient des enfants qui, eux, ne pleuraient même plus. Ils n'étaient qu'une file de spectres brisés. Jani les regardait défiler en silence, son visage figé dans une indifférence glaciale. Elle connaissait ce genre de clients. Ils fuyaient quelque chose de pire que la mort et payaient pour une chance de recommencer ailleurs. Et elle leur vendait cette illusion. Rien de plus.

Mira, la gamine blonde, fut la dernière à monter. Elle agrippait la main de Cyath avec une telle force que ses jointures en blanchissaient. En passant devant Jani, elle leva les yeux et lui offrit un sourire timide, un sourire qui aurait pu désarmer n'importe qui. Jani détourna aussitôt le regard. Ne pas s'attacher ! Ne jamais s'attacher ! Telle était la règle. Elle attendit que le groupe disparaisse dans la soute avant de monter à son tour.

— Kala, on s'arrache ! lança-t-elle par-dessus son épaule.

— Avec plaisir, Capitaine. Je suis trempée, s'exclama la grande femme.

Kala donna ses ordres via l'intercom et le Vipère rugit en réponse, ses moteurs vrombissant sous la coque. Il quitta lentement le sol détrempé, arrachant des mottes de boue dans son sillage. La cuvette sombre et les lumières jaunâtres de Jinox s'évanouirent alors que le vaisseau gagnait les nuages. Le *Vipère Dorée* évita les courants traîtres de l'atmosphère, puis, d'un coup, émergea dans l'obscurité infinie et pure de l'espace. Jani expira longuement, relâchant la tension accumulée. Elle détestait ce moment-là : la sortie de l'atmosphère était toujours risquée. Si un vaisseau de l'Imperium avait été dans les parages, c'en aurait été fini d'eux.

— Je vais me changer ! déclara-t-elle. Kala, tu prends la passerelle.

— Moi aussi, j'aimerais retirer mes fringues trempées, lança Kala avec un sourire en coin.

— Plus tard, Kala ! Je t'envoie Jayce dès que possible, d'accord ?

— Très bien, Capitaine. À tes ordres, Capitaine, répliqua Kala de sa voix chaude.

Jani ne put s'empêcher de sourire. Kala savait toujours comment lui plaire. Elle s'excusa d'un haussement d'épaules, puis se dirigea vers sa cabine, pressée de se débarrasser de ses vêtements humides. Elle fronça les sourcils en voyant un de ses hommes la rejoindre en courant.

— Capitaine, Jayce m'envoie vous dire que les clients veulent vous parler, annonça-t-il avec un rictus désolé.

Jani s'arrêta net. Comment osaient-ils réclamer quoi que ce soit ? Son premier réflexe était de boucler ces idiots à fond de cale, mais elle préférait quand tout se passait sans heurts. Elle acquiesça et se dirigea vers les soutes. Jayce, un homme trapu au crâne luisant l'attendait devant la porte, l'air renfrogné.

— Désolé, mais le gars insiste, expliqua-t-il.

— Tu as bien fait. Va sur la passerelle. Kala aimerait se sécher.

Jayce s'éloigna en maugréant. Jani fit signe au garde d'ouvrir la porte. À l'intérieur, Cyath se leva dès qu'il la reconnut, sa fille toujours agrippée à lui.

— Qu'est-ce que tu veux ? lança Jani sans préambule.

Cyath déglutit.

— J'aimerais savoir où... où vous nous emmenez.

Elle leva les yeux au plafond.

— Ton contact a dû te donner les règles, non ?

— Oui, mais il... il était vague.

Un soupir agacé lui échappa.

— Une planète aux confins de la galaxie, hors de l'influence de l'Imperium. C'est tout ce que tu as besoin de savoir.

— Quelle planète ? insista Cyath.

Jani hésita un instant. Pourquoi ça l'intéressait ?

— Varaï, répondit-elle finalement. Une planète tempérée. Il y a déjà quelques communautés, des gens déposés là par des gens comme moi, afin qu'ils puissent recommencer leur vie loin des soldats et des prêtres.

Mira battit joyeusement des mains, avec enthousiasme. Cyath se montra plus placide, se contentant de hocher la tête.

— Merci, dit-il simplement.

Jani croisa les bras.

— Règle numéro un : vous restez ici. Pas de civils dans mes pattes. Clair ?

— Clair.

Elle se retourna pour partir, mais Mira lui bloqua le passage.

— Merci, madame. Les soldats ont tué ma maman… On ne pouvait pas rester.

La gorge de Jani se serra. Elle posa une main sur l'épaule de la petite, l'écarta doucement et sortit.

— Boucle-les ! dit-elle au garde.

Elle marcha rapidement vers sa cabine, forçant ses pensées à se détacher de ces visages trempés. Une fois seule, elle se déshabilla et prit une douche brûlante. Elle enfila une tenue rouge sombre qui soulignait ses formes, puis s'assit devant sa console. Ses doigts volèrent sur le clavier.

Message sécurisé :

« Colis en route. Livraison prévue dans huit heures. Préparez la réception. »

Les mots clignotèrent sur l'écran. Elle fixa les coordonnées de rendez-vous avec un malaise croissant. Ces gens n'étaient qu'un job, ne représentait qu'une pile de söls dans son coffre, qu'un moyen d'entretenir ses vaisseaux. Alors pourquoi Mira hantait-elle déjà ses pensées ?

Le fauteuil de commandement grinça légèrement sous le poids de Jani alors qu'elle se redressait, les coudes appuyés sur les accoudoirs. Ses doigts tapotaient distraitement sur le bord usé. Elle était le capitaine Jani Qorkvin, la célèbre contrebandière. Elle n'avait pas l'habitude de douter, pas l'habitude de laisser quoi que ce soit perturber son jugement. Ce boulot n'était pas glorieux, mais il était nécessaire. La vie lui avait appris une seule règle : la survie à tout prix. Les autres ne comptaient pas. D'ailleurs, les autres ne l'avaient jamais ménagée. Elle poussa un soupir agacé. Elle ne parvenait pas à oublier le regard de Mira, ses yeux brillant d'espoir et cette phrase qui tournait en boucle dans sa tête : *« Merci beaucoup, madame. Les soldats ont tué ma maman. »*

Elle chassa ce petit discours d'un geste rapide, comme si elle pouvait balayer les mots inscrits dans l'air. *Ce n'est qu'un job*, se répétait-elle. *Juste un autre boulot.* Elle se frotta énergiquement les yeux pour effacer le visage souriant de la fillette de ses pensées. *La compassion c'est pour les faibles*, se dit-elle.

Le système de communication crachota, brisant le silence de la passerelle.

— Capitaine, on a un problème, annonça Kala. La gamine s'est échappée de la soute. Elle traîne dans les couloirs.

Jani se leva d'un bond.

— Bordel ! Vous êtes censés les garder enfermés !

— Apparemment, elle a profité de l'ouverture de la porte, quand on leur a apporté le repas, se justifia Kala.

— J'en ai rien à foutre ! gronda Jani d'une voix qui claqua comme un fouet.

Elle inspira, tentant de maîtriser sa colère.

— J'arrive ! finit-elle par lâcher d'un ton sec.

Quelques minutes plus tard, elle déboulait dans le couloir. Kala l'attendait, appuyée contre la paroi, son éternelle attitude nonchalante masquant à peine son agacement.

— Elle est là-bas, fit-elle en désignant un coude du corridor d'un mouvement du menton.

Jani repéra Mira, assise en tailleur près d'un hublot. Les éclairs de lumière provoqués par la vitesse intersidérale défilaient au-delà de la vitre, projetant sur son visage des reflets bleutés. Elle semblait captivée par le spectacle, ses petites mains croisées sur ses genoux. En entendant les pas de la contrebandière, Mira se tourna, un sourire timide sur les lèvres.

— Je voulais voir les étoiles, dit-elle avec une douceur qui désarma instantanément Jani. C'est la première fois que je suis dans l'espace.

Elle sourit de toutes ses dents, l'innocence pure dans ses yeux brillants.

— Mais ça va trop vite, ajouta-t-elle, un soupçon de tristesse dans la voix. Maman me disait que c'était magnifique… qu'il y avait des points lumineux partout et des nébuleuses comme des nuages de couleurs…

Jani se planta devant elle, bras croisés, le visage impassible.

— Retourne dans la soute, ordonna-t-elle. Tu n'es pas censée être ici.

Mira ne bougea pas, toujours fascinée par le spectacle.

— C'est vrai qu'on va sur une belle planète ? demanda-t-elle doucement. Une planète où il n'y aura pas de soldats, où papa ne sera pas obligé de travailler jusqu'à être malade ?

Jani sentit son cœur se serrer. Pourquoi cette gamine lui posait-elle ce genre de questions ? Pourquoi ne pouvait-elle pas simplement obéir et retourner là où elle devrait être ? Elle inspira profondément, cherchant à reprendre le contrôle de ses émotions.

— Oui, répondit-elle finalement, sa voix plus rauque qu'elle l'aurait voulu. Une planète où vous pourrez vivre en paix. Mais pour ça, il faut que tu retournes avec les autres.

Mira hocha lentement la tête et se leva, ses mains agrippant le tissu usé de sa robe. Ses vêtements trempés collaient encore à sa peau. Elle hésita un instant avant de fouiller dans sa poche et de tendre un objet à Jani : un petit pendentif en bois sculpté. Simple, mais élégant, avec une finition qui trahissait un savoir-faire minutieux.

— C'était à ma maman, dit Mira avec une fierté empreinte de tristesse.

— C'est… joli, marmonna Jani.

— Je vous l'offre, pour vous remercier, insista Mira.

— Garde ça, rétorqua Jani, reculant légèrement. C'est à toi.

Mais Mira secoua la tête avec obstination.

— Non. Vous nous emmenez loin des soldats. Vous nous sauvez. Vous devez le garder. Ma maman disait toujours que c'est très impoli de refuser un cadeau.

Jani déglutit avec peine. Les mots de Mira, si innocents, la frappèrent plus violemment qu'elle l'aurait cru possible. Elle tendit la main avec hésitation, ses doigts effleurant le bois lisse. Elle aurait dû le refuser. Elle le savait. Elle n'en avait pas la force.

— Eh bien… merci, murmura-t-elle.

Sa voix n'avait plus rien de l'assurance tranchante qu'elle affichait habituellement. Elle grimaça un sourire avant d'ajouter :

— Maintenant, retourne dans la soute avant que je change d'avis.

Mira hocha la tête et s'éloigna, ses pas résonnant faiblement sur le sol métallique. Jani resta figée, le pendentif dans la main, ses doigts refermés autour de l'objet comme s'il brûlait. Kala, restée en retrait, brisa le silence.

— Tu vas bien, Capitaine ?

Jani se ressaisit, glissant le pendentif dans une poche intérieure.

— Pourquoi ça n'irait pas ? gronda-t-elle. Retourne à la passerelle. Tu es de quart.

Kala haussa les épaules, mais ajouta, d'un ton plus doux :

— C'est juste le boulot, Jani. Faut pas t'en faire.

Les yeux de Jani étincelèrent de colère.

— Ne joue pas à ça avec moi, Kala ! Dégage !

Son bras droit hocha la tête, habituée à ses sautes d'humeur. Elle lui lança un dernier regard avant de s'éloigner. Dès qu'elle fut seule, Jani expira longuement et s'appuya contre le mur. Elle tira le pendentif de sa poche et le fit tourner entre ses doigts. *Pourquoi cette gamine joue-t-elle avec mes nerfs ?* songea-t-elle. *Pourquoi est-ce qu'elle me trouble autant ?* Elle ferma les yeux. *Parce qu'elle me rappelle Vali…,* admit-elle enfin. Elle secoua la tête, perturbée par ce souvenir enfoui depuis des années.

— Bordel ! souffla-t-elle.

Vali, sa petite sœur qu'elle avait abandonnée. Elle jura et repoussa ce spectre du passé. Elle reprit le chemin de la passerelle en se répétant, tel un mantra : *ce n'est qu'un boulot, rien de plus.* Pourtant, son malaise ne disparut pas. *Huit heures ! Dans huit heures, ce sera fini,* se motiva-t-elle, même si au fond d'elle-même, elle n'était plus aussi sûre.

La lumière des écrans de la passerelle baignait le visage de Jani d'un éclat blafard, accentuant ses traits tirés. Ses doigts tambourinaient nerveusement sur l'accoudoir de son fauteuil tandis que ses yeux restaient rivés aux scanners. Une heure plus tôt, ils avaient capté la signature d'un vaisseau Vengeur. Et depuis, cette menace flottait au-dessus d'eux comme un fauve aux aguets. Kala, installée devant son terminal, était silencieuse, les yeux fixés sur ses instruments. La contrebandière voyait cependant à la rigidité de ses épaules qu'elle était tendue, elle aussi. L'air était lourd, chargé d'électricité. Tous savaient qu'ils ne feraient pas le poids face aux Gardes de la Foi. L'intercom grésilla.

— Capitaine, le gars dans la soute demande à vous voir, annonça la voix hésitante de Jayce.

Jani ferma les yeux, exaspérée.

— Dis-lui que je suis occupée.

Un court silence suivit. Puis, d'un ton plus insistant, Jayce reprit :

— Il dit que c'est urgent.

Kala tourna légèrement la tête, un sourire narquois sur les lèvres. Elle savait déjà ce que Jani allait faire. L'agacement de la capitaine monta d'un cran.

— Prends le relais au lieu de jouer la maligne, grogna-t-elle. Si quoi que ce soit bouge, tu me préviens immédiatement.

Kala hocha la tête sans un mot, retrouvant son sérieux. Jani quitta la passerelle d'un pas nerveux. Jayce avait intérêt à avoir une bonne raison pour l'avoir dérangée.

En entrant, elle trouva Cyath debout, les bras croisés, la mâchoire serrée. Mira était assise sur une caisse, les jambes battant l'air, mais dès qu'elle aperçut Jani, un grand sourire éclaira son visage. Cette gamine la regardait comme si elle était une héroïne, une sauveuse. Cela mit immédiatement Jani sur la défensive.

— Quel est le problème ? lâcha-t-elle, d'un ton sec.

Cyath sembla peser ses mots avant de parler.

— On sait tous les deux qu'il se passe quelque chose.

Jani croisa les bras et fronça les sourcils, son visage se durcissant encore.

— Je gère la situation. C'est tout ce que tu as besoin de savoir.

Mais Cyath ne se laissa pas démonter.

— J'ai entendu vos hommes parler, répliqua-t-il. Ils ont mentionné un vaisseau de l'Imperium. Si ce que je crois est vrai et si on est attrapés, ma fille et moi...

Il déglutit, sa voix se brisant légèrement.

— On finira dans un bagne. Et Mira...

Il ne termina pas sa phrase, mais ses lèvres pincées et ses yeux pleins d'inquiétude disaient tout. Jani serra la mâchoire, sentant l'agacement et quelque chose de plus profond bouillonner en elle. Elle détestait qu'on remette en question son autorité, encore plus lorsque cela venait d'un client.

— Écoute, U'Arthan, déclara-t-elle en avançant d'un pas. Mon boulot, c'est de vous transporter d'un point A à un point B. Pas de te tenir la main, ni de te rassurer. Si tu veux que ta fille survive, reste assis ici et laisse-moi faire mon travail.

Mais avant que Cyath ne puisse protester, Mira sauta de la caisse et s'approcha timidement de Jani.

— Vous êtes fâchée ? demanda-t-elle d'une petite voix

Le regard de Jani se durcit un instant, mais quelque chose dans les yeux de la gamine désarma ses défenses. Elle se détourna, inspira profondément, puis répondit plus doucement.

— Non, je ne suis pas fâchée, dit-elle. Mais il faut que vous restiez ici, tous les deux. Je dois rester concentrée, tu comprends.

Mira cligna des yeux, comme si elle pesait les paroles de Jani. Puis elle murmura, avec un sourire innocent :

— Oui... Un jour, je serai comme vous... aussi belle et forte.

Un frisson glacé parcourut Jani. Elle se raidit immédiatement.

— Non, tu ne veux pas être comme moi, je t'assure.

Cyath posa une main sur l'épaule de sa fille pour la retenir.

— Ne l'embête pas, Mira, dit-il avant de relever les yeux vers Jani. J'ai votre parole, n'est-ce pas ? Pas de soldats, pas de Gardes, pas de prêtres…

Jani sentit sa colère reprendre le dessus.

— Tu l'as ! cracha-t-elle avant de se détourner brusquement.

Elle quitta la soute sans attendre une réponse, ses pas rapides résonnant dans le couloir. Quand elle fut à bonne distance, elle s'adossa contre une cloison, le souffle court. Elle passa une main tremblante sur son visage. « *Un jour, je serai comme vous.* » Ces mots tournaient en boucle dans sa tête. Elle ferma les yeux, serrant les poings contre ses cuisses. *Non. Pas ça. Pas cette gamine.* Elle savait exactement ce que signifiait « être comme elle ». Elle savait ce que Mira deviendrait si elle survivait à tout ça : dure, froide, brisée. Jani se souvenait de sa propre ascension, des trahisons, des nuits sanglantes et de ce malfrat, beau et fascinant, qu'elle avait cru aimer avant qu'il la vende au plus offrant. Il avait fallu souffrir, tuer et se transformer en une arme pour s'en sortir, pour être à la tête de cet équipage, de son organisation.

Jani secoua la tête. Si elle livrait Mira à Terk, la gamine connaîtrait sans doute un sort similaire. Elle ne voulait pas se l'avouer, mais elle savait ce que deviendrait la petite fille.

— Non, murmura-t-elle pour elle-même, la voix tremblante. Ce n'est pas possible.

Elle n'eut pas le temps de rejoindre la passerelle. L'armtop accroché à son poignet vibra. Elle prit la communication.

— Capitaine, Terk essaye de vous joindre, signala Kala.

Jani jura entre ses dents. Terk ! Ce type n'était pas réputé pour sa patience.

— Je le prends dans ma cabine, répondit-elle sèchement.

En arrivant dans ses quartiers, elle s'installa derrière son bureau et activa sa console. L'image de Terk apparut aussitôt sur l'écran : massif, intimidant, le visage buriné par des années de violence et orné de tatouages complexes. Ses yeux perçants semblaient capables de traverser l'écran.

— Qorkvin, tu es en retard, aboya-t-il sans préambule.

— Oui, je sais, répliqua-t-elle avec irritation. On a eu quelques complications.

Le regard de Terk se durcit, son ton devenant glacial.

— J'espère que ces complications ne concernent pas ma marchandise.

Jani sentit son pouls s'accélérer, mais elle se força à afficher un masque d'indifférence : ne jamais montrer ses failles face à Terk.

— Tout est sous contrôle, mentit-elle. On arrive, mais il nous faudra un peu plus de temps.

Elle omit volontairement de mentionner l'Imperium et le Vengeur. C'était une bombe qu'elle préférait garder pour elle. Terk, cependant, n'était pas dupe. Il la fixa d'un regard méfiant.

— Tu sais ce que ça coûte d'être en retard avec moi, Qorkvin. Assure-toi que ça en vaille la peine.

Jani ouvrit la bouche pour répliquer, mais la voix de Mira résonna dans sa tête : « *Un jour, je serai comme vous.* » Elle sentit une tension désagréable se nouer dans son ventre.

Elle prit une décision.

— Je ne voudrais pas attirer l'Imperium jusqu'à toi, Terk, lança-t-elle.

Un silence tomba de l'autre côté de la communication.

— Quoi ? grogna-t-il.

— Un Vengeur fouille le secteur, expliqua-t-elle. Je ne sais pas s'il me traque moi ou la cargaison, mais je refuse de courir ce risque.

Les yeux de Terk se plissèrent.

— Tu plaisantes ? Tu t'es fait remarquer par les Gardes de la Foi ? Ils sont sur ta trace ?

— Peut-être que j'ai été trahie, qui sait, répondit-elle sèchement. Ou peut-être que ce Vengeur est là pour autre chose. Mais dans le doute…

Terk frappa du poing sur une table hors champ.

— Bordel, Qorkvin, démerde-toi ! gronda-t-il. Et fais vite !

La communication se coupa brusquement. Jani s'affala sur son fauteuil. Terk n'était pas un homme à prendre à la légère. Si elle le mettait en colère, elle risquait de voir les mercenaires de toute la galaxie lui tomber dessus comme des chiens affamés. Et pourtant… ses pensées dérivèrent vers Mira. *Et la gamine ?* songea-t-elle. Elle grimaça. *Je n'aurais pas dû la laisser m'approcher. Je ne peux pas me permettre d'avoir des états d'âme. Pas maintenant !*

Elle activa l'intercom.

— Kala, augmente notre vitesse. On ne peut pas traîner plus longtemps.

— Tu es sûre, Capitaine ? Le camouflage ne…

— Fais ce que je te dis !

— Compris, Capitaine, répondit Kala.

La voix calme de son bras droit la rassurait toujours un peu. Kala comprenait les impératifs, les risques. Mais à cet instant, même sa fiabilité ne suffisait pas à apaiser l'angoisse qui enflait dans la poitrine de Jani. Elle se servit une rasade de verte d'Ytar, la faisant tourner distraitement dans son verre avant d'en boire une gorgée.

Le répit fut de courte durée.

— Capitaine ! Viens vite ! cria Kala. Le Vengeur !

Elle n'avait pas besoin d'en dire plus. Leur vitesse accrue avait rendu leur camouflage moins performant. Jani se précipita sur la passerelle. En entrant, un bip strident lui perça les oreilles. Sur l'écran principal, un point rouge se rapprochait rapidement de leur position. Les chiffres défilant sur les côtés ne laissaient aucun doute : c'était le Vengeur.

— Putain… ils nous ont repérés ! siffla Kala.

Sur l'écran, l'ombre imposante d'un énorme vaisseau oblitérait les étoiles. Il était monstrueux, laid, noir, effrayant, sans lignes harmonieuses ou aérodynamiques. C'était une masse de métal destinée à terroriser tous ceux qui croisaient son chemin.

— Ses systèmes d'armements sont activés ! s'écria Kala, sans dissimuler la peur qui vibrait dans sa voix.

— Boucliers à pleine puissance, ordonna Jani. Velj, manœuvre d'évitement.

Velj, leur pilote, un jeune homme maigre et nerveux, tourna légèrement la tête, le visage crispé par un rictus terrifié.

— Ouais, grogna-t-il.

Un trait d'énergie lywar jaillit des canons du Vengeur, illuminant l'espace d'un éclair bleuté. Velj fit plonger le Vipère, esquivant de justesse l'impact.

— Bravo, souffla Kala.

— C'est pas moi, répliqua le pilote. Ils nous ont manqués exprès.

Kala blêmit, puis se pencha vers sa console.

— Capitaine, ils nous appellent ! s'exclama-t-elle.

Un silence catastrophé parcourut la passerelle. Jani inspira profondément et s'assit dans le fauteuil de commandement. Elle afficha rapidement la carte de la région sur sa console. Une solution se dessina, risquée, mais possible.

— Ils insistent, Jani, souffla Kala.

— Haut-parleur ! Velj, suis ces coordonnées. À pleine vitesse !

Une voix dure, mais chaude et modulée, retentit sur la passerelle ; une voix faite pour commander et pour convaincre.

— Ici le colonel Milar, Phalange écarlate. Vaisseau non identifié, mettez en panne immédiatement, par ordre de l'Imperium.

Jani frissonna. Il avait quelque chose de dangereux dans cette voix, une menace latente qu'il ne fallait pas prendre à la légère.

— Ne réponds pas, Kala. Velj ?

— Coordonnées entrées, Capitaine, répliqua le jeune homme.

— Qu'est-ce que tu as prévu ? demanda Kala, dans un murmure inquiet.

— Une manœuvre arm'taw.

Kala écarquilla les yeux, mais hocha la tête. Velj laissa échapper un rire nerveux.

— J'adore cette manœuvre, fanfaronna-t-il.

Le *Vipère Dorée* bondit en vitesse intersidérale, abandonnant derrière lui l'énorme cuirassé. Pourtant, chacun sur la passerelle savait que ce n'était qu'une question de temps avant que le Vengeur les rattrape. Des traits d'énergie lywar jaillirent dans le sillage du Vipère, mais Velj était un pilote très doué. Il réussit à éviter les tirs comme par magie.

— On ne tiendra pas longtemps, avertit Kala, dans un souffle angoissé.

Quelques minutes plus tard, le cargo sortit de l'hyperespace face à une étoile incandescente.

— Oh, bordel ! s'écria Kala. Je déteste cette manœuvre à la con !

— Elle m'aura sauvé la mise plus d'une fois, répliqua Jani. Velj, trace une trajectoire vers la couronne !

— C'est du suicide, marmonna Kala.

— Si on frôle la couronne sans être désintégrés, ça devrait brouiller leurs capteurs assez longtemps pour qu'on disparaisse en vitesse intersidérale, expliqua Jani. Mais on doit jouer serré.

Comme pour souligner sa déclaration, le Vengeur venait d'émerger de la vitesse intersidérale. Il manœuvrait déjà pour les prendre en chasse.

— Je gère, lança Velj d'une voix presque joyeuse.

Le Vipère s'approchait de la sphère en fusion. Les systèmes d'alarme du vaisseau se mirent à hurler. Velj était si concentré qu'il ne put éviter un dernier tir lywar. Le *Vipère Dorée* frémit sous l'impact.

— Dégâts sur la coque ! annonça Kala. Les boucliers sont à 40 %.

— Accélère ! cria Jani.

Le Vipère plongea vers la couronne solaire, frôlant l'impossible. À l'instant critique, Velj modifia la trajectoire, utilisant la gravité pour une poussée supplémentaire.

— Maintenant ! Vitesse intersidérale ! rugit Jani.

Velj poussa les commandes et le Vipère disparut, laissant l'étoile et le Vengeur derrière eux. Avec un peu de chance, les capteurs du cuirassé ne seraient plus en mesure de les pister. Le soulagement fut de courte durée. Les alarmes carillonnaient, signalant des systèmes critiques endommagés. Une odeur de métal brûlé flottait dans l'air.

— Capitaine ! s'exclama Kala en reprenant son souffle. Le tir du Vengeur nous a salement touchés et… et cette manœuvre n'a pas aidé. On doit se poser pour réparer.

Jani hocha la tête, les mains encore crispées sur les accoudoirs. Le système le plus proche ne possédait aucune planète avec une atmosphère. Elle grimaça, puis une ombre de sourire soulagé glissa sur ses lèvres. Une petite lune ferait l'affaire. Elle donna ses ordres. Elle se recula dans son fauteuil et expira lentement. Ils étaient saufs, pour le moment.

À côté de Jani, Kala hocha la tête, les traits tendus, mais déterminés. Le Vipère quitta la vitesse intersidérale dans un frémissement et plongea vers la surface grise et désolée de la lune. À travers le hublot de la passerelle, Jani observa le paysage stérile défiler sous leurs pieds : des crêtes rocheuses brisées, des plaines crevassées, et des montagnes abruptes qui projetaient des ombres menaçantes dans la lumière blafarde de l'étoile lointaine. Un lieu aussi inhospitalier qu'elle le souhaitait.

— Cherche un endroit pour poser cette ferraille, Velj, ordonna-t-elle.

— Déjà dessus, grogna le pilote, les yeux rivés sur ses instruments.

Le cargo trembla légèrement pendant toute la descente. Velj finit par repérer une vallée relativement large, encadrée par des falaises escarpées. La zone semblait sans danger, bien qu'elle soit parsemée de fissures et de blocs rocheux.

— Ça fera l'affaire, annonça Velj en serrant les commandes.

Les réacteurs du Vipère rugirent lorsque le pilote ajusta sa vitesse. Le vaisseau effleura le sol dans un crissement métallique, soulevant un nuage épais de poussière minérale. Le choc fit trembler la coque, mais Velj stabilisa l'appareil avec habileté. Jani expira lentement, relâchant enfin la tension qui comprimait sa poitrine.

— Kala, inventaire des dégâts. On répare ce qu'on peut et on repart dès que possible, déclara-t-elle d'une voix ferme, dissimulant sa fatigue.

— Compris, Capitaine, répondit Kala avant de se détourner, déjà en train d'aboyer des ordres à l'équipage.

Les hommes se dispersèrent immédiatement, certains vers la salle des machines, d'autres à l'extérieur pour évaluer les dommages visibles sur la coque. Jani resta un moment, seule sur la passerelle, ses yeux fixant l'horizon grisâtre à travers le hublot. Est-ce que ça avait marché ? Elle voulait croire que sa manœuvre avait suffi, qu'ils avaient semé le Vengeur. Mais elle connaissait le colonel Milar de réputation. Il ne renoncerait pas.

Jani descendit sur la surface pour rejoindre son équipage, balayant le chantier d'un regard critique. L'agitation régnait autour du Vipère. Kala supervisait les réparations, debout près des moteurs endommagés, ses cheveux noués en une tresse dégoulinante de sueur. De la coque fissurée s'échappaient des volutes de gaz pressurisés, qui se dispersaient dans l'air sec et raréfié. *Chaque seconde compte*, songea Jani en respirant difficilement.

— Capitaine, le tir du Vengeur a abîmé une partie des conduites principales. Si on n'y remédie pas vite, les propulseurs risquent de lâcher, rapporta Kala en passant devant elle avec une clé dans une main et une tablette dans l'autre.

— Je compte sur toi, répliqua Jani en croisant les bras.

Un peu plus loin, Cyath s'affairait lui aussi, accroupi devant un panneau qu'il resserrait avec une clé magnétique. Ses gestes étaient rapides, précis, ceux de quelqu'un habitué à ce genre de travail. Jani l'observa un instant, sans dissimuler sa méfiance. Il dut sentir son regard, car il lui adressa un sourire en coin.

— Ce n'est pas la première fois que je répare ce type de dégâts, dit-il en haussant les épaules.

— C'est bien pour ça que je te laisse faire, répondit-elle d'un ton sec.

Cyath éclata d'un petit rire et tourna à nouveau un boulon.

— Et parce que vous n'avez pas trop le choix, pas vrai ? ajouta-t-il avec une grimace provocatrice.

Jani plissa les yeux sans dire un mot. Certes, il avait raison, mais elle détestait dépendre d'un inconnu.

À quelques mètres de là, Mira courait joyeusement autour du vaisseau, ses cheveux blonds volant dans la faible brise. Elle semblait insouciante, presque heureuse, ignorant complètement la gravité de leur situation. La fillette s'émerveillait de tout : les rochers hérissés, le ciel pâle, les falaises à l'horizon. Jani fronça les sourcils.

— Mira ! cria-t-elle d'une voix sèche. Ne t'éloigne pas !

La gamine s'arrêta net avec une pointe de déception dans le regard.

— Je voulais juste voir les montagnes, dit-elle doucement.

— Ce n'est pas le moment, grogna Jani en avançant vers elle. Reste près du vaisseau.

— Obéis, Mira, intervint Cyath d'un ton autoritaire, sans quitter son travail des yeux.

Mira eut une moue contrariée, mais elle obtempéra. Elle s'assit sur un gros rocher non loin de là. Ses jambes se balançaient au-dessus du vide et son attention demeurait fixée sur l'horizon. Jani fronça les sourcils. Elle n'arrivait pas à comprendre comment cette gamine pouvait rester aussi insouciante dans une situation aussi désespérée. Ou peut-être que c'était précisément ça : Mira ne comprenait pas. Elle n'avait aucune idée de ce qu'ils fuyaient et encore moins des dangers qui les entouraient. Peut-être était-ce mieux ainsi.

Kala s'approcha à grands pas, la sueur perlant sur son front.

— Capitaine, les moteurs devraient être fonctionnels dans une heure, mais on aura besoin de tester la poussée. Ça risque d'être délicat avec la coque fissurée.

— On n'a pas le luxe d'attendre, répondit Jani en jetant un regard vers le ciel gris. Je veux qu'on soit prêts à décoller dès que ce sera possible. Si le Vengeur est encore dans le coin, on ne peut pas se permettre d'être une cible immobile, clouée au sol.

Kala hocha la tête et retourna vers l'équipage. Jani resta là un moment, les bras croisés, observant Mira du coin de l'œil. La fillette ramassa une pierre qu'elle fit rouler dans sa main avant de la lancer paresseusement dans la poussière. Elle était si insouciante, si inconsciente et pourtant, elle lui rappelait tellement de choses. Jani détourna le regard, s'efforçant de se concentrer sur ses hommes qui s'affairaient sur le Vipère.

Les réparations progressaient, mais pas assez vite. Kala et Cyath, désormais côte à côte, scellaient une brèche importante dans la coque avec des plaques métalliques de fortune. Jani s'apprêtait à demander combien de temps il leur restait quand une alarme retentit sur son armtop. Un frisson la parcourut.

— Capitaine, murmura Velj depuis la passerelle. Trois signatures entrantes… Des bombardiers classe Furie.

Le cœur de Jani se serra. Elle leva instinctivement les yeux vers le ciel, cherchant l'ennemi.

— Les Gardes noirs, souffla-t-elle.

Et ces trois mots résonnèrent comme une condamnation. Sur son armtop, elle enclencha une communication générale.

— Tous aux postes de combat ! Ils nous ont retrouvés. Kala ! Est-ce qu'on peut décoller ?

Kala ouvrit la bouche, mais Cyath répondit le premier, d'une voix ferme.

— Oui, la coque tiendra !

— Les moteurs sont réparés, précisa Kala en lui jetant un coup d'œil surpris. On peut partir !

Les trois Furies apparurent soudain au-dessus d'eux, plongeant à une vitesse vertigineuse avant d'atterrir dans un fracas assourdissant.

Ils soulevèrent un nuage de poussière qui dissimula brièvement les silhouettes d'une trentaine d'hommes jaillissant des appareils. Leurs armures noires reflétaient la chiche lumière de l'étoile lointaine. Les tirs lywar éclatèrent avant même que l'équipage des contrebandiers ait eu le temps de réagir. Des faisceaux d'énergie frappèrent la coque du Vipère. Des gerbes de gravier fusèrent autour d'eux. Les détonations résonnaient dans l'air sec, chaque impact vibrant jusque dans la poitrine de Jani.

— Position défensive ! hurla Kala dans l'intercom. Gardez-les loin des moteurs ! Équipes C et D, embarquez immédiatement !

Jani dégaina son pistolet lywar et posa un genou au sol. Elle ouvrit le feu. Elle savait qu'ils étaient désespérément sous-armés contre ces soldats d'élite. Chaque mouvement des Gardes noirs était précis et implacable. Ils faisaient preuve d'une discipline effrayante. C'est alors qu'elle vit la fillette figée au pied de son rocher, immobile et terrifiée.

— Mira, cours ! Monte à bord ! cria Jani, sa voix dominant le vacarme.

La petite fille ne bougea pas, pétrifiée de peur. Les mains sur les oreilles, elle fixait le chaos qui l'entourait comme un rongeur sous le regard d'un serpent.

— Bordel ! gronda Jani entre ses dents.

Sans réfléchir, elle bondit hors de son abri et se précipita vers Mira, ses bottes s'enfonçant dans la poussière. Les tirs lywar sifflaient autour d'elle, proches, trop proches. Une douleur aiguë lacéra son biceps. Elle grogna, mais ne ralentit pas. Elle atteignit Mira, glissant sur les genoux pour la saisir. Elle entoura la fillette de ses bras et serra contre elle le petit corps tremblant.

— Allez, on y va, lui dit-elle en tâchant de garder une voix calme malgré l'adrénaline qui déferlait dans ses veines.

Elle se redressa, Mira contre sa poitrine. Elle fit demi-tour et dévala la pente au pas de course, ses bottes dérapant sur le terrain instable. Une explosion éclata juste derrière elle et la bouscula. Elle heurta violemment le sol, le souffle coupé par une douleur intense. Jani réussit à ne pas s'évanouir. Elle cracha de la poussière qui crissa entre ses dents. Ses oreilles sifflaient désagréablement. Elle essaya de se relever, mais n'y parvint pas. À travers un voile flou, elle vit Cyath courir vers elle, ses traits animés par une détermination farouche. Il s'accroupit et hésita une fraction de seconde.

— Prends-la ! coassa Jani.

Il acquiesça, puis arracha Mira à ses bras.

— Vas-y ! s'écria-t-elle. Vas-y ! Je te suis !

Il hocha la tête, puis fit demi-tour. Il sprinta vers le Vipère comme s'il avait un démon aux trousses. Jani se releva tant bien que mal au milieu des explosions et des tirs lywar. Cyath était presque arrivé au vaisseau lorsqu'une rafale lywar le faucha en pleine course. Il s'écrasa lourdement sur le sol. Mira échappa à ses bras et roula sur plusieurs mètres et demeura immobile.

— Non ! hurla Jani.

Elle boitilla vers eux, grimaçant de douleur. Les tirs pleuvaient, des éclats de pierre ricochaient autour d'elle. Jayce, Kala et deux autres membres d'équipage apparurent, ouvrant le feu pour la couvrir.

— Jayce ! cria Jani. Occupe-toi de Cyath.

Jayce se précipita auprès de Cyath. Avec l'aide d'un camarade, il entreprit de le ramener à bord du vaisseau. Jani s'agenouilla près de Mira. La fillette était inconsciente, son visage pâle, mais elle respirait encore. Une bouffée de soulagement traversa Jani. Elle la souleva délicatement en grimaçant de douleur. Kala se dressa pour s'opposer aux Gardes noirs qui se rapprochaient. Elle ouvrit le feu.

— Cours, Jani ! hurla-t-elle en agitant son arme.

Jani partit en glissant sur le sol meuble. Elle s'écroula en haut de la rampe d'accès. Elle se retourna. Kala abattit un Garde. Les autres ripostèrent. Plusieurs tirs lywar la frappèrent. Son corps tressauta sous les multiples impacts, repoussé à plusieurs mètres. Elle tomba sur le dos, comme au ralenti, les yeux ouverts, mais vides.

— Non ! hurla Jani d'une voix brisée.

Elle voulut se précipiter vers son amie, mais quelqu'un releva la rampe qui se referma avec un clac ressemblant à une pierre scellant un tombeau. Jayce, debout près d'elle, criait déjà des ordres dans l'intercom. Le *Vipère Dorée* décolla dans une série de secousses violentes, s'arrachant à la gravité de la lune. Jani, toujours agenouillée avec Mira dans les bras, pleurait silencieusement.

— Capitaine, ça va ? demanda Jayce en s'approchant, sa voix mêlée d'inquiétude. Tu es blessée ?

Jani secoua la tête, revenant difficilement au présent.

— Non… Je… Je vais sur la passerelle. Conduis les blessés à l'infirmerie. Priorité à la gamine, d'accord ?

— Ouais, répondit Jayce avec une grimace désolée.

Elle se releva, les jambes tremblantes, et marcha jusqu'à la passerelle. Velj luttait avec les commandes, ses jurons emplissant l'air.

— On est trop endommagés pour une longue poursuite, Capitaine ! cria-t-il, le regard rivé sur les écrans.

Jani se laissa tomber dans son fauteuil de commandement. La douleur dans son bras était insupportable, mais elle savait que ce n'était rien comparé au vide qu'elle ressentait dans la poitrine. Kala était morte. Elle n'arrivait pas à se faire à cette idée. Et Mira… Elle baissa les yeux vers sa main tremblante, toujours couverte de la poussière de la lune et du sang de l'enfant.

— On tiendra, murmura-t-elle, plus pour elle-même que pour Velj. On doit tenir.

Ses doigts volèrent sur sa console, analysant les données. Une alarme silencieuse pulsa en rouge sur l'écran. Le Vengeur ! Jani serra les dents. Le Vipère n'était plus en état de tenter une nouvelle manœuvre comme celle qu'ils avaient exécutée plus tôt. Pourtant, hors de question de baisser les bras. Elle vit alors une possibilité, une idée folle…

— Velj ! Le champ d'astéroïdes !

Le pilote pivota vers elle, les sourcils froncés.

— Tu es sérieuse, Capitaine ?

— Enclenche le camouflage dès qu'on y est, ordonna-t-elle, sans détourner les yeux de l'écran.

Velj secoua la tête, un rictus nerveux sur les lèvres.

— T'es cinglée, mais… d'accord.

Sous ses mains expertes, le Vipère vira brusquement, se dirigeant vers une zone de l'espace encombrée d'astéroïdes massifs. Ils tournaient lentement, certains projetant des ombres démesurées, d'autres roulant sur eux-mêmes dans des trajectoires chaotiques. Chaque instant passé là-dedans serait une danse avec la mort. Les moteurs du Vipère hurlèrent lorsque le vaisseau pénétra dans ce piège mortel. Des morceaux de roche défilèrent de chaque côté, parfois si proches que Jani eut l'impression qu'ils allaient racler la coque. Le frêle cargo se glissait habilement dans cet enfer, esquivant des blocs qui auraient suffi à le réduire en poussière.

— Enclenche le camouflage, maintenant ! ordonna-t-elle.

Velj appuya sur un bouton. Une vibration familière résonna dans tout le vaisseau alors que le bouclier furtif se déployait, brouillant leur signal.

— Le Vengeur lance ses bombardiers Furie, rapporta Sorya, sa tacticienne. Trois signatures entrantes. Ils vont nous traquer et ils vont nous trouver.

Jani serra les mâchoires. Sorya avait raison. Les Furies finiraient par les retrouver, mais elle refusait de céder à la peur.

— Je ne me laisserai pas prendre facilement, grogna-t-elle, presque pour elle-même.

Elle activa l'intercom.

— Jayce, prépare la navette. On va l'éjecter.

Velj tourna la tête vers elle, un sourire approbateur sur le visage.

— T'es la meilleure, Capitaine.

Le Vipère continua de se faufiler au milieu des rochers, chaque manœuvre repoussant un peu plus les limites du vaisseau. Quelques minutes plus tard, une petite navette fut catapultée par le sas. Elle dériva lentement dans le chaos du champ d'astéroïdes, sa coque scintillant faiblement. L'un des énormes rocs la heurta. L'explosion illumina l'espace, projetant des débris dans toutes les directions.

— Avec un peu de chance, ça les occupera, murmura Jani en serrant les accoudoirs de son fauteuil.

Elle remarqua un astéroïde massif au flanc criblé de crevasses et de cavités. Une idée germa immédiatement.

— Là ! Pose-nous sur celui-là, Velj !

Le pilote ne répondit pas, concentré sur les commandes. Le *Vipère Dorée* se glissa à travers le chaos de roches en mouvement et, avec une douceur surprenante, se posa dans une large anfractuosité à la surface de l'astéroïde.

— Sorya, coupe tout, y compris les moteurs et les systèmes environnementaux. On fait le mort, ordonna Jani. Et que personne ne fasse de bruit !

Les lumières s'éteignirent une à une, plongeant la passerelle dans une obscurité oppressante, uniquement éclairée par la lueur rouge des systèmes de secours.

— Combien de temps ? demanda Sorya, à voix basse.

— Au moins quarante-huit heures, répondit Jani d'un ton sec.

Un silence pesant s'installa. Velj soupira, se penchant en arrière.

— Espérons que ça va marcher, marmonna-t-il tout en scrutant les écrans éteints.

— Il faut y croire, dit-elle d'une voix à peine plus forte qu'un murmure.

Velj tourna la tête vers elle et son regard s'adoucit.

— Tu devrais aller te soigner, Capitaine.

Elle baissa les yeux vers son bras. Le sang s'était figé sur sa manche, mais la douleur pulsait encore. Elle hocha la tête sans un mot et quitta la passerelle. L'infirmerie baignait dans une semi-obscurité. L'odeur âcre de désinfectant flottait dans l'air. Mira était étendue sur un lit d'appoint, une perfusion attachée à son bras frêle. Son visage, paisible malgré tout, était pâle sous la faible lumière. Cyath, allongé non loin, avait le visage couvert de pansements. Chaque respiration semblait un effort.

Haral, le médecin, releva la tête en entendant Jani entrer. Ses traits fatigués témoignaient de la pression qu'il venait de vivre.

— Il est stable, dit-il doucement, en désignant Cyath.

— Et la petite ? demanda Jani, son regard rivé sur Mira.

Haral grimaça, ses épaules s'affaissant légèrement.

— Je ne suis pas confiant, murmura-t-il.

Jani hocha la tête, luttant pour garder un visage impassible. Elle s'assit sur un tabouret pendant que Haral s'affairait à désinfecter et bander son bras. La douleur était une distraction bienvenue, étouffant momentanément sa tempête émotionnelle. Son regard retourna vers Mira, immobile sur le lit. Elle ne voulait pas la perdre.

— J'ai fini, souffla Haral.

Jani se leva, rattrapée par sa fatigue immense.

— Je vais dans ma cabine. Je veux être mise au courant si leur état évolue.

— Bien sûr, Capitaine.

Elle jeta un dernier coup d'œil sur la petite blessée, puis sortit de l'infirmerie.

Les heures s'égrainaient dans un silence oppressant. Le Vipère reposait sur l'astéroïde, camouflé dans l'ombre rugueuse de la roche géante. Le vaisseau semblait lui aussi retenir son souffle. Les systèmes principaux étaient éteints et les lumières tamisées plongeaient les coursives dans une semi-obscurité seulement rompue par la faible lueur rouge des systèmes de secours. Jani, assise dans le fauteuil de commandement sur la passerelle, fixait l'écran des scanners passifs. Rien. Pas de signatures ennemies, pas de vaisseaux approchants. Pourtant, elle ne parvenait pas à se détendre. Elle avait envoyé son équipage se reposer, mais elle-même restait éveillée, incapable de chasser les fantômes de son esprit. Elle revoyait Kala tomber, ses yeux morts fixant l'infini. Elle avait toujours cru que son bras droit était indestructible. Elle lui manquerait. Elle lui manquait déjà. Elle n'arrivait pas à se pardonner sa mort. Jani soupira. Elle ne parvenait pas à oublier le regard suppliant de Mira et le sacrifice de Cyath. Elle savait que chaque décision avait un prix et que la survie coûtait des vies.

Jani quitta la passerelle et entreprit un tour du vaisseau, vérifiant les réparations, posant des questions à son équipage. Par des mots choisis, elle leur insuffla du courage pour les heures à venir. Elle termina sa ronde en rejoignant l'infirmerie. En entrant, elle eut la surprise de voir que Mira était éveillée. Ses grands yeux brillaient de fatigue dans son visage pâle.

— Bonjour, murmura la petite, d'une voix rauque.

Jani s'assit près de son lit, posant les coudes sur ses genoux.

— Tu es une coriace, marmonna-t-elle. Comment te sens-tu ?

Mira tenta un sourire courageux, bien que ses yeux trahissent la douleur.

— Ça fait mal, mais le docteur a dit que je vais m'en sortir.

Un soupir de soulagement échappa à Jani.

— Tu as eu de la chance, souffla-t-elle doucement. Ton père aussi.

Mira hocha la tête. Elle la fixait avec une admiration innocente qui troubla Jani.

— Vous nous avez sauvés. Merci, dit-elle avec sincérité.

Les mots frappèrent Jani comme un coup. Elle détourna les yeux, mal à l'aise, son regard errant sur les moniteurs. Elle ne pouvait oublier son rendez-vous avec Terk.

— C'était… la moindre des choses, marmonna-t-elle, sans trop y croire elle-même.

Un bruit derrière elle attira son attention. Cyath, appuyé sur Haral, se redressait lentement sur son lit. Une large bande de tissu couvrait son visage. Pourtant, un faible sourire se dessinait sur ses lèvres.

— Merci, Capitaine, murmura-t-il, d'une voix tremblante, mais reconnaissante.

Jani se raidit, toujours sur la défensive.

— Merci de quoi ? lâcha-t-elle.

— Tu aurais pu nous abandonner, répondit-il calmement.

Elle haussa les épaules, feignant une indifférence qu'elle ne ressentait pas.

— Ne t'emballe pas. Il m'arrive de faire des choses stupides.

Cyath laissa échapper un petit rire, prenant ses mots pour une plaisanterie. Mais Jani, elle, demeura silencieuse, évitant son regard.

De retour sur la passerelle, elle consulta les scanners passifs avec soin. Les lectures étaient claires : le Vengeur n'était plus là. Milar avait-il vraiment abandonné ? Elle avait réussi à le tromper. Pourtant, une partie d'elle restait méfiante. Elle se demanda un instant s'ils devaient patienter encore un jour ou deux. Sorya, sa tacticienne, prit l'initiative :

— Il n'y a plus personne, Capitaine. Le Vengeur est parti.

Jani inspira profondément, son regard fixé sur les écrans. C'était le moment.

— Très bien, dit-elle. Quittons cet endroit.

Les systèmes s'allumèrent lentement, ramenant le Vipère à la vie. Les moteurs émirent un grondement sourd alors que le vaisseau décollait doucement, se détachant du rocher pour s'éloigner du champ d'astéroïdes. Quelques minutes plus tard, ils atteignirent l'espace dégagé et n'y trouvèrent aucun signe du cuirassé ennemi. La tension retomba légèrement et Jani entendit plusieurs soupirs de soulagement autour d'elle. Elle n'était pas encore libérée. Il lui restait une grave décision à prendre.

— Capitaine, les coordonnées pour le point de livraison sont prêtes, annonça Velj depuis son siège.

Comme elle ne répondait pas, Sorya se tourna vers elle, attentive.

— Est-ce que je contacte Terk ?

Jani se figea, tiraillée par leur intérêt et ses propres doutes. Elle fixa l'écran devant elle et la voûte étoilée parsemée de points lumineux. Ses doigts pianotèrent distraitement sur l'accoudoir. Seule la survie comptait. Seul le présent. Puis son regard se durcit. Mira. Cyath. Les réfugiés. *Non, pas cette fois ! Que Terk et la guilde aillent se faire cuire le cul !* se dit-elle.

— Efface ces coordonnées, Velj, ordonna-t-elle soudain.

Le pilote tourna la tête vers elle, incrédule.

— Pardon ?

Elle planta son regard dans le sien, glacial et déterminé.

— Efface-les ! On ne va pas là-bas.

Velj ouvrit la bouche pour protester, mais Sorya parla la première.

— Mais… Terk ? La guilde ?

— Je ne suis pas à leurs ordres, répliqua Jani, d'une voix froide comme la mort. Je gère. Je suis Jani Qorkvin.

Elle se leva, son regard balayant la passerelle.

— Ces gens, là-bas, dans notre soute… Ils ne méritent pas ça.

Un silence pesant tomba sur l'équipage. Velj jeta un coup d'œil à Sorya, puis de nouveau vers Jani.

— Où on les dépose, dans ce cas ? demanda-t-il enfin, hochant lentement la tête.

Un sourire ironique étira les lèvres de Jani.

— Varaï. Après tout, c'est la destination que je leur ai vendue.

Velj secoua la tête, amusé malgré lui.

— Varaï, hein ? Très bien, Capitaine.

Le Vipère changea de cap, glissant dans le vide stellaire, emportant avec lui une promesse silencieuse. Cette fois, elle avait choisi. Pas pour la survie. Pas pour elle. Mais pour eux.

Le *Vipère Dorée* perça les nuages denses de Varaï deux jours après leur départ du champ d'astéroïdes. Depuis l'orbite basse, la planète offrait un spectacle presque irréel. Des forêts infinies, des plaines verdoyantes et des chaînes de montagnes enveloppées de brume s'étendaient à perte de vue. Un monde intact, loin des griffes de l'Imperium. Jani restait immobile sur la passerelle, observant la surface de Varaï et sa promesse de renouveau. Et pourtant, dans un coin de son esprit, le doute subsistait. Avait-elle vraiment fait le bon choix ? Elle secoua la tête. Bien sûr que oui. Elle l'avait fait pour eux, pour ces malheureux dans ses soutes, pour Cyath, pour Mira.

Sous les mains habiles de Velj, le Vipère se posa doucement non loin d'une colonie nichée entre des collines boisées. Depuis l'un des hublots, Jani pouvait voir les champs parfaitement entretenus, des touches de rouge et de noir signalant le sorgho et l'or du blé qui prospéraient sous le soleil éclatant. Plus loin, des silhouettes humaines travaillaient, leurs mouvements lents et paisibles contrastant avec la violence de ses souvenirs.

Elle se tenait à l'entrée du vaisseau lorsque les réfugiés commencèrent à descendre un à un, certains traînant des sacs usés, d'autres jetant un dernier coup d'œil méfiant à l'intérieur du cargo. Malgré leur fatigue et leurs blessures, ils s'efforçaient tous de sourire. Ils étaient reconnaissants et cette chaleur silencieuse déconcertait Jani. Puis, au milieu de la file, Mira apparut, son bras en écharpe. Elle courut vers Jani, ses cheveux blonds flottant dans la brise légère.

— Merci ! C'est comme tu as dit, c'est super beau ! s'exclama la fillette, ses yeux brillant d'émerveillement.

Jani se pencha vers elle avec un sourire fatigué sur ses lèvres.

— Et il n'y a pas de soldats, répondit-elle doucement.

Cyath les rejoignit quelques instants plus tard. Son visage était encore bandé, dissimulant les marques des blessures qu'il porterait toute sa vie. Mais ses yeux, eux, étaient clairs, emplis d'une gratitude sincère.

— Capitaine Qorkvin, je vous remercie, dit-il en se tenant droit. Vous avez tenu parole.

Jani haussa les épaules, cherchant à minimiser ses propres actions.

— Oui, allez… Prends soin de ta fille et ce sera parfait.

Mais Cyath ne semblait pas prêt à partir. Il prit une profonde inspiration, rassemblant ses pensées.

— Je pourrais rester, lâcha-t-il finalement. Je suis bon mécanicien.

Jani plissa les yeux, intriguée.

— Je t'offre une nouvelle vie sur un monde loin des mercenaires et, surtout, loin de l'Imperium. Pourquoi est-ce que tu voudrais devenir un contrebandier ? C'est un métier dangereux.

Cyath posa son regard sur Mira, puis sur les collines et le village en contrebas, comme s'il cherchait une réponse dans ce paysage tranquille.

— Parce que je te dois ma vie… et celle de Mira, répondit-il enfin.

Jani croisa les bras, avec un mélange de scepticisme et de fatigue dans les yeux.

— Justement, ce n'est pas une vie pour une petite fille, rétorqua-t-elle.

Cyath hocha lentement la tête, mais son expression restait indécise.

— Peut-être…

Il détourna le regard vers la campagne verdoyante. Le ciel bleu était dégagé et les champs ondulaient doucement sous la brise. Plus loin, les habitants de la colonie travaillaient sous le soleil de l'après-midi. La simplicité de ce monde contrastait violemment avec tout ce qu'il avait connu.

— Je ne suis pas certain d'avoir une âme de fermier, marmonna-t-il presque pour lui-même.

Jani esquissa un sourire malgré elle.

— Je peux comprendre ça, mais Mira…

Avant qu'elle puisse finir, la voix de la fillette résonna, brisant l'échange :

— On peut rester avec toi, dit ? s'exclama Mira accrochée à la manche de son père.

Jani se mordit la lèvre, réfléchissant un instant. Elle savait ce qu'elle devait dire, ce qu'elle devrait faire. Mais quelque chose en elle, peut-être un reste d'humanité qu'elle avait cru mort, la poussa à prendre une autre décision. Elle soupira, consciente de faire une énorme bêtise.

— Très bien. Si c'est ce que tu souhaites, finit-elle par dire.

Les yeux de Mira s'illuminèrent, mais Jani leva une main pour tempérer l'enthousiasme.

— Nous passerons d'abord par notre base sur Firni. Ce n'est pas le paradis… La planète est presque inhabitable, mais ma forteresse est chaleureuse. Les familles de mon équipage y vivent. Mira pourra s'y faire des camarades. Toi… On verra.

Un sourire, discret, mais franc, se dessina sur le visage de Cyath.

— Merci.

Jani pointa un doigt vers lui, son expression redevenant dure.

— Mais attention. Si tu fais une connerie, je te jette par-dessus bord.

Malgré ses bandages, Cyath éclata d'un rire sincère.

— Compris, Capitaine.

Il fit demi-tour et rejoignit les réfugiés, leur parlant brièvement avant de revenir vers le Vipère. Jani le regarda monter à bord, puis jeta un dernier coup d'œil à Varaï.

Ce monde avait toujours représenté une promesse, un nouveau départ. Cette fois, cependant, elle avait choisi de ne pas le quitter les mains vides. Elle emportait avec elle quelque chose qu'elle n'avait pas osé espérer depuis longtemps : une seconde chance, pour elle comme pour eux. Cyath lui lança un regard, une étincelle de détermination dans les yeux. Jani hocha la tête. Pour tous les deux, une nouvelle vie commençait.

Dilemme

Se déroule presque six ans avant le début de
YGGDRASIL — 1 — La prophétie

Le Vengeur 319, l'imposant cuirassé de la Phalange écarlate, fendait l'espace à la vitesse maximale. Sur la passerelle baignée de lueurs froides et bleutées, le colonel Devor Milar se tenait immobile, les mains croisées derrière le dos, le regard perdu dans le défilé hypnotique des étoiles, au-delà du hublot latéral. Ce point d'observation, dominant tout le poste de commandement, était son refuge. À le voir, on aurait dit une statue incarnant la discipline, mais à l'intérieur, ses pensées bouillonnaient comme un volcan prêt à exploser.

Trois semaines avaient passé depuis Alima, mais le souvenir de cette nuit infernale refusait de se dissiper. La lumière… Il revoyait sans cesse cette lueur éclatante qui avait traversé son esprit, détruisant son contrôle mental, libérant ses émotions. Alima ! Il avait annihilé ce monde, il l'avait noyé sous le feu lywar de son vaisseau. Sur un ordre direct de Dieu, il avait éradiqué des millions de vies avec la froideur qui caractérisait les Gardes de la Foi — ces soldats conçus pour ne rien éprouver. Pourtant, depuis cette nuit-là, Devor Milar était rongé par de violents remords qui le poignardaient sans relâche et lui reprochaient les nombreuses atrocités qu'il avait commises tout au long de son existence. Ses émotions, autrefois étouffées, bouillonnaient en lui de façon incontrôlable.

Une voix nette l'arracha à ses pensées.

— Colonel, nous approchons du système VgB.

Il tourna lentement la tête vers son officier en second, puis quitta le hublot d'un pas mesuré pour rejoindre le centre de la passerelle. La Phalange écarlate avait reçu l'ordre de se rendre dans ce système fraîchement libéré de l'emprise des Hatamas. Une colonie venait de s'y installer sous la surveillance d'une unité des Soldats de la Foi et, trois jours plus tôt, cette base avait émis un signal de détresse. Il était du devoir des Gardes de la Foi de rétablir l'emprise de l'Imperium dans ce système. Milar ne comptait plus les missions de ce type accomplies au cours de sa vie.

— Positionnez-nous en orbite autour de la colonie, commanda-t-il.

Le *Vengeur 319* ralentit progressivement, ses propulseurs ajustant délicatement sa trajectoire. Les étoiles cessèrent de défiler pour laisser place à une sphère verdâtre tachée de gris et de blanc.

— Colonel, le poste de communication intercepte un message, annonça l'opérateur. C'est une balise d'alarme automatisée.

— Lecture ! fit Milar avec un mouvement agacé de la main.

La passerelle fut envahie par une voix désespérée qui répétait en boucle :

— Ici base 302. Nous sommes attaqués. Ici base 302. Nous sommes attaqués par des ennemis extérieurs.

D'un geste, Devor Milar ordonna de couper le son, puis de joindre quelqu'un à l'origine de cette transmission. Seul le silence leur répondit. Il fit scanner la surface de la planète, mais les signes de vie spécifiquement humains étaient trop diffus pour être exploitables. Il décida donc l'envoi de deux compagnies pour enquêter sur place.

À peine posé sur le sol de la planète, le capitaine Huin rendit compte.

— *Colonel, il y a des cadavres partout dans les rues. Ils ont été massacrés. La base militaire semble avoir résisté à la destruction. Je vais m'en approcher.*

— Bien reçu, répondit Milar.

Huin rappela quelques minutes plus tard pour lui apprendre que des survivants s'étaient retranchés dans la base.

— Ne bougez pas, Capitaine. Je vous rejoins.

Devor Milar descendit de la navette du pas énergique qui le caractérisait. Ses bottes s'enfoncèrent légèrement dans le sol mou et marécageux. Une odeur nauséabonde d'eau croupie et de décomposition saturait l'air. Une humidité suffocante rendait chaque respiration pesante. Il grimaça, dissimulant son dégoût derrière un masque de froide discipline. Autour de lui, le paysage était un cauchemar verdâtre : des flaques stagnantes reflétaient un ciel grisâtre et la végétation rampante semblait vouloir étouffer ce monde dans son étreinte maladive. Des cadavres éparpillés parsemaient les alentours, leurs formes grotesques lentement avalées par le marais, leurs uniformes imbibés d'eau croupie. Cet endroit oublié était un charnier silencieux.

Milar traversa la colonie à grandes enjambées, ses yeux balayant les cabanes en plastine qui s'effondraient inexorablement dans la boue. Les corps des colons gisaient dans les ruelles, mais il ne leur accorda qu'un regard distant. Ils étaient morts. Ils ne faisaient plus partie de l'équation. Le capitaine Huin l'attendait à quelques mètres d'une structure massive criblée d'impact : la base militaire. L'officier le salua brièvement, puis désigna la lourde porte blindée.

— Colonel, j'ai établi un contact avec les survivants barricadés à l'intérieur.

Avant que Milar ne puisse répondre, la porte émit un grincement métallique qui hérissa les poils sur sa nuque. Les gonds protestaient sous le poids des deux imposants battants. Un homme émergea dans l'ombre. Il marchait lentement, d'un pas lourd. Son uniforme de combat, taché de boue et de sang séché, portait les épaulettes d'un commandant, mais il avait l'air d'un homme écrasé par ce qu'il avait vu. Une barbe hirsute couvrait son visage fatigué et ses yeux cernés semblaient fixer un point au-delà de Milar.

— Vous avez mis le temps ! lâcha-t-il d'une voix rauque dans laquelle vibrait un mélange de reproches et de lassitude.

Milar ne répondit pas immédiatement. Il détailla avec une attention glaciale le nouveau venu, s'attardant sur la tenue souillée, sur les blessures et les traits blafards de son interlocuteur. Enfin, il gronda d'un ton de commandement, sec et cassant :

— Identifiez-vous !

L'officier se redressa légèrement et affronta le regard perçant du Garde de la Foi.

— Malk Thadees, commandant de cette base, déclara-t-il d'une voix lasse. Et vous ?

L'indifférence de Thadees fit naître une étincelle de contrariété chez Milar. Peu d'hommes osaient lui parler sur ce ton.

— Colonel Devor Milar, Phalange écarlate, répliqua-t-il, sèchement.

Thadees le dévisagea, scrutant l'armure noire impeccable et le visage impassible du colonel.

— Sans rire ? s'exclama-t-il. Je ne vous aurais pas cru si jeune.

Milar haussa un sourcil, surpris par cette réaction. Il avait l'habitude d'intimider, d'inspirer crainte et soumission. Cette réponse presque enjouée le déstabilisa un instant, mais il n'en laissa rien paraître.

— Que s’est-il passé ici ? demanda-t-il froidement, revenant au sujet principal.

Le visage de Thadees se ferma. Ses traits, déjà marqués par la fatigue, s’assombrirent encore.

— Les Hatamas nous ont attaqués, voilà ce qui s’est passé, grogna-t-il.

Milar plissa les yeux, intrigué.

— Les Hatamas ont été repoussés en VgZ. Cette planète a été déclarée ouverte à la colonisation il y a…

— Cinq mois ! coupa Thadees, avec amertume. Cinq misérables mois. Cette planète était leur territoire. Je ne sais pas s’ils voulaient la reprendre ou se venger, mais ça n’a plus d’importance. Nos colons ont pratiquement tous été massacrés. Ces maudits lézards gris nous sont tombés dessus par surprise et se sont déchaînés. Ils étaient dix fois plus nombreux.

Milar détestait la lâcheté sous toutes ses formes. Cet officier, indigne de son uniforme, s’était tout simplement enfermé dans cette base en attendant que d’autres fassent le travail à sa place.

— Ainsi, vous avez fui, siffla-t-il avec dédain.

Le regard de Thadees s’enflamma instantanément. Il se redressa, ses épaules se tendant sous la colère.

— Jamais de la vie ! s’écria-t-il avec force. Nous avons tenu aussi longtemps que possible, mais nous étions submergés. Ils nous auraient tous massacrés si nous étions restés. J’ai regroupé les survivants que j’ai pu trouver et nous nous sommes retranchés ici en espérant être secourus à temps. C’est la seule chose que je pouvais faire pour leur sauver la vie.

Milar l’observa avec plus d’attention. Sa rage n’était pas feinte, et il ne semblait pas intimidé par le regard glacial du colonel. Cet homme osait lui tenir tête et cela éveillait autant son irritation que sa curiosité.

— Combien en avez-vous sauvé ? demanda Milar après un moment de silence.

— Une vingtaine de civils et six soldats, répondit Thadees, d’une voix épuisée.

Milar hocha la tête lentement. C’était vraiment très peu. Connaissant la brutalité des Hatamas, un tel massacre n’était pas étonnant. Il allait lui offrir le bénéfice du doute.

— Je vais donner l’ordre de vous faire conduire, avec les survivants, à bord de mon vaisseau, dit-il. Nous allons nettoyer cette planète.

— C’est hors de question, Colonel, répliqua Thadees avec un éclat de défi dans les yeux.

Milar se raidit. Il n'aimait pas être contredit.

— Qu'avez-vous dit ? siffla-t-il d'un ton glacial.

— J'ai dit non, répondit Thadees avec une fermeté déconcertante. Je connais vos méthodes. Je sais ce que signifie « nettoyer une planète » pour vous. Vous allez massacrer les Hatamas, peu importe les conséquences.

— Et alors ? rétorqua Milar avec un rictus froid.

Thadees avança d'un pas, les poings serrés.

— Ces maudits non-humains ont capturé des femmes, des enfants… et plusieurs de mes hommes. Vous savez très bien ce qu'ils feront d'eux si vous attaquez.

Milar haussa un sourcil.

— Je doute qu'ils soient encore en vie.

— Je veux en être certain, cracha Thadees. Je ne les sacrifierai pas ! Pas sans avoir essayé de les sauver.

Devor Milar dévisagea longuement Malk Thadees. Son regard bleu glacier fouillait chaque détail du visage usé de son interlocuteur. Sous cette barbe de plusieurs jours, sous cet aspect négligé, sous ses épaules affaissées, il distinguait quelque chose de rare : du courage. Pas celui des grandes batailles, mais celui, obstiné, d'un homme qui refusait de plier. Sa lassitude avait sans doute émoussé sa prudence, mais cela ne changeait rien. Un tel manque de respect méritait une mort rapide, pour l'exemple. Autrefois, il l'aurait abattu sans même y penser. Aujourd'hui, il hésitait en proie à un dilemme étrange, un dilemme qui se nommait Alima.

— Vous jouez avec le feu, Commandant, déclara-t-il d'une voix voilée, presque douce. Je pourrais vous égorger ici et maintenant.

Thadees serra les dents, ses yeux étincelants de défi malgré la peur qui perlait sur son front.

— Qu'attendez-vous ? répliqua-t-il.

Sa pomme d'Adam remonta nerveusement le long de sa gorge. Il essayait de dissimuler sa terreur, mais Milar n'était pas dupe. Néanmoins, il percevait autre chose. Grâce à son don d'empathie — cette aptitude quasi surnaturelle qui lui permettait de capter les émotions —, il ressentait la détermination brute qui animait Thadees ; une force étrange, pure, bien qu'enrobée de peur. Cet homme était prêt à tout pour les captifs. Absolument tout. *Intéressant. Peut-être qu'il mérite une chance*, se dit-il.

— Une autre fois, Commandant, répondit-il finalement, avec un sourire ironique, presque cruel.

Il reporta son attention sur sa mission. Thadees avait raison. Les tactiques des Gardes de la Foi impliquaient de pulvériser l'ennemi en limitant les risques : bombardement orbital, tirs massifs, pas de quartier et, bien sûr, peu de compassion pour les pertes collatérales. Sa conscience toute neuve se rebellait contre cette méthode. Il se tourna vers le capitaine Huin, qui attendait ses ordres, avec cette impassibilité caractérisant les Gardes.

— Capitaine, je pense que les Hatamas sont toujours sur cette planète. Repérez leur position !

Huin s'exécuta sans un mot. Quelques secondes passèrent avant qu'il relève la tête.

— Je les ai, Colonel. Je vous envoie leurs coordonnées.

Milar consulta l'écran de son armtop. Une carte s'afficha. Les Hatamas avaient établi leur camp dans les ruines d'un ancien temple, situé au cœur des marécages, à une trentaine de kilomètres. Cette position retranchée et isolée serait difficile à atteindre sans être repérés. Un survol et un bombardement avec les Furies seraient le plus efficaces, mais aucun captif ne s'en sortirait vivant. *Non*, se dit-il. *Je ne peux pas faire ça.*

Il éteignit l'écran puis se tourna vers Huin.

— Nous allons secourir les prisonniers. Vous venez avec moi. Capitaine Bardon, vous sécurisez cette base. Transférez les survivants à bord du Vengeur.

— À vos ordres ! dirent Huin et Bardon en chœur.

Néanmoins, Milar capta le regard perplexe qu'ils échangèrent. Leur colonel déviait du protocole et cela ne leur avait pas échappé. Il ignora leur surprise. Il se retourna vers Thadees, toujours debout qui le fixait, les bras croisés, avec une expression mêlant défi et stupéfaction.

— Commandant, nous nous retrouverons à bord de mon vaisseau quand j'en aurai fini, précisa-t-il.

— Certainement pas ! protesta Thadees en avançant d'un pas. Je viens avec vous.

Milar cligna des yeux, étonné par son audace. Permettre à un simple soldat, épuisé et indiscipliné, de rejoindre une opération de sauvetage était absurde, mais il n'était plus à une transgression près.

— Très bien, lâcha-t-il en haussant les épaules. Vous voulez venir ? Vous venez. Mais ne ralentissez pas mes hommes.

Les bombardiers Furie de la Phalange écarlate décollèrent dans un vrombissement sourd, s'élevant juste au-dessus de la canopée avant de fondre vers les marécages. À basse altitude, ils filaient entre les arbres morts, contournant les flaques saumâtres et les amas de végétation qui recouvraient le sol.

Au bout de plusieurs kilomètres, le paysage changea. Les marais s'effacèrent pour laisser place à une forêt pluviale dense, où des lianes épaisses et des fougères géantes tissaient un labyrinthe naturel. Les capteurs du Vengeur confirmèrent leur cible : un ancien temple hatama, perché sur une île entourée d'eau stagnante et de végétation impénétrable.

Milar observa les données tactiques depuis le cockpit de son Furie. L'île n'était accessible que par un chemin étroit et boueux serpentant à travers les marécages. Il n'était pas envisageable de l'emprunter, car il serait surveillé par l'ennemi. Il continua ses recherches et découvrit un semblant de passage au milieu du marais. Cette approche serait risquée, mais ils n'avaient pas vraiment le choix.

— Je pense que nous pourrons nous infiltrer en suivant ce tracé, dit-il à Huin en désignant l'écran.

L'officier acquiesça gravement.

— Compris, Colonel !

— Avons-nous été détectés ?

Huin vérifia les scanners.

— Non, Colonel. Aucun signe de mouvement hostile.

— Dans ce cas, en avant !

Deux minutes plus tard, les Gardes de la Foi s'enfoncèrent dans la forêt, se glissant entre la végétation en pataugeant dans une eau fangeuse. Leurs armures d'un noir brillant furent bientôt maculées d'une boue verdâtre et malodorante. Milar progressait en tête, comme toujours, sans vraiment regarder son positionneur. Il se fiait à son intuition de combat. Derrière lui, Thadees trébuchait maladroitement dans la tourbière. L'homme haletait, son uniforme trempé collant à sa peau. Il luttait contre ce terrain inhospitalier avec difficulté. Le son de ses bottes s'enfonçant dans la boue résonnait trop fort au goût de Milar. Il se retourna et fusilla Thadees du regard.

— Moins de bruit ! cracha-t-il entre ses dents.

Thadees leva les mains. Il respirait fort, à grandes goulées.

— Ouais, ouais, répliqua-t-il en reprenant son souffle.

Les Gardes contournèrent une zone d'eau noirâtre sans ralentir. Enfin, ils atteignirent la lisière de la forêt et s'y embusquèrent. Milar observa l'île avec attention. Il vit une masse sombre de pierre et de végétation, au centre d'un lac boueux. Le temple, imposant, mais décrépit, trônait comme un vestige d'une civilisation oubliée. Son cœur s'accéléra légèrement, non pas d'excitation, mais d'anticipation. Dans ces ruines, les Hatamas les attendaient.

Le mur arrière du bâtiment était englouti par un enchevêtrement de plantes grimpantes, de mousses pourpres et de lichens vert profond, formant une carapace vivante sur ces pierres anciennes. Malgré le passage du temps et l'humidité omniprésente du marais, cette section semblait tenir bon. Deux Hatamas patrouillaient sur la grève boueuse, leurs formes grises se découpant sur le vert maladif du marécage. Ils traînaient les pieds, l'air morose, comme des soldats trop confiants dans les défenses naturelles de leur refuge pour s'inquiéter d'une attaque.

Allongé sur le sol spongieux, Devor Milar poursuivit son étude du terrain. Une satisfaction froide lui tira un rictus lorsqu'il repéra une faiblesse dans le dispositif. Un grand arbre, déraciné par une tempête ou simplement par le poids des années, s'était abattu contre le mur du temple, creusant une brèche dans la structure. La mousse qui recouvrait le tronc et les pierres effondrées témoignait de l'ancienneté de l'événement.

— Huin, murmura Milar d'une voix basse, mais autoritaire.

Sans quitter son poste, il bougea les doigts pour transmettre ses instructions dans le langage codé des Gardes de la Foi. Le message était clair : éliminer les sentinelles.

Deux Gardes glissèrent dans l'eau marécageuse, leurs armures noires se fondant dans les reflets sombres de la surface. Leurs mouvements étaient fluides, silencieux, comme des ombres traversant le cloaque. Les Hatamas ne remarquèrent rien avant que les Gardes émergent derrière eux. Deux lames effilées scintillèrent brièvement et tranchèrent les gorges reptiliennes. Les sentinelles s'effondrèrent, leurs corps disparaissant dans la boue avec un gargouillement.

— À notre tour, ordonna Milar.

Il se redressa et s'immergea dans l'eau boueuse qu'il franchit avec son équipe. Une fois sur l'autre rive, il courut jusqu'à l'arbre tombé. Une inspection rapide confirma ce qu'il avait deviné : la brèche était praticable, mais étroite. Seul un petit groupe pourrait s'y infiltrer. Milar désigna cinq de ses meilleurs hommes pour l'accompagner. Thadees s'avança en dérapant sur le sol fangeux. Milar lui jeta un bref regard, puis choisit deux Gardes supplémentaires pour couvrir ses arrières. Certes, cet homme n'était pas un combattant, mais sa détermination brute méritait au moins une chance.

— Capitaine Huin, contournez le bâtiment avec le reste de la compagnie. Attendez mon signal, puis attaquez de front.

— À vos ordres, Colonel, répondit Huin avec un salut rapide.

Milar fit signe à son équipe et s'engagea dans le trou sombre de la brèche. Les pierres suintantes et recouvertes de mousse glissaient sous leurs gants. La végétation s'étirait en lianes pendantes, tels des voiles funéraires qui entravaient leur progression. Un réseau de branches noueuses et de racines plongeait dans l'ouverture, transformant leur avancée en une lutte contre la nature elle-même. Les murs du temple semblaient respirer l'humidité, des gouttes dégoulinaient des plafonds effondrés et une mousse luisante grignotait d'étranges sculptures gravées. Des crissements et bruissements indiquaient la présence de bestioles fuyant sur leur passage.

En tête de file, Milar progressait sans hésiter. Son instinct le guidait avec une précision surnaturelle dans ce labyrinthe végétal. Il se glissait avec souplesse entre les lianes. Un craquement derrière lui arracha une grimace agacée. Cela faisait au moins dix fois que Thadees se heurtait contre quelque chose.

— Silence ! gronda Milar entre ses dents en se retournant brièvement pour fusiller du regard le commandant couvert de boue.

Thadees hocha la tête, essoufflé, mais redoubla d'efforts pour marcher plus doucement.

Soudain, des voix s'élevèrent, mêlées de cris étouffés et de rires sifflants. Milar leva une main et ses hommes se figèrent. Il écarta une liane, dévoilant une vue sur ce qui semblait être une grande salle au cœur du temple. Le plafond, à moitié effondré, était envahi par la végétation. Des colonnes octogonales gravées de symboles complexes se dressaient comme les piliers d'une cathédrale maudite. Les captifs étaient entassés dans un coin sombre, essentiellement des femmes et des enfants.

Certaines avaient les vêtements en lambeaux révélant des blessures et des marques de violence. Leurs visages vides et traumatisés racontaient ce qu'aucun mot n'aurait pu décrire. Sur le parvis, à l'extérieur, deux cadavres – des soldats humains – pendaient grotesquement à des colonnes, leurs corps criblés d'entailles sanglantes. Deux autres captifs, tremblants, regardaient avec terreur les tortures infligées à un troisième. Des Hatamas s'amusaient à lacérer la peau du prisonnier, leurs rires sifflants résonnant dans la salle.

— Salauds ! gronda Thadees, sa voix vibrante de rage.

Milar le retint d'une main ferme, le plaquant au sol avant qu'il se jette dans la mêlée.

— Ne bougez pas, souffla-t-il avec une autorité glaciale.

— C'est le sergent Jefer ! s'écria Thadees, les yeux rivés sur une scène encore plus atroce.

À l'écart, plusieurs Hatamas s'acharnaient sur une femme, ses lambeaux d'uniforme déchirés confirmant son appartenance aux Soldats de la Foi.

— Ces damnés lézards sont en train de la violer. Il faut intervenir, supplia Thadees.

— Pas au risque de nous faire tuer bêtement, Commandant, gronda Milar avec autorité. Si vous voulez les sauver, tenez-vous tranquille.

— Vous… Vous n'avez aucun cœur, cracha Thadees, les yeux brillants de larmes contenues.

« Aucun cœur ». Ces mots n'auraient pas dû le toucher, mais ils frappèrent quelque chose en lui. Pourtant, un Garde de la Foi n'était pas censé être pollué par des émotions. Il grimaça et se focalisa sur le présent. Il donna rapidement des ordres au reste de la compagnie via son armtop, mais il savait que leur intervention prendrait trop de temps. C'était inacceptable.

Milar bondit hors de sa cachette tout en dégainant son pistolet lywar et fonça vers le sergent Jefer. Trois Hatamas tombèrent avant même de comprendre ce qui se passait. L'un de ces grands et imposants guerriers se redressa tout en tentant de boucler son pantalon. Milar l'abattit d'un tir dans la poitrine. Le Hatama s'écrasa contre un pilier de pierre, un trou fumant dans le thorax. Le dernier ennemi toujours occupé à violer la malheureuse entreprit de se lever. Une expression surprise s'affichait sur son visage squameux. Milar lui pulvérisa le crâne et un sang sombre éclaboussa les pierres du temple.

Des tirs résonnèrent soudain à l'extérieur, fracassant le silence oppressant de l'édifice. Les murs vibrèrent sous la puissance des détonations. Milar ébaucha un sourire. Ses hommes venaient de passer à l'action et le piège se refermait. Un bruit derrière lui l'alerta. Il réagit en un instant, pivotant sur les talons, son arme prête à faire feu. Thadees ! Le commandant s'arrêta net en levant les mains. Il désigna le sergent Jefer, recroquevillée sur le sol sale, à moitié inconsciente.

— Occupez-vous d'elle, ordonna Milar d'une voix tranchante.

Thadees acquiesça, s'agenouillant auprès de la blessée. Milar reporta son attention vers le centre de la salle. Les Hatamas, maintenant alertés, se regroupaient. Il fonça sur eux. Cinq Hatamas se précipitèrent dans sa direction. Il s'arrêta et ajusta son tir. Il n'hésitait jamais. Le lywar siffla. Ces tirs nets et précis décimèrent l'ennemi ; une balle dans la gorge, une autre dans le torse. Les deux Hatamas s'effondrèrent, leurs corps projetés en arrière. Il abattit les deux suivants, puis heurta le dernier d'un coup d'épaule avant de l'égorger.

Avec un hurlement strident, un non-humain surgit de nulle part. L'instinct de Milar prit le dessus. Il esquiva le coup à la dernière seconde et, dans le même mouvement, pressa la détente de son pistolet. Seul l'aboiement caractéristique d'une arme vide lui répondit. Il ne perdit pas une seconde. Il rengaina tout en tirant son poignard de combat de l'autre main. Le Hatama, croyant avoir l'avantage, bondit sur lui, sa lame effilée décrivant un arc rapide. Milar leva son bras pour parer. Le ketir de son armure encaissa le choc avec un grincement métallique. D'un geste vif, il planta son couteau dans le ventre du lézard gris, perforant le cuir de rytemec. Un jet de sang vert jaillit de la plaie. Le Hatama recula, avec un cri rauque. Milar ne lui laissa aucune chance. Il bondit, frappant du poing son visage squameux et, dans un mouvement fluide, enfonça son poignard dans la poitrine de l'ennemi. La lame transperça son cœur. Le Hatama s'écroula lourdement, son corps inerte s'effondrant dans la boue.

Milar balaya la scène du regard. La salle n'était plus qu'un champ de bataille chaotique, saturée d'odeurs piquantes : le sang, le lywar et la sueur froide du combat. Les Hatamas ne fuyaient pas. Ils contre-attaquaient avec une sauvagerie méthodique, leurs forces se rassemblant pour opposer une résistance désespérée aux Gardes noirs. Il rechargea son arme et fit signe aux cinq Gardes qui l'avaient accompagné. Ils se regroupèrent. Il leva la main et sur son ordre silencieux, ils chargèrent.

Ils prirent les Hatamas à revers. Les tirs fusaient, les ennemis s'effondraient dans des éclaboussures de sang. C'était une danse macabre. Milar avançait, abattant un lézard gris après l'autre, avec des gestes précis et mortels. Il finit par jeter son arme vide pour continuer au poignard. Il tuait avec son efficacité coutumière, ne laissant que des cadavres sur son passage. Il venait de trancher la gorge d'un Hatama quand un cri attira son attention. Thadees était aux prises avec deux soldats non-humains. Il luttait désespérément, la respiration rauque. L'un des lézards le frappa dans le dos, le faisant trébucher. Le commandant s'écroula, lâchant son arme dans sa chute.

Milar arracha un fusil des mains d'un Hatama abattu, mais lorsqu'il pressa la détente, il ne se passa rien. Il jura tout en la laissant tomber. Il sprinta vers Thadees. Il bouscula un Hatama d'un violent coup d'épaule. Un soldat ennemi qui s'apprêtait à achever Thadees se redressa juste à temps pour croiser le regard de Milar. Le colonel lança son poignard d'un geste vif. La lame siffla dans l'air. Elle se planta à la base du cou du Hatama. Le non-humain s'effondra sur le sol avec un cri étranglé. Le dernier Hatama pivota, réalisant trop tard que le Garde noir était sur lui. Le combat fut bref. Milar se déroba pour éviter une lame, puis dégaina ses deux poignards-serpents. Le premier coup ouvrit la gorge du lézard gris, le second pénétra sa poitrine. Le corps s'effondra sur celui de son camarade, inerte. Milar tendit une main à Thadees, qui se relevait, le souffle court.

— Merci, Colonel, dit-il d'une voix rauque et haletante.

Milar se contenta d'un bref hochement de tête, puis lui jeta un regard froid. Le visage boursouflé et terrifié de la jeune femme blottie derrière le commandant lui perça le cœur d'une émotion surprenante. Il ne trouva rien à répondre. Il détourna les yeux, puis rejoignit ses hommes pour coordonner les dernières actions. Ce fut rapide et sanglant. Ils ne firent aucun prisonnier. La Phalange écarlate avait, une fois encore, été à la hauteur de sa réputation d'invincibilité.

Une demi-heure plus tard, les Furies se posèrent sur l'île, leurs réacteurs soulevèrent une gerbe de vase et de feuillage en décomposition. Les Gardes de la Foi guidaient les otages libérés vers les rampes des bombardiers. Les captifs avançaient lentement, certains vacillant sur leurs jambes tremblantes, d'autres s'appuyant sur des Gardes qui leur servaient de soutien, une scène rare pour ces soldats d'élite.

Milar restait en retrait, observant tout avec son calme habituel.

— Traitez-les avec respect et attention, ordonna-t-il à ses hommes.

Autrefois, il n'aurait pas pris cette peine, jugeant ces faibles comme insignifiants.

— Merci pour votre sollicitude, Colonel, dit soudain une voix derrière lui.

Milar se retourna. Thadees. Le commandant semblait épuisé, son visage était marqué de cernes profonds et ses épaules étaient affaissées. Malgré tout, une certaine lumière brillait dans ses yeux, une lueur qu'il n'avait pas remarquée avant.

— Ma mission est de protéger les croyants, répliqua Milar d'un ton neutre.

— Oui, bien sûr…, répondit Thadees, mais sa voix trahissait un mélange d'admiration et de doute.

Il fit une pause, comme s'il cherchait ses mots, avant d'ajouter plus doucement :

— Vous savez… Je n'aurais jamais cru qu'il était possible de combattre comme vous, Colonel. Ce que vous avez fait aujourd'hui… C'est au-delà de tout ce que j'ai vu. Je vous remercie. Vous avez sauvé ces gens, moi y compris.

Il baissa les yeux un instant, mais laissa ses derniers mots suspendus, comme s'ils pesaient plus qu'il n'osait l'admettre. Milar tourna lentement la tête vers lui. La lueur d'admiration et de respect qu'il lut dans le regard de Thadees le désarma presque. Il avait déjà vu ce regard des dizaines de fois : sur le visage de jeunes recrues, d'officiers subalternes, de civils terrifiés. Mais cette fois, quelque chose était différent. Il aurait dû y voir une victoire. Une preuve que l'autorité divine incarnée dans les Gardes noirs était absolue. Mais tout ce qu'il ressentait, c'était un étrange poids.

Un sourire en coin étira ses lèvres, mais il s'effaça aussitôt. Il venait de se souvenir des règles des Gardes de la Foi. Un frisson dévala le long de sa colonne vertébrale. Il n'y a pas si longtemps, il aurait considéré Thadees comme quelqu'un d'insignifiant. Il aurait bombardé le camp hatama sans une pensée pour les prisonniers, sans une pensée pour ce qu'ils représentaient. Mais Alima avait changé tout cela. Son esprit, son âme, tout ce qu'il croyait immuable avaient été fissurés. Son regard se durcit et il fixa Thadees avec une intensité glaciale.

— Je n'aurais pas dû courir ce risque, gronda-t-il. La vie de quelques-uns peut être sacrifiée pour le bien de Dieu. Vous le savez aussi bien que moi.

Thadees recula instinctivement d'un pas, le visage soudain grave. Cette lueur d'admiration dans ses yeux vacilla, remplacée par une froide prudence. En un instant, il sembla se rappeler la réalité brutale de l'Imperium. Et dans cette réalité, la vigilance était essentielle.

— Oui, Colonel, répondit-il d'une voix sans intonation.

Milar le fixa un instant de plus, captant chaque détail de son expression, chaque infime mouvement de ses traits. Thadees avait compris le message : sa gratitude n'était rien, son respect encore moins. Pourtant, une intuition étrange germa dans l'esprit de Milar, un pressentiment qu'il ne pouvait ignorer.

— Souvenez-vous d'aujourd'hui, Commandant, dit-il d'un ton plus bas, presque intime. Un jour, je pourrais vous rappeler ce qui s'est passé ici.

Thadees releva la tête, surpris par ces mots. Son regard s'assombrit, mais il hocha lentement la tête.

— Comment pourrais-je l'oublier, Colonel ? Soyez certain que vous pourrez toujours compter sur moi.

Milar se redressa légèrement, un éclair de satisfaction traversant son visage impassible.

— Je n'en doute pas, murmura-t-il.

Ils n'échangèrent plus un mot. Tout avait été dit. Les deux hommes rejoignirent le Furie en silence, leurs pas résonnant faiblement sur la rampe métallique. Les captifs, désormais à bord, étaient regroupés dans la section arrière du vaisseau, protégés par deux Gardes noirs.

Milar resta près de l'entrée, fixant un point invisible à l'horizon. Son esprit était ailleurs, perdu dans le tumulte de ses propres pensées. Pourquoi avait-il sauvé ces gens ? Pourquoi n'avait-il pas simplement appliqué les méthodes des Gardes de la Foi, ces méthodes qui l'avaient défini pendant tant d'années ? Il inspira profondément, mais aucune réponse ne vint.

Près de lui, Thadees s'était assis, silencieux lui aussi. Son regard, bien que fatigué, était pensif. Devor Milar ignorait que, deux mois plus tard, il rappellerait au commandant Thadees la dette qu'il venait de contracter.

Un nouveau départ

Se déroule presque quatre ans avant le début de
YGGDRASIL — 1 — La prophétie

L a cabine exiguë vibrait doucement, au rythme régulier des moteurs du transporteur de l'Imperium. Chaque pulsation mécanique semblait se répercuter dans les parois métalliques, tel un battement de cœur oppressant. La lumière tamisée projetait des ombres mouvantes sur les surfaces grises, dessinant des formes indéfinissables qui dansaient autour de Mylera Nlatan. Elle était allongée sur la couchette accrochée au mur et fixait un point invisible au plafond. Son esprit était ailleurs. Ses pensées tournaient en boucle, implacables, comme une spirale dont elle ne pouvait s'échapper. À quel moment tout avait-il basculé ? Elle avait cherché, encore et encore, à identifier l'instant précis où Nycia, la femme qu'elle avait tant aimée, était devenue un poison au lieu d'une source de joie. Les souvenirs l'assaillirent, vifs et brutaux : les reproches déguisés en conseils, les regards condescendants, les attentes toujours plus écrasantes et, enfin, la trahison, froide et définitive. Cette dernière scène était gravée dans sa mémoire, comme si un fer brûlant l'avait marquée pour l'éternité. Elle revoyait ce message laconique et glacial, tenant en une seule ligne.

« *Je pars avec Koria. Ne cherche pas à me retrouver.* »

Mylera serra les dents, sentant la brûlure familière des larmes lui piquer les yeux. Elle avait aimé Nycia de toutes ses forces. Non, pire que cela. Elle l'avait idolâtrée. Elle avait ignoré les mises en garde de ses amis, fait taire ses doutes et pardonné l'impardonnable. Tout ça pour quoi ? Pour se retrouver abandonnée et humiliée, comme une idiote.

Elle frappa du poing sur le matelas, mais sa main heurta le cadre du lit. La douleur de l'impact ne parvint même pas à dissiper le tourbillon qui dévastait ses pensées. *Pourquoi n'ai-je rien vu ? Pourquoi suis-je si stupide ?* se demanda-t-elle avec amertume. Une voix intérieure lutta pour se faire entendre. Elle voulait résister à son auto-apitoiement. *Tu n'es pas stupide*, dit cette voix. *Tu étais manipulée. Tu l'aimais, alors qu'elle se servait juste de toi pour exister.*

Mylera ferma les yeux, tentant d'étouffer cette vérité inconfortable, cherchant à effacer ces souvenirs. Ils s'imposèrent. Elle revit les remarques déguisées en conseils, insistantes et parfois dégradantes. Elle se rappela comment Nycia se victimisait lorsqu'elle osait lui reprocher quelque chose. Sa compagne diffusait autour d'elle une sorte de chape lourde qui plaçait Mylera dans un sentiment continuel d'insécurité. Pour y échapper, elle cherchait l'excellence, mais cela ne changeait rien ; les remontrances tombaient toujours, souvent pour des broutilles. Elle se souvenait avec une clarté douloureuse la façon dont Nycia la rabaissait en public.

Elle essuya ses yeux d'un geste furieux et secoua la tête. Nycia ne s'excusait jamais. Elle laissait pourrir la situation jusqu'à ce que Mylera vienne la supplier afin d'être pardonnée. Satisfaite, sa compagne lui offrait alors un sourire glacé destiné à lui rappeler le contrôle absolu qu'elle exerçait. Chaque pièce du puzzle s'imbriquait parfaitement désormais, révélant une image qu'elle avait longtemps refusé de voir. Nycia était toxique, une maîtresse dans l'art subtil de la domination émotionnelle.

Le vaisseau trembla légèrement alors qu'il entamait une correction de trajectoire. Ce détail insignifiant brisa l'étreinte de ses pensées. Mylera ouvrit les yeux et soupira profondément. Elle n'était plus que l'ombre de ce qu'elle avait été. Autrefois, elle débordait d'énergie, toujours prête à relever un défi, à se battre pour ce en quoi elle croyait. Aujourd'hui, elle n'avait plus goût à rien. Elle n'était qu'une coquille vide, recroquevillée dans la cabine d'un transporteur de seconde zone, à ruminer sur une femme qui l'avait blessée.

Elle se leva lentement, grimaçant sous le poids de sa propre lassitude. Elle coiffa ses cheveux en bataille de la main, tout en se traînant vers le miroir fixé au mur. L'image qu'il lui renvoya la figea. Elle voyait une petite femme, un peu trop boulotte, avec des mèches noires, ternes et mal arrangées. Son visage était fatigué, marqué de cernes violacés sous des yeux gonflés par les larmes. Elle eut l'impression de regarder une étrangère.

La cabine lui parut soudain trop étroite, trop étouffante. Elle avait besoin d'air. Elle avait besoin d'espace, mais un transporteur de l'armée n'offrait pas de possibilités de promenade. Elle était censée rester dans ses quartiers, hors période de repas. D'un pas titubant, elle marcha jusqu'au hublot. Elle posa une main tremblante sur la paroi lisse. Le transporteur venait de sortir de la vitesse intersidérale. Sous ses yeux se dévoilait l'immensité de l'espace et les étoiles, froides et indifférentes, semblaient lui rappeler l'insignifiance de ses problèmes face à l'univers.

Une larme solitaire roula sur sa joue. Et pour la première fois depuis des semaines, ce n'était pas une larme de douleur. C'était une larme de libération.

— C'est fini, murmura-t-elle à son reflet.

Sa voix était rauque et brisée, mais il y vibrait une étincelle de résolution. Elle inspira profondément, sentant ses épaules se détendre légèrement. Elle rouvrit les yeux et posa son regard sur les étoiles.

— RgM 12 ! Trou du cul de la galaxie ou pas… C'est une nouvelle chance, grogna-t-elle avec un peu plus de force. Une chance de recommencer. Une chance de retrouver qui je suis.

Elle esquissa un faible sourire. Elle avait presque oublié comment faire. C'était fragile, mais réel. Un début.

La porte massive en tiritium se referma derrière Mylera avec un chuintement mécanique. Le vent chargé de poussière jaune continua à s'infiltrer jusqu'à ce que le verrouillage hermétique s'enclenche, coupant tout lien avec l'extérieur. La tempête, omniprésente dehors, n'était plus qu'un murmure lointain, mais Mylera avait encore l'impression qu'elle l'agressait de toutes parts. Elle secoua la tête pour chasser cette sensation désagréable et recouvrer ses esprits.

Le hall dans lequel elle se tenait était gris et austère. Les murs en plaques de carhinium ternis par le temps étaient rivetés ensemble avec une précision qui n'avait rien d'élégant. Mylera remarqua immédiatement des panneaux disjoints laissant apparaître des câbles entortillés comme des serpents maladifs. Une odeur persistante de métal usé flottait dans l'air recyclé. Elle grimaça.

À côté d'elle, Harl, un sous-officier trapu, déposa son sac sur le sol avec un soupir résigné. Il jetait des coups d'œil furtifs autour de lui, l'air aussi peu enchanté qu'elle d'être là. Ils échangèrent un regard, se demandant ce qu'ils devaient faire. Une voix rauque brisa l'atmosphère :

— Alors, c'est vous les nouveaux ?

Mylera se retourna brusquement. Un homme venait d'entrer dans le hall d'un pas nonchalant, presque las. Il portait des galons de commandant sur un uniforme de campagne défraîchi et froissé qui aurait semblé déplacé ailleurs que dans ce décor désolé. Son allure négligée démontrait un mépris à peine voilé pour tout ce qui l'entourait, y compris lui-même.

— Oui, Commandant ! dit-elle. Lieutenant Nlatan.

— Thadees, se présenta-t-il simplement, sans chaleur.

Son visage carré et blafard était marqué par de profonds cernes jaunâtres qui creusaient davantage encore ses yeux fatigués. Une barbe de trois jours ombrait ses joues, renforçant son apparence désabusée. Le commandant Thadees croisa les bras tout en continuant d'évaluer les nouveaux venus avec une sorte d'ennui calculé, comme s'il essayait de mesurer leur utilité sans vraiment y croire.

— Vous auriez dû arriver il y a une semaine, lâcha-t-il enfin, d'un ton qui oscillait entre reproche et désintérêt. Mais j'imagine que les priorités des transports de l'Armée de la Foi ne s'alignent jamais avec mes besoins.

Il haussa légèrement les épaules, un geste qui symbolisait son impuissance et sa lassitude, avant de leur faire signe d'approcher. Mylera échangea un rapide regard avec Harl. Son sac lui parut soudain plus lourd. Elle détestait déjà cet endroit, avec son atmosphère oppressante et ses murs qui semblaient absorber la lumière.

— Harl, commença Thadees en consultant son handtop. Vous serez affecté à la sécurité sous les ordres du sous-lieutenant Mapal.

Le sous-officier hocha la tête, visiblement soulagé d'avoir une réponse claire, mais Thadees n'attendit pas qu'il réagisse. Il tourna son regard fatigué vers Mylera.

— Ah ! Le lieutenant Nlatan, mon officier technicien, continua-t-il.

Elle acquiesça tout en se redressant. Thadees l'observa un instant, les yeux plissés comme s'il cherchait à deviner qui elle était vraiment. Puis, ses lèvres se tordirent en un sourire mince, presque cynique.

— Eh bien, bienvenue dans ce trou du cul de la galaxie, déclara-t-il avec une ironie amère. Ici, vos qualifications ne comptent pas vraiment. Ce qu'on veut, c'est que les systèmes ne nous lâchent pas et que les véhicules démarrent quand on en a besoin. Vous pensez pouvoir gérer ça ?

Son ton n'avait rien d'encourageant. Il était sec, désabusé et portait un soupçon de défi, comme s'il attendait qu'elle vacille sous la pression implicite de son regard. Mylera se redressa imperceptiblement, mue par une étincelle qu'elle avait presque oubliée.

— Je suis là pour ça, Commandant. Je ferai en sorte que tout fonctionne, répondit-elle d'une voix ferme.

L'expression de Thadees s'adoucit à peine, puis il hocha la tête, apparemment satisfait.

— Bien ! La salle de maintenance est pleine de vieux trucs qui menacent de s'écrouler. Vous aurez du boulot, Lieutenant.

Mylera ressentit un frémissement de quelque chose de familier, une certaine ambition, une énergie qui autrefois la définissait. *Je peux encore la retrouver*, pensa-t-elle.

— Suivez-moi ! lâcha Thadees en tournant les talons, les ramenant à la réalité.

Il traversa le hall d'un pas un peu plus vif, comme s'il avait hâte d'en finir. Mylera et Harl échangèrent un dernier regard avant de ramasser leurs sacs et de lui emboîter le pas. Ils s'enfoncèrent dans un long couloir mal éclairé aux murs de métal ternis et striés de traces de rouille. L'éclairage clignotait parfois, projetant des ombres agitées sur les cloisons ou sur le sol. Tout en marchant, Mylera entrevit son avenir. Ce poste n'était pas glorieux, il n'avait rien d'un renouveau rêvé. Mais peut-être, juste peut-être, pouvait-il se révéler une chance, une chance de reconstruire sa vie et de retrouver celle qu'elle avait été avant que tout s'effondre.

Mylera posa son sac dans un coin de la cabine étroite qui lui avait été assignée. Elle eut l'impression que les cloisons en plaques de carhinium, froides et dépourvues de décoration, se refermaient sur elle, tel un tombeau. Malgré l'épaisseur des murs, elle entendait le vent de RgM 12 qui hurlait à l'extérieur, comme une créature affamée qui cherchait une faille pour s'infiltrer. Elle balaya la pièce du regard. Tout dans cette cabine évoquait une prison : le lit étroit fixé au mur, la lumière blafarde d'un plafonnier vacillant, la fine couche de poussière qui s'accrochait obstinément aux surfaces planes, l'air recyclé puant. Elle s'adossa contre la paroi jusqu'à ce que le froid du métal traverse le tissu. Ses pensées moroses la rattrapèrent, nourries par l'isolement. La galaxie semblait se trouver à des années-lumière d'ici.

Ce soir-là, la réunion obligatoire de rencontre avec ses collègues acheva de détruire ce qui lui restait d'énergie.

La salle commune était à l'image de la base : austère, fonctionnelle, et déprimante. Les murs, eux aussi en carhinium, étaient ternes, tachés par des années de négligence. Une table métallique, légèrement cabossée, occupait le centre de la pièce, flanquée de chaises bancales. La lumière artificielle du plafond diffusait une teinte jaunâtre qui rendait tout le monde plus fatigué qu'il ne l'était. Les officiers étaient déjà là, regroupés dans un semblant de demi-cercle. Mylera les détailla rapidement, tentant de deviner qui ils étaient derrière leurs uniformes et leurs expressions rigides.

Le capitaine Norimanus fut le premier à attirer son attention. Sec, droit comme un piquet, il portait sur sa joue les stigmates de la foi : des scarifications profondes. Son salut fut bref, un simple hochement de tête, sans aucune chaleur. Cet homme ne possédait pas une once de compassion. À côté de lui se tenait Sil Xanstor, un moine-soldat. Son regard de fouine disséquait son âme pour quantifier la qualité de sa foi. Ensuite vint le capitaine Lowel, le médecin de la base. Il s'inclina légèrement, un sourire charmeur accroché à ses lèvres. Son attention, bien trop appuyée, la fit frissonner de dégoût. Ses manières semblaient étudiées et artificielles, comme s'il portait un masque poli. L'homme aimait séduire et manipuler ses proies. *J'ai déjà donné, mon bonhomme*, songea-t-elle. Puis ce fut le tour du sous-lieutenant en charge de la sécurité. Ce gaillard à la carrure massive bombait le torse, fier de l'étoffe qui se tendait sur ses pectoraux impressionnants.

— Sous-lieutenant Mapal, se présenta-t-il d'une voix tonitruante ponctuée d'un sourire mauvais.

Enfin, elle rencontra le lieutenant Dane Mardon, l'officier scientifique. Son uniforme, impeccablement ajusté, tombait à la perfection sur sa haute et mince silhouette athlétique. Ses yeux d'un bleu glacial la fixaient avec une intensité narquoise, comme s'il s'amusait de ce qu'il percevait en elle. Une ombre de sourire glissa sur ses lèvres fines, la mettant au défi de l'approcher.

Comment suis-je censée m'intégrer ici ? se demanda-t-elle, en déglutissant avec peine. Elle ne se sentait pas à sa place et encore moins la bienvenue. Les officiers, cependant, semblaient déjà l'avoir oubliée. Ils se dispersèrent, reprenant leurs discussions sans s'intéresser à elle. Mylera demeura plantée là, indécise. Elle ignorait combien de temps le protocole lui imposait de rester. Elle sursauta lorsque Lowel, le médecin à l'allure de séducteur, s'avança un verre à la main, avec un sourire charmeur sur les lèvres.

— Bienvenue, Lieutenant, lança-t-il d'un ton suave. Peut-être pourrais-je vous faire visiter la base ?

Il se tenait légèrement trop près. Son attitude, son insistance, tout en lui la mettait mal à l'aise.

— Non, merci, Capitaine, répondit-elle peut-être un peu trop sèchement. Ce ne sera pas nécessaire. J'ai beaucoup de travail et je dois me reposer.

Un rictus mauvais passa brièvement sur le visage du médecin, mais il n'ajouta rien. Il traîna quelque temps dans la pièce. Le poids de son regard visqueux ne la lâcha pas jusqu'à ce qu'enfin il quitte la pièce. Mylera réprima un frisson, attendit encore quelques minutes, avant de s'éclipser à son tour. Elle referma la porte de sa cabine avec soulagement.

Le silence de la pièce s'abattit sur elle, les murs nus et froids amplifiant le vide qu'elle ressentait. Elle s'effondra sur le lit et se recroquevilla en position fœtale, le visage caché dans ses mains tremblantes. Ses larmes vinrent presque immédiatement. Elles étaient chaudes et amères. Elles roulaient sur ses joues, trempant l'oreiller, alors que sa respiration devenait saccadée. Toute la solitude, tout le poids des derniers mois, tout ce qu'elle avait enterré pour tenir debout… tout remontait à la surface. Quand ses pleurs se tarirent enfin, elle resta allongée, examinant le plafond. Ses yeux secs, brûlants, fixaient un point invisible et, dans le silence oppressant, une pensée froide traversa son esprit.

— Combien de temps pourrai-je survivre dans cet endroit maudit ? chuchota-t-elle.

Le lendemain matin, Mylera se réveilla fatiguée, mais déterminée ; le genre de résolution fragile qu'on serre entre ses doigts pour ne pas la laisser s'échapper. Elle n'avait pas le luxe de céder à l'apathie, pas ici. Cette base était un désastre en sursis. Les systèmes grinçaient, les véhicules menaçaient de tomber en panne à tout moment et chaque pièce de machinerie portait le poids de décennies d'usure et d'incompétence.

Elle voulait se rendre utile. Non, elle devait se rendre utile. C'était ça ou sombrer dans une dépression délétère.

Après une rapide toilette, elle prit la décision de ne pas sauter le repas du matin. Se forcer à manger, se forcer à se montrer, c'était peut-être un début. Elle se dirigea vers le mess d'un pas un peu hésitant dans les couloirs mal éclairés de la base.

La salle était presque vide à cette heure, baignée par une lumière crue qui soulignait les traces de rouille sur les tables et les murs. Le silence pesait lourd, seulement brisé par le grésillement intermittent d'un vieil écran de contrôle. L'unique autre occupant était le lieutenant Mardon, assis seul à une table. Le dos droit, la posture impeccable, comme s'il appartenait à un univers plus ordonné que celui qui l'entourait. Devant lui, son plateau était méticuleusement rangé : tout semblait à sa place, à l'image de son uniforme parfaitement ajusté. Il paraissait concentré sur son handtop.

Mylera s'arrêta un instant, hésitante. C'était maintenant ou jamais. Dans un endroit comme celui-ci, isolé, les alliances tacites entre les services faisaient la différence entre une survie morne et une vie plus supportable. Les équipes techniques et scientifiques avaient l'habitude de collaborer.

Il était donc temps de briser la glace et de se faire des camarades. Elle inspira profondément et, son plateau à la main, s'avança vers lui.

— Bonjour, dit-elle avec un sourire qu'elle espérait chaleureux, même si elle le sentait un peu forcé. Puis-je m'asseoir ?

Mardon releva lentement la tête, ses yeux bleu glacier rencontrant les siens. Elle ne vit dans ce regard impénétrable que de l'indifférence, mais pas d'hostilité. Elle affronta cette neutralité dépourvue d'enthousiasme sans ciller. Après un court instant, il acquiesça, l'invitant à prendre place. Elle s'assit, posant son plateau avec soin pour éviter de déranger le silence qui semblait flotter autour d'eux. Elle s'attendait à ce que ce simple geste crée une ouverture, une opportunité, mais elle aurait aussi bien pu s'installer en face d'une statue.

Elle tenta de lancer la conversation, bravant l'indifférence palpable de Mardon.

— Alors… ça fait longtemps que vous êtes ici ? demanda-t-elle, essayant de masquer son malaise.

— Un an, annonça-t-il d'un ton neutre.

Elle hocha la tête, cherchant une accroche.

— Un an… Cela doit paraître une éternité sur une planète comme celle-ci.

— On s'y habitue, répondit-il simplement avant de piquer distraitement une bouchée de nourriture avec sa fourchette.

Cela t'écorcherait la bouche de dire plus de trois mots ! songea Mylera tout en sentant son sourire faiblir. Pourtant, elle ne voulait pas abandonner. Elle s'efforça, une fois encore, de relancer la conversation.

— Vous travaillez sur des projets spécifiques ? Des recherches liées à l'environnement ici ?

Il releva les yeux vers elle, l'examinant comme si elle venait de poser une question naïve.

— Je fais ce qu'on me demande, Lieutenant, précisa-t-il d'un ton dépourvu d'enthousiasme.

Le silence retomba. Elle sentit le poids de son isolement revenir à grands pas. Elle remua distraitement le contenu de son assiette, tentant de ne pas se laisser submerger par l'échec cuisant de cette interaction. Finalement, elle osa une dernière tentative.

— Je suppose qu'on finit par se faire au calme…

— Le calme est relatif, Lieutenant, coupa-t-il avec un sourire bref, presque ironique.

Et ce fut tout. Ils finirent leur repas en silence. Lui, concentré sur son handtop comme si elle n'était plus là. Elle, fixant les restes de sa nourriture avec une boule dans la gorge. Autrefois, avant Nycia, elle avait été quelqu'un de sociable, puis son ex-compagne l'avait enfermée dans un mutisme prudent. Aujourd'hui, ce rejet tacite la frappait plus fort qu'elle ne l'aurait cru. Quand elle se leva pour débarrasser son plateau, il ne fit même pas semblant de remarquer son départ.

De retour dans les couloirs de la base, Mylera sentit la solitude l'envelopper de nouveau, plus dense, plus oppressante. Elle rejoignit son atelier d'un pas lourd pour commencer sa première journée.

Les semaines suivantes furent d'une monotonie déprimante. Les journées se succédaient sans éclat : maintenance des équipements, vérification des systèmes, rédaction de rapports que personne ne lirait jamais. Mylera se levait chaque matin en fixant le plafond froid de sa cabine, une boule d'ennui déjà logée au creux de son estomac. Même les tâches techniques, qui autrefois l'avaient passionnée, n'étaient plus qu'une suite d'actions automatiques : brancher, diagnostiquer, réparer, recommencer. Elle se sentait invisible. Les autres officiers la traitaient avec une indifférence glaciale. Elle avait l'impression de n'être qu'une ombre. Les seuls mots qu'elle échangeait étaient fonctionnels, des ordres donnés ou des rapports demandés. Son équipe de techniciens, tous des conscrits, faisait tout pour ne pas attirer l'attention. Ils travaillaient à peine au-dessus du strict minimum, s'efforçant de rester invisibles eux aussi, comme si c'était l'unique façon de survivre dans cet endroit.

Le soir, après des journées comme celle-là, elle retournait dans sa cabine avec le sentiment de s'être enfoncée un peu plus dans la monotonie. Chaque jour ressemblait à un écho déformé du précédent. Elle mangeait seule au mess. Les rares fois où elle croisait Mardon, il restait égal à lui-même : distant, poli et froid. Elle essayait de lire pour occuper ses pensées, mais les mots se mélangeaient sur les pages et elle finissait par abandonner. Fixer le plafond de sa cabine devenait une activité récurrente.

Un jour, alors que Mylera travaillait sur un générateur de secours, une alarme retentit. Le son strident lui arracha un sursaut. Presque aussitôt, son nom résonna dans les haut-parleurs du système de communication interne.

— Lieutenant Nlatan, rendez-vous immédiatement au hangar des skarabes.

Son estomac se noua. Si elle était convoquée, c'est que quelque chose de sérieux se passait. Elle essuya distraitement ses mains sur sa combinaison, attrapa son havresac technique et se précipita vers le hangar.

Quand elle arriva, le capitaine Norimanus et le sous-lieutenant Mapal étaient déjà là, leurs silhouettes sombres se détachant sous les hautes lumières froides. Norimanus semblait agacé, tapotant du pied avec impatience, tandis que Mapal, comme toujours, adoptait une posture imposante, les bras croisés et les pectoraux tendus.

— Vous êtes en retard, lança sèchement Norimanus dès qu'il l'aperçut.

Mylera n'eut pas le temps de répondre. La porte du hangar s'ouvrit à nouveau pour laisser entrer le lieutenant Mardon. Il s'avança d'un pas mesuré avec cet aplomb qui le caractérisait.

— J'ai failli vous attendre, Lieutenant, cracha le capitaine.

— Vraiment ? répliqua Mardon d'un ton où vibrait une certaine ironie.

Mylera lui jeta un coup d'œil surpris et fut encore plus étonnée de constater que Norimanus ne réagissait pas.

— Un vaisseau de l'Imperium s'est crashé à quatre cents kilomètres de la base, expliqua-t-il. Le commandant veut que nous allions sur place pour évaluer la situation, secourir les survivants et réparer si possible. Nous prendrons deux skarabes.

Il balaya le groupe du regard, s'arrêtant sur Mardon et Mylera.

— Nlatan, Mardon, avez-vous besoin d'une équipe ?

Mardon inclina légèrement la tête, sans se départir d'une attitude un brin narquoise.

— Je convoque un spécialiste, dit-il d'un ton calme, presque détaché.

— Moi aussi, répondit Mylera, un peu trop précipitamment, sa voix trahissant une pointe de nervosité.

Norimanus eut un rictus méprisant.

— Quinze minutes. Soyez prêts.

À peine un quart d'heure plus tard, les deux skarabes – massifs tout-terrain conçus pour braver des environnements hostiles –

s'élançaient hors du hangar. Dès qu'ils franchirent le seuil de la base, le vent s'abattit sur les véhicules, les secouant comme des jouets. Les moteurs grondèrent pour affronter les rafales. Assise à l'arrière du skarabe, Mylera agrippait fermement les montants métalliques de la cabine, ses mains moites sous ses gants. Elle pouvait sentir les vibrations qui se répercutaient jusque dans ses épaules. Le rugissement du vent, amplifié par les plaques de métal du tout-terrain, remplissait l'habitacle d'un vacarme oppressant.

Mardon, installé en face de Mylera, semblait étrangement à l'aise, presque détendu. Son regard bleu, froid comme un éclat de glace, croisa celui de Mylera et, pendant une fraction de seconde, elle crut y voir une lueur d'amusement. Cela la troubla. *Qu'est-ce qu'il y a de drôle, abruti ?* se dit-elle.

Elle détourna les yeux, fixant son propre reflet déformé dans une surface métallique. Elle se sentait ridicule, enfermée dans sa tenue Environnement-Viable-Hostile – une combinaison rigide conçue pour protéger des vents abrasifs et de la poussière corrosive de RgM 12. Elle lui donnait l'impression d'être engoncée dans une carapace trop lourde.

Le trajet se poursuivit dans un silence tendu, uniquement ponctué par les hurlements du vent, les grincements et les crissements du skarabe. Soudain, le véhicule ralentit avant de s'arrêter dans un bruit strident. Mylera ne réagit pas tout de suite, trop perdue dans ses pensées. Elle revint brusquement à la réalité en voyant les autres se lever. Elle les imita maladroitement, en trébuchant. Elle grimaça. Sa tête était prise dans un étau douloureux.

Mardon ouvrit la porte. Une bourrasque d'un vent sec et brûlant s'engouffra aussitôt dans l'habitacle, charriant une pluie de particules jaunes. Sans un mot ni un regard, il sauta au sol avec une agilité presque insultante, comme si cet environnement ne l'affectait pas. Mylera grimaça. Elle détestait déjà cet homme. En serrant les dents, elle le suivit, trébuchant presque. La poussière l'enveloppa, rugueuse, s'accrochant à sa visière et s'insinuant dans les interstices de sa combinaison. RgM 12 semblait vouloir les avaler.

Le reste de l'équipage descendit derrière elle. Dans ce brouillard tourbillonnant, elle aperçut la silhouette massive de Mapal. Sa voix désagréable résonna dans le système de communication intégré de leurs tenues :

— Impossible de poursuivre en skarabe. Le terrain est trop instable. Le vaisseau est à une vingtaine de kilomètres d'ici. On continue à pied.

Sans attendre de réponse, il tourna les talons et s'engagea dans la tempête, sa silhouette rapidement avalée par les nuages de poussière. Mardon lui emboîta le pas. Après quelques mètres, il se retourna pour regarder Mylera. À travers la visière de sa combinaison, ses yeux brillèrent d'une lueur qu'elle ne parvint pas à déchiffrer.

— Ne me perdez pas de vue, Lieutenant, dit-il d'un ton calme, mais tranchant. Il est facile de se perdre dans ce chaos.

Elle acquiesça, surprise par ce qui ressemblait presque à de la sollicitude.

Cette marche se transforma en un cauchemar éveillé. Le vent hurlait sans relâche, charriant une poussière dense et abrasive qui réduisait la visibilité à quelques mètres à peine. Chaque pas était un combat, chaque pierre traîtresse menaçait de la faire trébucher. Le bruit incessant du vent s'engouffrait dans son casque, mêlé aux grincements de sa combinaison, donnait l'impression que l'univers tout entier cherchait à l'écraser. RgM 12 était une planète hostile. Et elle se plaisait à le rappeler à chaque instant.

Après ce qui lui sembla une éternité, une silhouette sombre apparut enfin à travers le voile de poussière. Le vaisseau était encastré dans une étroite vallée rocailleuse, les stigmates de son atterrissage de fortune visibles sur sa coque.

Les réparations commencèrent immédiatement, chacun se mettant à l'ouvrage sous le regard aiguisé et critique de Norimanus. Mylera s'efforça d'ignorer l'impatience du capitaine. Elle se concentra sur sa tâche, prenant un problème après l'autre.

Après des heures de travail, le vaisseau fut enfin prêt à décoller. L'équipe se replia à l'abri d'une formation rocheuse pour observer l'engin reprendre son envol. Les moteurs rugirent dans un tonnerre assourdissant, projetant une pluie de poussière et de gravats.

— Très bien, grommela Norimanus une fois le calme revenu. Vous avez bien agi sous le regard de Dieu.

Mylera hocha la tête, récitant machinalement la réponse attendue :

— Nous avons fait au mieux, pour Sa gloire.

Mais en vérité, elle était épuisée. Ses muscles protestaient à chaque mouvement et son esprit peinait à rester concentré.

Ils reprirent le chemin du retour vers les skarabes. Et ce trajet lui parut encore pire qu'à l'aller. Le vent, déjà terrible, semblait avoir redoublé de violence. La fatigue se faisait sentir, rendant chaque pas plus difficile. Les pierres instables, les crevasses et les graviers traîtres se multipliaient à mesure qu'ils progressaient. Mylera serrait les dents, tâchant de rester proche du groupe, mais les silhouettes devant elle s'effaçaient peu à peu dans le tourbillon de poussière. Elle tenta d'accélérer, ses bottes glissant sur les rochers, mais son souffle se faisait court.

Ce qu'elle redoutait depuis le début de ce périple arriva. Elle leva les yeux et ne vit plus personne. Le dos du soldat qui marchait devant elle avait disparu, avalé par la tempête.

— Zut ! gronda-t-elle entre ses dents.

Elle reprit sa route, à grands pas, tout en trébuchant. Aucune silhouette humaine n'apparut devant elle. *Ce n'est pas possible*, songea-t-elle, prise de panique. Pourtant, elle n'appela pas à l'aide. Elle refusait de passer pour une idiote incapable de suivre un groupe. Elle se mit à courir, droit devant elle, aveuglée par le vent furieux et la poussière omniprésente. C'était un acte désespéré et insensé, mais la peur était son seul moteur. Son pied heurta une pierre qu'elle n'avait pas vue. Elle bascula en avant, sans pouvoir se retenir. Son corps heurta le sol rocailleux avec une brutalité qui lui coupa le souffle. Tout devint noir.

Elle se réveilla d'un coup en haletant. Sa tête tournait, et un goût de métal envahissait sa bouche. Combien de temps était-elle restée là, allongée dans la poussière ? Impossible de le dire. Elle se redressa péniblement, ses membres lourds comme du plomb. Chaque mouvement semblait exiger un effort monumental. Elle activa son armtop en se traitant d'idiote. Si, au lieu de paniquer, elle avait vérifié son positionneur, elle aurait retrouvé sans problème les skarabes. Un frisson glacé parcourut son échine lorsqu'elle vit que l'écran était fissuré, les circuits grillés. Son positionneur était hors service. Elle se figea, tandis qu'un flot d'adrénaline se déversait dans ses artères. L'appareil était brisé et, sans lui, elle était perdue sur cette planète désolée, au milieu de cette tempête de malheur. *Je suis perdue*, réalisa-t-elle avec une terreur croissante. *Non…*

La panique reprit le dessus. Elle se mit à courir, au hasard, ignorant la douleur dans ses jambes, ignorant la voix de la raison qui lui hurlait de s'arrêter. Le vent sifflait et la poussière semblait vouloir s'infiltrer dans chaque interstice de sa combinaison. Elle étouffait. Elle essaya de réajuster son masque, mais c'était en pure perte. Elle toussa, la gorge en feu. Son cœur battait la chamade, mais elle courait toujours, sans savoir où elle allait. Une transpiration âcre couvrait son corps et sa vision se troublait.

— Je n'en peux plus, souffla-t-elle, sa voix à peine audible dans le vacarme du vent.

Elle s'arrêta enfin. Ses jambes fléchirent sous son poids. Elle se laissa tomber derrière un rocher, recroquevillée sur elle-même, les genoux contre sa poitrine. L'épuisement et la peur s'abattirent sur elle. Elle allait mourir ici. Seule, oubliée, comme si sa vie n'avait jamais eu d'importance. *Elle n'en a jamais eu*, se dit-elle. Les épreuves des derniers mois se déversèrent sur elle : Nycia, l'enfer qu'elle lui avait fait vivre, sa trahison, les huit semaines désespérantes qu'elle venait d'expérimenter.

Combien de temps resta-t-elle, ainsi, prostrée, à moitié étouffée à attendre la mort ? Elle n'avait plus aucun espoir lorsque quelque chose attira son attention. Une silhouette apparut à travers le tourbillon de poussière. D'abord floue et irréelle, elle semblait flotter dans l'air tourmenté. Mylera plissa les yeux, tentant de comprendre ce qu'elle voyait. Quelqu'un s'approchait, droit vers elle. L'ombre se précisa. Cette démarche calme et assurée : Mardon. Elle ouvrit la bouche, abasourdie. Cet homme qui, depuis son arrivée, n'avait montré qu'indifférence, était là. Comment… Pourquoi…

Il s'arrêta devant elle et ôta son masque, dévoilant un visage à l'expression moqueuse, mais non dénuée de chaleur.

— Désolé de vous interrompre pendant votre promenade, Lieutenant, lança-t-il avec un sourire narquois. Mais il est temps de rentrer à la base.

Les mots brisèrent quelque chose en elle. Mylera éclata en sanglots. Avant même de pouvoir réfléchir, elle se jeta dans ses bras, agrippant désespérément sa combinaison. Contre toute attente, il répondit à son étreinte. Sa main tapota maladroitement son dos, un geste malhabile, mais étrangement rassurant.

— Nous pouvons y aller ? demanda-t-il doucement après un moment.

— Oui… Oui, bien sûr, bafouilla-t-elle, tentant de reprendre le contrôle de sa voix. Mon armtop est…

— Plus tard, Lieutenant, l'interrompit-il. Ce n'est pas l'endroit pour bavarder.

Elle serra les dents. Il avait cette façon de parler, légèrement moqueuse, qui l'agaçait. Il lui prit le bras et l'entraîna. Ses jambes tremblaient, mais elle le laissa la guider. Après une vingtaine de minutes de marche, ils atteignirent un skarabe qui les attendait. Elle grimpa à bord avec un soulagement incrédule.

— Qu'est-ce que… Le skarabe, bafouilla Mylera après avoir ôté son masque.

— Le commandant Thadees l'a envoyé, répondit Mardon, laconique.

— Et vous… Pourquoi êtes-vous…

— Reposez-vous, Lieutenant, coupa-t-il d'un ton ferme, mais pas méchant.

Elle s'affala sur le siège du skarabe, exténuée. Malgré les secousses et le hurlement du vent, elle s'endormit presque immédiatement.

De retour à la base, Thadees les attendait dans le hangar. En la voyant descendre du véhicule, son visage s'éclaira d'un large sourire.

— Lieutenant, vous nous avez fait une belle frayeur. Selon Norimanus, vous étiez morte. Heureusement pour vous, Dem n'a jamais su obéir aux ordres, ajouta-t-il en désignant Mardon.

Elle fronça les sourcils en le regardant. Mardon avait désobéi ? Dans l'armée de la Foi, une telle insubordination était impensable… et dangereuse.

— Bah, inutile d'en parler, Malk, répliqua Mardon.

— Allez prendre une douche, Lieutenant, reprit le commandant. Vous avez certainement besoin de repos. Dem, vous m'accompagnez ?

— Bien entendu.

Les deux hommes s'éloignèrent, la laissant là, avec une bonne dizaine de questions. *Pourquoi a-t-il fait une chose pareille ? Pourquoi risquer une sanction pour une inconnue ? Et… Dem ?* Elle fronça les sourcils. *Mais qu'est-ce que c'est que ce surnom stupide ?* Elle secoua la tête, puis leva un sourcil. Mardon et Thadees paraissaient très amis. *Faudra que je me méfie,* se dit-elle. Pourtant, quelque chose en elle s'était allégé. Pour la première fois depuis des mois, elle se sentait un peu moins seule.

Après une bonne nuit de sommeil, la première depuis des semaines, Mylera avait l'impression d'être humaine. Elle rejoignit le service technique d'un pas plus assuré. Ses hommes l'accueillirent avec des sourires sincères et quelques plaisanteries maladroites. Cela lui fit un bien fou. Pendant une heure ou deux, elle s'immergea dans son travail, ajustant des circuits, vérifiant des calibrages et, surtout, profitant de l'énergie d'un environnement où, pour une fois, elle se sentait utile.

Le soir, alors qu'elle entrait dans le mess, son regard fut immédiatement attiré par la silhouette familière du lieutenant Mardon. Il était assis à une table isolée, penché sur son handtop, une expression concentrée sur son visage séduisant. Une assiette à moitié vide trônait à côté de lui, visiblement négligée.

— Bonjour, lança-t-elle en s'approchant.

Il ne leva même pas les yeux, continuant à faire défiler des données sur son écran, apparemment décidé à conserver son attitude distante. Elle ne le laisserait pas faire, cette fois. Mylera posa son plateau et s'assit sans demander la permission. S'il voulait jouer au mur de glace, elle était prête à frapper dessus jusqu'à ce qu'il cède.

— Dites-moi, Dane, si vous m'expliquiez ce qui s'est passé ?

Il répondit d'un grognement indistinct, tout en gardant les yeux fixés sur son écran. Mylera inspira profondément. Elle songea à abandonner. Après tout, cet homme avait toujours été distant, presque inaccessible. Elle se sentit submergée par une vague de frustration. Mardon avait désobéi aux ordres, avait risqué une sanction pour la sauver et maintenant il refusait de lui accorder ne serait-ce qu'une conversation décente ? Pas question de le laisser s'en tirer comme ça. *Va te faire foutre* ! songea-t-elle.

— Vous pourriez au moins répondre, Dem !

Cette fois, il releva les yeux. Ses traits restèrent neutres, mais une ombre imperceptible de sourire effleura ses lèvres.

— Seuls mes amis m'appellent ainsi, dit-il d'un ton calme.

Elle croisa les bras et pencha la tête, le défiant du regard.

— Vu ce que vous avez fait pour moi, je suppose que vous êtes mon ami, répliqua-t-elle.

Son sourire s'élargit légèrement, amusé.

— Allons, Lieutenant Nlatan. Vous n'avez aucune envie d'être mon amie, répondit-il, un soupçon de malice dans la voix.

Elle s'appuya sur la table, les yeux brillants d'une énergie nouvelle.

— Mylera, corrigea-t-elle. Et alors ? Expliquez-moi, Dem. Pourquoi êtes-vous parti à ma recherche ?

Il hésita une fraction de seconde, son regard se posant sur elle avec une intensité calculée.

— Parce que Norimanus est un lâche et un imbécile, finit-il par dire, sans détour. Il était hors de question de vous abandonner sans même essayer de vous retrouver.

Elle écarquilla les yeux.

— Vous êtes fou, murmura-t-elle, presque incrédule.

Il haussa les épaules, comme si tout cela n'avait aucune importance.

— Peut-être.

Elle secoua la tête, cherchant à comprendre.

— Mais comment m'avez-vous trouvée ? Mon armtop était mort.

— L'écran, oui. Il reste toujours une onde résiduelle. J'ai modifié mon scanner pour trianguler votre position approximative. Ensuite, j'ai eu de la chance.

Elle fronça les sourcils, partagée à parts égales entre la perplexité et l'admiration. Ce qu'il racontait était improbable, presque irréel. Mais il était là, devant elle et elle était en vie grâce à lui. C'est tout ce qui comptait.

Un sourire chaleureux éclaira son visage.

— Eh bien ! Merci, Dem ! Cela fait du bien d'avoir un ami, ici.

Son expression changea subtilement, oscillant entre amusement et surprise.

— Un ami ? répéta-t-il d'un air dubitatif.

Elle hocha la tête avec une énergie qu'elle n'avait pas ressentie depuis longtemps.

— Ouais, que tu le veuilles ou non, on est amis maintenant ! déclara-t-elle avec une détermination joyeuse.

Il l'examina avec soin, comme s'il évaluait la sincérité de ses propos. Enfin, il laissa échapper un imperceptible soupir.

— Très bien, dit-il simplement.

Et il tint parole. Dans les semaines qui suivirent, leur lien fragile, mais sincère, se renforça. Dem, malgré sa réserve naturelle, était devenu un allié. Grâce à lui, elle retrouva sa confiance en elle et, petit à petit, elle redevint cette femme joyeuse, déterminée et pleine d'énergie qu'elle avait toujours été. Elle repoussa Nycia au plus profond de son esprit, certaine que le destin lui permettrait de rencontrer une femme digne de son amour.

Elle avait enfin trouvé sa place, ici, sur RgM 12. Cette planète était toujours une planète hostile, mais Mylera Nlatan ne s'était jamais sentie aussi vivante.

L'enclave sud

Se déroule un an avant le début de
YGGDRASIL — 1 — La prophétie

L'air froid du matin lui arrachait la gorge et inondait sa bouche d'un affreux goût de sang. Nayla Kaertan peinait à maintenir son rythme, le corps perclus de douleurs. Une pointe fulgurante s'enfonçait dans son flanc à chaque pas, irradiant une vague de souffrance jusqu'à sa colonne vertébrale. Ses jambes paraissaient peser une tonne et, à chaque foulée, ses bottes raclaient le sol caillouteux menaçant de la faire chuter. Elle trébucha à plusieurs reprises, mais lever les genoux plus haut était au-dessus de ses forces. Pour oublier sa douleur et les battements désordonnés de son cœur, elle se concentra sur un objectif : le dos de Feljina Volinse qui courait à quelques mètres devant elle.

Feljina avalait les kilomètres avec une aisance presque insultante, se moquant des obstacles. Sa respiration régulière ainsi que son allure rythmée et fluide trahissaient une endurance presque surnaturelle. Lors de ce genre d'exercice, Nayla la haïssait autant qu'elle l'admirait. Sa camarade de chambre venait d'une planète rude et montagneuse. Ses habitants semblaient nés pour ce genre d'épreuves, leurs corps taillés par des générations d'adaptation à des environnements impitoyables. Feljina, avec sa force tranquille, en était l'incarnation parfaite.

Leur peloton approchait de la pente la plus raide, qui leur permettrait de basculer de l'autre versant de la colline. Nayla attaqua la côte en grognant. Son cœur tambourinait dans sa poitrine et sa respiration se transforma en un sifflement incontrôlable. Elle puisa dans ses réserves pour tenir la cadence. Elle devait s'accrocher à tout prix, car les retardataires seraient punis.

La veille, Do Jholman avait été traîné devant toute la promotion, torse nu. Il avait été attaché à un poteau et avait été fouetté pour être arrivé bon dernier. Nayla se souvenait avec acuité du bruit sourd de chaque coup, du silence pesant qui suivait et, surtout, du cri qu'il avait retenu jusqu'à la fin, les lèvres serrées, le visage ruisselant de sueur et de larmes.

La respiration sifflante, la jeune femme atteignit enfin le sommet à bout de souffle, ses jambes tremblant sous son poids. Elle s'arrêta un instant, les mains posées sur ses genoux, haletant comme un animal blessé. Le goût de bile monta à sa gorge, mais elle se força à relever les yeux.

En contrebas, dans la vallée noyée sous une lumière orange surnaturelle, s'étendaient les bâtiments austères de l'École de Formation Initiale des Novices, chargée de l'instruction des conscrits durant la première année de leur service obligatoire. Un complexe militaire gigantesque, carré, aux lignes strictes et oppressantes. Chaque bâtiment semblait se fondre dans le suivant dans un assemblage monotone de gris et de noir.

Au-dessus d'eux, le « ciel » prenait une teinte irréelle, d'un orange terne filtré par le dôme bioclimatique. Une prison invisible, mais omniprésente. Nayla n'arrivait toujours pas à s'y habituer. Elle savait que, de l'autre côté du dôme, la planète Yrther portait encore les cicatrices d'une guerre brutale entre les Yrtheris et les premiers colons humains, bien longtemps avant l'avènement de l'Imperium. Elle avait laissé ce monde stérile et empoisonné. Et pourtant, l'état-major avait décidé d'y construire cette école, afin que les conditions extrêmes de cet endroit endurcissent les conscrits.

Un coup de sifflet strident retentit, arrachant Nayla à ses pensées. Elle reprit sa course, suivant la descente avec le reste du peloton. L'air froid et sec fouettait son visage, mais au moins, ses muscles se laissaient un peu porter par la gravité. La cadence augmenta. Les conscrits, poussés par la promesse d'arriver enfin, resserraient les rangs, le bruit de leurs bottes résonnant telle une marche funèbre. Les derniers kilomètres furent un supplice. Nayla sentit son esprit vaciller, son corps au bord de la rupture. *Un pas après l'autre. Rien de plus. Ne pense pas, avance !* se répétait-elle comme un mantra.

Enfin, le groupe franchit les hautes grilles de la caserne. Le fracas des bottes sur le pavé résonna entre les murs de béton, tandis que les soldats s'alignaient en carré parfait dans la cour principale. Nayla, les jambes flageolantes, trouva sa place dans les rangs, les yeux fixés droit devant elle, son souffle rauque peinant à se calmer. Un officier passa devant eux, d'un pas lent et mesuré, détaillant chaque visage avec dédain.

— Redressez-vous ! lança-t-il enfin. Vous n'êtes qu'une bande de misérables larves, de faibles, incapables de courir sans vomir vos tripes.

Ses mots claquaient comme des gifles. Nayla releva le menton en essayant de montrer sa fierté d'être là, mais son esprit vagabondait. Elle avait entendu ce genre de discours bien trop souvent.

— Dieu n'aime pas les faibles ! Dieu chérit les forts. Souvenez-vous de cela !

Un silence tomba sur le peloton seulement perturbé par quelques toux et reniflements. D'un geste brusque, l'officier désigna un bâtiment du bras.

— Rompez ! Retour ici dans trente minutes !

Le carré se dispersa en un instant. Les conscrits se ruèrent vers les dortoirs, leurs pas résonnant dans les couloirs métalliques. Nayla suivit, le corps et l'esprit épuisés, mais elle avait survécu à cette course. Elle survivrait aussi à demain.

Nayla courut vers ses quartiers et se changea rapidement. Elle arracha ses vêtements trempés de transpiration, les jeta dans le sac dédié, et courut sous la douche commune de sa chambrée. Elle laissa les ondes soniques la débarrasser de sa sueur, puis revint vers sa couchette en courant. Feljina s'habillait déjà. Elle l'imita. Les mains tremblantes, elle peina à boutonner sa chemise réglementaire, pestant intérieurement contre sa maladresse. Dix minutes plus tard, elle déboulait sur la place du rapport en espérant ne pas être la dernière, car les retards étaient punis. Elle ressentit une vague de soulagement. Les rangs n'étaient pas encore complets. Elle se glissa à sa place, rectifia la position de ses épaules, le regard fixé droit devant elle, comme l'exigeait la discipline.

En attendant les retardataires, elle laissa ses pensées dériver. Cela faisait deux mois qu'elle vivait dans cet enfer. Les journées interminables n'étaient qu'une succession de cours théoriques, d'épreuves sportives, de tirs, de combats en simulateur, le tout ponctué d'insultes et de cris. Elle ne supportait plus les vociférations et les humiliations. Elle détestait cet endroit. Elle détestait cette vie. Et plus que tout, elle haïssait ce que tout cela représentait.

Nayla Kaertan venait d'Olima, l'un des mondes de l'Imperium. Cet empire liberticide était régi par la foi en Dieu, mais Dieu n'était pas un concept abstrait. Il était un être de chair et de sang. Il était immortel et régnait depuis des siècles. Cet être divin, vénéré et craint, vivait reclus dans le temple sacré qui se dressait sur la planète mère. Personne n'échappait à son contrôle. Il donnait ses ordres au clergé et le clergé les appliquait. Le clergé était également le garant des règles strictes de cette religion. La mort était la seule issue des dissidents. Les Gardes de la Foi, soldats d'élite implacables, traquaient et éliminaient toute forme de rébellion, avec un zèle fanatique. Les autres missions étaient assurées par l'armée régulière, constituée de soldats de métier et de conscrits. Chaque citoyen devait consacrer cinq années de sa vie à ce service obligatoire, imposé à tous les croyants. Cette période commençait par une année de formation, puis le soldat était envoyé là où il était nécessaire. Cet apprentissage était une rude épreuve pour tous ces jeunes gens, arrachés à leur foyer, expédié sur le front pour combattre les ennemis de l'extérieur et parfois de l'intérieur.

Pour Nayla, tout cela n'était rien. Ce n'est pas la guerre qui l'effrayait. Elle vivait dans la peur quotidienne que son secret soit découvert. Elle haïssait l'Imperium et sur sa planète, elle faisait partie de la résistance : un crime puni de mort. Elle n'avait pas le choix. Elle devait se comporter comme n'importe lequel de ses camarades et espérer revenir un jour sur Olima sans avoir été démasquée.

Le reste de la journée fut aussi horrible que les précédentes. Les novices alternèrent des cours de combat, des séances de tir et deux heures de lecture du Credo, cet ouvrage qui regroupait tout ce qu'un croyant devait savoir. Elle s'obligea à réciter les passages, les mâchant comme un aliment pourri qu'elle ne pouvait recracher.

Le soir venu, après un repas maigre et insipide, Nayla regagna sa chambre. Elle se laissa tomber sur sa couchette comme une pierre, son corps protestant à chaque mouvement. Son épuisement était total. Elle se sentait vidée, physiquement et mentalement. *Tiens bon ! Ne craque pas ! Un jour après l'autre !* récita-t-elle dans son esprit avant de sombrer dans un sommeil agité.

Nayla Kaertan se redressa d'un bond, haletante. Son cœur tambourinait contre ses côtes comme s'il voulait s'échapper. Une sueur froide perlait sur son front, trempait les cheveux sur sa nuque et poissait son corps. Elle chercha son souffle, sa gorge asséchée transformant chaque inspiration en râle douloureux. Ses mains tremblaient légèrement. Elle mordit violemment son poignet pour retenir un cri. *Non, pas ici ! Pas maintenant !* Les autres ne devaient rien savoir. Elle ferma les yeux et laissa sa tête retomber contre l'oreiller rêche, son esprit encore prisonnier dans les brumes de son cauchemar.

Ce rêve… Elle n'en retenait jamais les détails, mais il laissait derrière lui une empreinte indélébile, un écho assourdissant qui résonnait dans son âme, une terreur sans nom et sans image. C'était un avertissement. Quelque chose approchait, quelque chose de terrible.

Elle inspira profondément, en tentant de calmer les battements frénétiques de son cœur. C'était ridicule. Ce n'était qu'un rêve, rien de plus. Et pourtant, un frisson glacé continuait de courir sur sa peau. Elle ne pouvait pas ignorer ce murmure silencieux. Il annonçait un danger et Nayla avait appris à l'écouter.

Elle ferma les paupières, espérant retrouver un semblant de sérénité, mais le sommeil la fuyait. Elle tenta de se raccrocher à des souvenirs plus doux : les collines ensoleillées d'Olima, la chaleur des marchés, le parfum des fleurs de sujo qui flottaient dans l'air... Son angoisse revint, chassant ces images qui s'effacèrent aussitôt. Le dortoir demeurait plongé dans le silence, uniquement troublé par les respirations régulières des autres novices. Nayla resta immobile, guettant le moindre bruit, le moindre signe que quelqu'un l'observait.

Dans l'Imperium, les cauchemars n'étaient pas de simples rêves. Ils étaient des avertissements divins, des messages de Dieu Lui-même. Quiconque en faisait l'expérience était immédiatement suspecté d'un manque de foi.

Enfin, la sonnerie du réveil la libéra. Nayla bondit de son lit avec plus de hâte qu'à l'accoutumée, cherchant à masquer sa nervosité derrière la discipline. Elle s'engouffra sous la douche sonique, laissant les vibrations éliminer la sueur de la nuit. En s'habillant, elle prit une décision. Elle n'avait pas le choix, car aujourd'hui était jour de confession.

Chaque novice devait périodiquement ouvrir son cœur devant un moine-soldat, un homme béni par Dieu, capable de détecter le mensonge. Cette obligation était inscrite dans le Credo. Et dans l'Imperium, personne ne défiait le Credo. Aujourd'hui, Nayla ne pouvait pas se permettre cette confrontation. Pas après ce cauchemar. Pas avec cette angoisse qui écrasait sa poitrine. Elle finit de fermer son uniforme, les mains tremblantes. Jusqu'à présent, elle avait réussi à mentir à ces hommes sans être détectée, mais ce matin, les choses étaient différentes. Elle était trop perturbée.

Elle passa une main dans ses cheveux courts, pour apaiser son anxiété. Une erreur, un seul faux pas et tout pourrait basculer. Ils fouilleraient ses pensées, ses souvenirs. Ils découvriraient tout : sa haine de l'Imperium, son appartenance à la résistance, ses cauchemars. Elle serait exécutée et son père, lui aussi, serait en danger.

Son regard se durcit. Il y avait autre chose. Ce cauchemar... Il ne présageait rien de bon. Elle devait se fier à son instinct et ne pas se présenter à cette confession. Elle devait trouver un moyen d'y échapper.

Nayla se dirigeait d'un pas rapide vers la console d'inscription aux missions additionnelles. Son cœur battait à un rythme nerveux. Elle avait pris sa décision. Peu importait les risques. Les missions de dépollution dans l'enclave sud étaient les plus redoutées de tous les conscrits, mais aujourd'hui, elle ne voyait pas d'autre issue. Si elle voulait éviter la confession, il fallait s'en éloigner par tous les moyens.

En chemin, une silhouette familière lui barra la route. Dasen Novat, grand, ténébreux, affichant un sourire un peu trop éclatant pour être honnête, était l'un des conscrits les plus populaires, surtout auprès des filles.

— Salut, Nayla ! s'exclama-t-il, découvrant ses dents blanches. Qu'est-ce qui te rend si pressée ce matin ?

Elle ralentit, mal à l'aise. Dasen avait cette façon agaçante de poser des questions avec une sincérité désarmante.

— Salut, Dasen. Je vais m'inscrire pour la dépollution de l'enclave sud, répondit-elle d'un ton qu'elle voulait assuré.

Le sourire de Dasen s'effaça instantanément. Un froncement inquiet plissa son front.

— Attends… Quoi ? T'es sérieuse ?

— Oui.

À contrecœur, elle s'arrêta pour lui faire face. Dasen secoua la tête avec une moue incrédule.

— Nayla, c'est de la folie. C'est terriblement dangereux.

Elle haussa les épaules, détournant le regard pour ne pas affronter ses yeux verts perçants.

— Je dois expier…

— Que veux-tu expier ? demanda-t-il, déconcerté. T'es une des meilleures de notre groupe !

— Pas vraiment, répliqua-t-elle en baissant les yeux, les doigts crispés sur le tissu rugueux de son uniforme. Je suis nulle en course à pied.

Dasen éclata d'un rire bref, mais franc.

— Sérieusement ? Tu es arrivée juste derrière Feljina et elle est notre meilleure athlète. Tu te rends compte de ce que tu dis ?

Elle esquissa un sourire contrit.

— Je l'ai enviée, avoua-t-elle à demi-mot.

Il se pencha légèrement, cherchant son regard.

— Et alors ? Tout le monde l'envie, même moi. C'est humain, Nayla.

Elle releva la tête pour l'affronter sans fléchir.

— Envier ses camarades, c'est malsain. Désirer être quelqu'un d'autre, c'est nier le choix de Dieu, déclara-t-elle, citant une maxime du Credo.

Il soupira, levant les yeux vers le ciel orangé comme s'il cherchait une réponse dans le dôme bioclimatique. Il ne pouvait pas contredire le Credo. Nayla avait très vite compris qu'une connaissance parfaite de ces maximes toutes faites serait un bouclier qui dissimulerait son manque de foi.

— Tu pourrais choisir une autre corvée, tenta-t-il. Un vaisseau de transport doit arriver ce soir. Ils cherchent des volontaires pour le décharger. C'est beaucoup moins risqué, tu sais.

Nayla secoua la tête avec obstination.

— Non, je préfère la dépollution de l'enclave sud.

Il haussa un sourcil, croisant les bras sur son torse.

— « Dépollution »… C'est un mot gentil pour ce qu'ils nous demandent de faire là-bas.

— Je sais, répondit-elle en s'efforçant de ne pas montrer son appréhension. J'ai suivi le cours sur les dangers d'Yrther.

— BdJ 02, la corrigea-t-il doucement, avec un sourire en coin.

— Voilà pourquoi je dois expier mes fautes, répliqua-t-elle avec un sourire forcé, espérant clore la discussion.

La dépollution de l'enclave sud était une corvée dévolue aux punis, mais de nombreux conscrits se portaient volontaires. Ainsi, ils pouvaient se racheter des manquements au Credo. Le commandement appréciait tout particulièrement ce comportement pieux. Ce serait inscrit sur son dossier et cela l'aiderait à grimper au classement général. Dasen ne pouvait l'ignorer.

Ils arrivèrent devant la console. Une tension familière se noua dans la poitrine de Nayla, mais pas question de reculer. Elle tapa son code d'identification d'un geste sec et sentit la validation vibrer sous ses doigts.

— Désolée, Dasen, mais l'appel pour cette mission est dans quinze minutes. Je dois y aller.

Elle hésita, son regard glissant sur le visage de son camarade. Une étrange lueur brillait dans ses yeux verts, quelque chose qu'elle ne réussit pas à interpréter.

— Merci…, dit-elle finalement, presque à voix basse.

Dasen la fixa un instant, avant de hausser les épaules avec un sourire fatigué.

— De rien. C'est normal.

Il ajouta, presque pour lui-même, alors qu'elle tournait les talons :

— Fais attention à toi, Nayla.

Elle sprinta dans les couloirs, le cœur battant. Si elle arrivait en retard à ce rendez-vous, elle risquait bien plus que des réprimandes. En atteignant enfin le hangar, elle aperçut un petit groupe de conscrits déjà rassemblés devant un skarabe. Son regard s'arrêta sur la silhouette massive et imposante du lieutenant Galia Travil. Elle grimaça malgré elle. Travil n'était pas la plus sympathique des femmes. Grande et corpulente, ses cheveux bruns serrés dans une tresse stricte, sanglée dans un uniforme impeccable, elle commandait avec sévérité. Le ton cinglant qu'elle employait en toutes circonstances la rendait intimidante, voire terrifiante. Travil la fixait souvent avec un mélange de mépris et de satisfaction froide, comme si elle n'attendait qu'une excuse pour l'écraser. Nayla ne s'expliquait pas cette animosité, mais elle se méfiait du lieutenant. *Ce n'est vraiment pas de bol*, se dit-elle.

Nayla se glissa dans les rangs et reconnut Do Jholman, la tête basse et l'air épuisé. La veille, il avait été puni pour être arrivé dernier à l'entraînement. Elle se plaça à ses côtés, espérant lui apporter un peu de réconfort par sa simple présence.

— Kaertan, qu'est-ce que tu fais ici ? demanda-t-il d'une voix presque inaudible, sans la regarder.

Elle n'eut pas le temps de répondre. La porte du hangar s'ouvrit, et Dasen Novat entra. Nayla haussa les sourcils en le voyant approcher.

— Qu'est-ce que tu fais là ? souffla-t-elle, stupéfaite.

Dasen lui lança un regard entendu tout en tirant sur son uniforme.

— Je ne voulais pas te laisser y aller seule, murmura-t-il, comme si c'était la chose la plus naturelle du monde.

Avant qu'elle puisse répliquer, Travil aboya un garde-à-vous et les conscrits se figèrent aussitôt. Elle les toisa un à un de ce regard perçant qui semblait vouloir les disséquer. Lorsqu'elle s'arrêta devant Nayla, un rictus presque imperceptible déforma ses lèvres grasses.

— Vous êtes ici parce que vous êtes de mauvais croyants, lança Travil d'une voix glaciale. Vous êtes ici pour expier vos fautes. Je me moque que certains d'entre vous se soient portés volontaires. Si vous l'avez fait, c'est que vous avez trahi votre Foi. Vous serez traités en conséquence. Les joies de l'enclave sud seront bientôt tout à vous.

Le ton mordant de ses paroles fit frémir Nayla. À ses côtés, Jholman baissa un peu plus la tête, serrant les poings pour masquer sa nervosité.

— Vous avez dix minutes pour enfiler vos armures de combat, gronda Travil en désignant la porte du vestiaire, près des skarabes. Rompez !

Les conscrits s'élancèrent vers la pièce. Nayla choisit une armure et entreprit de s'équiper.

— Je vais t'aider, proposa Dasen.

— Pourquoi es-tu là ? répliqua-t-elle.

— Pas le temps !

Il boucla les attaches avec des gestes précis, puis se tourna pour que Nayla l'aide à fermer celle dans le dos. Elle vit alors le pauvre Jholman qui se battait avec son armure. Dasen et elle échangèrent un coup d'œil, puis se précipitèrent pour l'assister. Motivés par la peur d'être en retard, ils entraînèrent leur camarade par le bras et sprintèrent vers le groupe. Ils se rangèrent à leur place en haletant et furent rassurés quand trois autres soldats émergèrent du bâtiment. Travil toisa le dernier arrivé, un conscrit que Nayla connaissait à peine.

— Votre nom sera noté, Hyel. Assez flemmardé ! Embarquez ! aboya l'officier.

Comme un seul homme, les dix-huit conscrits se précipitèrent vers le skarabe. Un peu nerveuse, Nayla se sangla sur un siège. Son esprit tournait à cent à l'heure sous l'effet de l'adrénaline qui montait. *Je suis une idiote ! J'ai déjà menti à ce maudit moine sans aucun problème. Il n'y avait aucun risque. J'aurais dû rester.* Elle eut alors une pensée terrifiante. *Et si le danger promis par mon rêve était justement la dépollution de l'enclave sud ?*

— Est-ce que quelqu'un a déjà été là-bas ? demanda Do à voix basse.

Sa voix résonna dans l'habitacle, mais personne n'osa lui répondre. Le garçon baissa la tête pour mieux cacher sa peur. Nayla, assise en face de lui, se pencha pour poser une main rassurante sur son genou.

— Ne t'inquiète pas. Reste près de moi, Do. Tout ira bien.

— Merci… Je suis mort de trouille.

Dasen grimpa à son tour à bord. Il s'assit à côté d'elle en affichant ce sourire désinvolte qui la faisait enrager.

— Tu ne m'as toujours pas répondu, gronda-t-elle d'une voix plus dure qu'elle ne l'aurait voulu. Qu'est-ce que tu fais là ?

Dasen la fixa, un brin amusé.

— Je te l'ai dit : je ne voulais pas te laisser affronter ça toute seule.

— Je n'ai pas besoin de toi, répliqua-t-elle sèchement.

Elle sentit son irritation grandir. Dasen jouait les protecteurs et cela l'exaspérait. Il était peut-être le plus populaire de sa promotion – beau, charmeur et sûr de lui – mais Nayla n'était pas impressionnée. En deux mois, il avait enchaîné les conquêtes, y compris Feljina. Il avait cette habitude agaçante de traiter tout le monde comme s'il leur faisait une faveur en s'intéressant à eux.

— Ce n'est pas gentil, ça. Je… Je tiens à toi, Nayla, avoua-t-il soudain.

Nayla le regarda, surprise.

— Ne raconte pas n'importe quoi, Dasen. Tu ne me connais même pas.

— Je te connais plus que tu ne le crois.

Il laissa passer un instant, cherchant visiblement ses mots.

— Je te vois tous les jours. Tu es différente. Tu es réservée, mais résiliente. Tu es intelligente. Et… canon, accessoirement.

Elle soupira, secouant la tête.

— T'es insupportable, tu le sais ça ?

Un sourire narquois étira ses lèvres.

— C'est ce qui te plaît chez moi, non ?

Le moteur du skarabe rugit soudain, emplissant l'habitacle d'un vacarme assourdissant. Le véhicule se mit à vibrer et avec une violente secousse, il démarra. Nayla risqua un coup d'œil discret vers son voisin et ne put s'empêcher d'admirer son profil. Feljina avait raison, il était beau, trop beau pour son propre bien. La plupart des filles craquaient pour lui. Elle secoua la tête. Elle n'était pas comme les autres. Elle n'avait pas besoin d'une telle relation, surtout pas maintenant, pas avec cette angoisse qui pesait sur son âme. Elle avait entendu tellement d'histoires sur l'enclave sud, qu'une fois encore, elle se demanda si elle avait bien fait de se porter volontaire.

Le skarabe s'immobilisa dans un crissement brutal et un silence presque oppressant remplaça le vacarme du moteur. Nayla sentit son cœur battre à tout rompre dans ce calme soudain. Tout autour d'elle, les conscrits restaient figés, terrifiés. Puis, le lieutenant Travil fit irruption dans l'habitacle en hurlant des ordres.

— Debout, bande de larves ! En formation, maintenant !

Les soldats se levèrent précipitamment pour descendre du véhicule. Nayla posa un pied sur le sol rocailleux et marqua instinctivement un temps d'arrêt. Le spectacle qu'elle découvrait ressemblait au délire d'un artiste sous l'emprise du ral'i'baj, cette drogue qui provoquait d'horribles cauchemars après quelques années d'utilisation.

Ils se tenaient à l'entrée d'un vaste cirque rocheux, un cratère chaotique qui s'étendait à l'infini. Les parois escarpées, noires et tordues étaient sillonnées de fissures qui exhalaient une vapeur grisâtre et nauséabonde. Le ciel au-dessus d'eux était d'un noir d'encre, zébré d'éclairs orangés qui illuminaient par instants les ombres mouvantes du paysage. Chaque souffle d'air semblait saturé d'une énergie hostile et de la promesse silencieuse d'un danger imminent.

Nayla leva les yeux. Ils étaient hors du dôme protecteur de la base. Pour la première fois, elle se sentait vraiment confrontée à la fureur brute de Yrther. Ce n'était pas un environnement de simulation soigneusement contrôlé comme les zones d'entraînement. Ici, tout était mortel. L'enclave sud méritait sa réputation de lieu infernal.

— Démons…, murmura Do Jholman à ses côtés.

Il fixait l'horizon, les yeux écarquillés, le visage blême.

— On dirait le gouffre des damnés…

— Bougez-vous, bandes de larves ! hurla Travil. Novat, vous prenez l'équipe 1 ! Cifer, l'équipe 2 !

Dasen hocha la tête avant de se tourner vers Nayla et son groupe.

— Derrière moi ! lança-t-il.

— Écoutez bien, conscrits, continua Travil avec sérieux. Nous ne jouons pas, ici. Votre mission est de désarmer et de récupérer ces obus. Ne baissez jamais votre garde. L'enclave est truffée de mines, sans compter les canydhons.

— Les canydhons…, s'étrangla Cifer. Ils… Ils évitent les humains, n'est-ce pas, Lieutenant ?

Travil lui adressa un regard courroucé.

— Celui qui vous a dit ça ne doit pas sortir très souvent du dôme. Ces saloperies sont vicieuses et n'ont pas peur de nous. Une meute a été repérée par les patrouilles extérieures, alors je ne veux rien laisser au hasard.

Nayla sentit une boule se former dans son estomac. Les canydhons… Elle avait entendu des histoires dans les dortoirs sur ces créatures qui semaient la terreur dans les zones non sécurisées de Yrther. C'étaient des prédateurs impitoyables, rapides, organisés et surtout affamés.

— Je veux deux binômes en couverture, reprit Travil. Novat, trouvez-moi des conscrits qui savent tirer droit. Le reste, formation H. Avancez et soyez vigilant. Au moindre faux pas, vous êtes morts.

— Compris, Lieutenant, répondit Dasen avec une assurance un peu forcée.

Il jeta un coup d'œil à Nayla.

— On y va. Reste derrière moi.

Ils progressèrent en deux files parallèles espacées d'une dizaine de mètres. Nayla tenait son arme à deux mains, son doigt près de la détente. Elle avançait avec précaution, faisant attention lorsqu'elle posait le pied, évitant de déranger un caillou ou de marcher sur quelque chose de suspect. Elle balayait le paysage du regard, tentant de rester concentrée malgré son esprit qui s'emballait. Les éclairs qui zébraient le ciel créaient des ombres qui bougeaient sur les rochers, jouant des tours cruels à son imagination.

Dasen, devant elle, levait le poing à intervalles réguliers, ordonnant des pauses brèves le temps d'effacer un doute. Il était incroyablement calme, presque trop. Puis, soudain, il s'arrêta net et cette fois-ci, il leva le bras pour signaler quelque chose. Nayla s'immobilisa à son tour, retenant son souffle.

— Ici, Lieutenant ! s'exclama Dasen en pointant un amas de débris à une dizaine de mètres devant eux.

Le lieutenant Travil s'avança rapidement et contrôla ce que Dasen avait découvert.

— Bien vu, Novat, grogna-t-elle, presque satisfaite. Nous avons trouvé le site principal. Trois soldats pour sécuriser la zone. On se déploie !

Dasen désigna trois conscrits. Nayla fut soulagée de ne pas faire partie de ce trio. Le reste de l'équipe s'écarta pour leur laisser le champ libre et poursuivit sa progression dans le périmètre assigné.

Plusieurs milliers d'années auparavant, lorsque les humains avaient affronté les sanguinaires Yrtheris, ils n'avaient eu d'autres choix que de contre-attaquer avec toute la violence nécessaire à la victoire. Des tonnes de bombes Taerme avaient été larguées sur la planète. Cette technologie, depuis longtemps obsolète, possédait un terrible pouvoir de destruction. Les obus avaient ravagé la surface d'Yrther, rasant les villes et les villages, calcinant la végétation et anéantissant presque toute vie. Les Yrtheris n'avaient pas survécu et avaient disparu de l'univers. Avant d'être vaincus, ils s'étaient vengés en parsemant leur planète mourante de mines puissantes et capricieuses. Les humains de l'époque n'avaient jamais réussi à en comprendre le fonctionnement et Yrther était devenu un monde oublié. Au fil des siècles, les animaux avaient prospéré et désormais, ils régnaient sans partage sur ce monde dévasté.

Trois autres soldats furent désignés pour gérer une deuxième trouvaille. Ils continuèrent leur progression sur le sol jonché de débris métalliques, dont chacun pouvait être un piège. Dasen menait l'équipe avec assurance, ses yeux clairs scrutant chaque recoin. Finalement, il s'arrêta devant une masse imposante, à moitié enfouie dans la terre.

— Un obus Taerme, gronda Dasen entre ses dents, comme s'il craignait de parler trop fort. Nayla, Do, vous restez avec moi. Les autres, vous sécurisez le périmètre.

Il s'agenouilla avec précaution près de l'engin. Nayla le rejoignit et posa son havresac à côté d'elle.

— On va vérifier si ce gros tas de ferraille est sur le point de nous envoyer en enfer. Nayla, le scanner.

Elle ouvrit son sac et sortit les outils nécessaires. Ses mains tremblaient légèrement, mais elle les maîtrisa en inspirant profondément. Elle glissa délicatement les tiges du scanner sous l'obus, connectant le dispositif d'analyse. Une série de bips résonna.

— Alors ? s'enquit Dasen.

Nayla consulta l'écran et sentit son estomac se nouer.

— Il est activé et le détonateur a un facteur de stabilité de 48 %, annonça-t-elle.

— Bordel !

— Une seule erreur et il nous pulvérise, ajouta-t-elle d'une voix tendue.

Do, qui se trouvait de l'autre côté de l'obus, leur jeta un regard paniqué.

— C'est quoi le plan ? On part en courant ?

Dasen ignora la question.

— Le panneau d'accès. Quelqu'un le voit ?

— Rien de mon côté, répondit Nayla.

— Moi non plus, murmura Do. Je ne vois rien du tout.

Dasen soupira et prit sa nuque à deux mains.

— Il va falloir le retourner, dit-il enfin.

Do écarquilla les yeux.

— Quoi ? Tu déconnes ? Nayla vient de dire qu'il est instable !

— Écoute, Jholman, si tu veux rester là toute la journée, vas-y. Mais si on veut désamorcer cette saloperie, il faut voir ce qu'il y a dessous. Nayla, fais le tour. Vous le retenez pendant que je pousse. Pas de mouvements brusques.

Sans hésiter, Nayla contourna l'engin précautionneusement. Elle posa les mains sur le métal ancien.

— C'est chaud…, souffla-t-elle.

— Ce n'est pas bon signe, marmonna Dasen. Soyons prudents.

Très lentement, il déplaça la munition. Do et elle s'arc-boutèrent pour la retenir. Nayla ne cessait de se traiter d'idiote. *Pourquoi ai-je choisi de venir ici ! J'aurais dû aller tranquillement m'asseoir dans le bureau du moine et répondre à ses questions.*

— Ça y est, je vois la trappe, dit Dasen.

— Démons ! souffla Do. On va tous y passer !

— Ta gueule ! répliqua Dasen. Et surveille les alentours. Je n'ai pas envie qu'un canydhon nous tombe dessus.

Do grommela quelque chose d'inintelligible, tandis que le chef de groupe s'agenouillait devant la trappe. Il sortit un tournevis et commença à dévisser le petit panneau, d'une main étonnamment calme. Nayla l'observait, le souffle court, une sueur froide perlant sur sa nuque.

— Zut ! Elle est bloquée, grogna Dasen.

— Le métal est trop corrodé, constata Nayla. On va devoir découper la plaque.

Le jeune homme hésita et finit par sortir une scie électrique.

— Accrochez-vous !

Le sifflement strident de l'outil résonna dans l'air. Une nouvelle vague d'adrénaline se diffusa dans les veines de Nayla. Elle retint son souffle, le corps tendu comme un arc.

— Une vis de moins, murmura Dasen, concentré.

— Dépêche-toi, cet endroit me rend dingue, chuchota Do.

— Ta gueule, Do ! dirent Nayla et Dasen en cœur.

Ils échangèrent un regard et Nayla ne put s'empêcher de rire nerveusement. Son allégresse forcée fut de courte durée.

— Ça vous amuse, Kaertan ? tonna la voix glaciale du lieutenant Travil derrière elle.

— Non, Lieutenant ! répondit Nayla en se raidissant.

— Vous reviendrez demain. Nous verrons si vous trouvez cette mission aussi drôle.

— Oui, Lieutenant.

Après s'être assurée que Travil ne la regardait plus, Nayla serra les dents avec colère. Elle n'aurait jamais dû se porter volontaire. Dasen lui décocha une grimace contrite, agrémentée d'un sourire ravageur. Elle lui répondit de la même façon et le garçon sembla prendre cette réaction pour une victoire. Elle aurait dû être agacée, mais Dasen était vraiment gentil… et craquant.

Puis, tout bascula.

— Attention ! cria quelqu'un.

Nayla se retourna et sentit son sang se figer. Des chiens immenses, massifs, recouverts de poils noirs et hirsutes fonçaient droit sur eux en dévalant les pentes qui bordaient le vallon.

— En position ! ordonna le lieutenant Travil.

Nayla épaula son fusil et pressa la détente. Les tirs lywar fendirent l'air et frappèrent les monstres. Le canydhon qu'elle visait fut soulevé par l'impact et projeté en arrière avec un glapissement de douleur. Les loups d'Yrther continuèrent leur charge. Un conscrit fut bousculé et une mâchoire gigantesque se referma sur son visage. Nayla pivota et tira à bout portant, abattant la bête d'un coup précis. Les tirs fusèrent pendant plusieurs secondes interminables, jusqu'à ce que, sans prévenir, les canydhons battent en retraite. La tension dans l'air ne retomba pas. Nayla peinait à reprendre son souffle.

— Restez sur vos gardes ! cria Travil. Ce n'est pas fini.

— Lieutenant, Caral est mort, hurla un garçon complètement paniqué. C'est horrible et…

— Du sang-froid, Soldat. Que chacun garde sa position ! commanda Travil en remontant le champ de bataille d'un pas autoritaire.

Les sanglots et les gémissements s'atténuèrent. Elle reprenait lentement les choses en main.

— Nous sommes sous le regard de Dieu. Ne craignez pas le jour de votre mort, car Dieu le connaît. Allez ! On se re…

Une détonation assourdissante déchira l'air. Nayla sentit une onde de choc la frapper comme un mur, l'envoyant valser dans la boue. Elle mit quelques secondes à comprendre ce qui venait d'arriver. Avec angoisse, elle se redressa sur un coude et découvrit un spectacle terrible. Le corps déchiqueté du lieutenant Travil était étendu à quelques mètres. Elle avait dû marcher sur une munition instable. Il n'y avait plus rien à faire pour elle. Nayla détourna les yeux, un goût de bile montant dans sa gorge. La mission avait tourné au cauchemar.

Un sifflement aigu carillonnait dans ses tympans. Nayla sentit le monde tanguer autour d'elle. Elle cligna des paupières, forçant le décor à se stabiliser. Sa bouche était sèche, ses poumons semblaient en feu, mais elle était vivante. Elle balaya les environs du regard, à la recherche de camarades, mais le paysage était un chaos de fumée, de terre projetée et de silhouettes vacillantes. Enfin, elle distingua Do Jholman, assis à quelques mètres, tremblant, mais indemne. Elle poussa un soupir soulagé. Elle s'agenouilla difficilement. Son corps était perclus de douleurs, mais elle ne remarqua aucune blessure apparente. C'était un vrai miracle. Et puis, elle constata un autre prodige : l'énorme obus que Dasen tentait de désamorcer n'avait pas explosé.

Le jeune homme émergea de derrière la masse métallique, le visage crispé de douleur. Il vacilla légèrement avant de se rattraper contre l'ogive instable. Nayla sentit monter la panique.

— Dasen, tu es blessé ?

— Rien de grave.

En la voyant se redresser, il leva une main tremblante.

— Ne bouge pas ! s'écria-t-il d'une voix rauque. Ce terrain est miné !

Elle hésita. Elle voulait courir vers lui, mais elle savait qu'il avait raison. Tout ici semblait prêt à exploser au moindre faux pas.

— Il faut appeler la base, dit-elle, sa voix étranglée par l'urgence.

— Ouais… Il chercha son armtop d'une main tremblante. On a besoin d'un bombardier pour nous sortir d'ici.

Il s'affaissa, s'asseyant sur le sol. Nayla frissonna, inquiète pour lui. Elle activa son propre communicateur, mais un grésillement sinistre répondit à son appel. Elle insista, tapant sur les commandes, mais rien n'y fit. Un frisson glacé descendit le long de sa colonne vertébrale. Elle pianota sur son armtop, cet ordinateur intégré à l'armure des soldats, mais l'appareil s'était brisé sous le choc.

— Do essaye avec le tien ! lança-t-elle.

Do acquiesça et s'affaira, mais son expression désespérée lui donna la réponse avant qu'il ne parle.

— Ça ne passe pas. Rien ne passe…, murmura-t-il en secouant la tête.

Nayla se força à de profondes inspirations pour maîtriser les battements désordonnés de son cœur. Ses oreilles bourdonnaient encore, mais elle arrivait à percevoir des gémissements, des cris étouffés, le bruissement du vent chargé de poussière. Les conscrits rescapés commençaient à se relever, hésitaient, geignaient. Sans officiers pour les guider, la panique menaçait d'emporter le peu de discipline qu'ils avaient acquis en deux mois.

Un garçon se leva et s'éloigna en titubant vers la sortie du vallon. En une fraction de seconde, Nayla se souvint du comportement étrange du canydhon juste avant la détonation. Ils avaient fui précipitamment, comme s'ils savaient… Elle comprit le danger auquel ils étaient confrontés.

— Arrête ! hurla-t-elle. Ne bouge pas ! Ce vallon est miné.

Le conscrit se figea, les yeux écarquillés. Nayla balaya la zone du regard tout en réfléchissant. Elle avait étudié les caractéristiques des mines yrtherises en classe. Ces reliques de la guerre yrtherise étaient indétectables pour la technologie humaine, mais les canydhons les évitaient instinctivement. De plus, leur explosion brouillait les communications. Tout concordait.

— Le lieutenant Travil a dû marcher sur une mine, expliqua-t-elle d'une voix forte qui tremblait un peu. Personne ne bouge ! Surveillez les environs et préparez-vous. Ces chiens vont revenir.

Elle se tourna vers Sahil, un conscrit placé près de la sortie.

— Sahil, tu es le plus proche. Tente de rejoindre les skarabes et d'envoyer un appel. Mais regarde bien où tu poses les pieds.

— Qui t'a donné le droit de donner des ordres ? siffla Nila Cifer, l'autre chef de groupe.

Elle s'avança, le visage dur en défiant Nayla du regard.

— C'est à moi de prendre le commandement.

Nayla haussa les épaules, levant les mains en signe de reddition.

— Alors, vas-y, prends-le !

Elle recula, laissant Nila s'avancer. Elle n'avait aucune envie d'attirer l'attention. Donner des ordres, se mettre en avant, c'était courir le risque d'être remarquée, d'être cataloguée comme une dissidente en devenir.

— Dasen ? appela Jholman.

Nayla se tourna vers lui. Elle sentit son cœur se serrer.

— Que se passe-t-il, Do ? demanda-t-elle.

— Il ne bouge plus. Je crois qu'il va mal.

Nayla prit sa décision en une fraction de seconde. Elle refusait de laisser son camarade mourir aussi bêtement. Elle inspira profondément pour évacuer la peur.

— Ne fais pas ça, souffla Do.

— T'inquiète…

Elle fixa le terrain devant elle, son regard à la recherche du moindre indice, de la moindre anomalie dans la terre. Un pas. Puis un autre. Elle avançait lentement, ses bottes effleurant à peine le sol pour éviter d'exercer une pression excessive. Sa respiration saccadée projetait une légère brume devant son visage et son cœur battait si fort qu'elle avait l'impression qu'il résonnait dans tout le vallon. Elle contourna enfin l'énorme obus.

Dasen était adossé à la masse de métal. Il avait ôté son casque et son visage blême était couvert de sueur. Nayla s'agenouilla près de lui, le cœur battant d'inquiétude. Il avait perdu connaissance, mais son souffle rauque indiquait qu'il était encore en vie. Un fragment de métal avait percé le ketir de son armure et s'était planté dans son flanc. Du sang coulait de la plaie, formant une flaque sombre près de lui. Elle essaya d'arracher l'éclat, mais le gémissement du garçon l'en dissuada. Il ouvrit des yeux fiévreux.

— Nayla… Tu n'aurais pas dû bouger, coassa-t-il.

— Et te laisser crever là ? Jamais ! protesta-t-elle, la gorge serrée.

— Tu aurais dû… ta sécurité…

— Tu es ici à cause de moi, souffla-t-elle.

Il esquissa un sourire triste malgré la douleur.

— Pourquoi t'es-tu portée volontaire, Nayla ? demanda-t-il d'une voix faible. Ne me sors pas ton excuse bidon. Tu sais, je n'ai pas cru une seconde à tes explications.

— Tais-toi et économise tes forces, ordonna-t-elle, ignorant la question.

Ses mains fouillaient déjà la trousse de soins. Elle lui injecta une dose d'antihémorragique, espérant ralentir la perte de sang. Elle ôta ses gants pour effleurer son front. Il était brûlant comme un four.

— Ne t'inquiète pas, murmura-t-elle d'une voix douce. On va s'en sortir. Je te le promets.

Il fronça légèrement les sourcils, comme s'il essayait de rassembler ses pensées.

— Si on arrive à revenir à la base, est-ce que... tu sortiras avec moi ? demanda-t-il dans un souffle.

— Ce n'est pas le moment, Dasen, répondit-elle avec un sourire involontaire.

— Tu n'as pas le droit de dire non, insista-t-il faiblement, son sourire maladroit et charmant éclairant brièvement son visage pâle.

Elle ouvrait la bouche pour répliquer lorsqu'un cri aigu perça l'air :
— Les canydhons !

La panique explosa dans le groupe. Des conscrits commencèrent à tirer à l'aveugle tandis que d'autres s'enfuyaient. Les loups d'Yrther déboulaient dans le vallon en louvoyant bizarrement, comme s'ils évitaient des obstacles invisibles. Nayla se posa sur un genou, épaula son fusil et pressa la détente. Une rafale lywar jaillit du canon. Un premier canydhon s'effondra, puis un second, mais les autres continuaient d'avancer.

— Tous aux skarabes ! ordonna Nila Cifer d'une voix forte qui supplanta la cacophonie.

— Non ! Attendez ! cria Nayla, paniquée. Le terrain est piégé !

Ses camarades ne l'entendirent pas ou ne voulurent pas l'écouter. Ils abandonnèrent leur poste et se sauvèrent en courant dans un désordre affolé. Une rousse posa le pied sur une mine. L'explosion déchira l'air et l'onde de choc projeta Nayla sur le dos. Des morceaux de métal incandescent grêlèrent son armure. Un sifflement assourdissant effaça tout autre son.

Elle se redressa péniblement, le souffle court, tandis qu'elle retrouvait une partie de son ouïe. Les canydhons battaient en retraite, glapissant de douleur. Une odeur de chair brûlée agressa ses narines. Et, quelque part au milieu de cet enfer, quelqu'un poussait des hurlements stridents. Nayla se retourna lentement, étonnée d'avoir encore été épargnée. Le corps déchiqueté de la rousse gisait un peu plus loin. Ses jambes avaient été arrachées et son sang jaillissait en pulsations rapides des moignons, formant une mare sombre autour d'elle. Un garçon rampait vers la blessée, tout en répétant son prénom comme un mantra.

— Ne bouge pas ! hurla Nayla. Tu veux déclencher une autre mine ?

Il s'arrêta net, le visage tordu par la peur et l'horreur. Les survivants, immobiles, retenaient leur souffle, comme si le moindre geste pouvait les condamner. Nayla prit une seconde pour évaluer la situation. Tout son corps tremblait, mais elle se força à se relever, à penser.

— On ne peut pas la laisser là, protesta le conscrit.

— On ne peut rien faire pour elle. Tu ne veux pas faire sauter une autre de ces saloperies.

Les cris de la malheureuse s'étaient transformés en pleurs, puis en râles. Convaincu par Nayla, son camarade demeurait prostré, le visage caché dans ses bras. Les survivants du groupe se tenaient immobiles, n'osant pas respirer trop fort. Un gémissement attira l'attention de la jeune femme.

— Dasen ? appela-t-elle d'une voix inquiète.

Il était livide, ses lèvres presque blanches et ses yeux trop dilatés étaient enfoncés dans leurs orbites. Son armure était poisseuse de sang gluant qui coulait en ridules avant d'abreuver le sable.

— Tiens bon, Dasen. Je t'en supplie, tiens bon, dit-elle en s'accroupissant à nouveau à ses côtés.

— La… bombe, murmura-t-il d'une voix si faible qu'elle l'entendait à peine. Elle fait un drôle de bruit.

Nayla se figea. Elle tendit l'oreille, son cœur s'arrêtant presque. Un cliquetis régulier, un son mécanique provenait de l'énorme obus.

— Non… non, non, non…, balbutia-t-elle.

Si cet obus, si ce destructeur de monde explosait, le vallon tout entier serait réduit en poussière… et tout ce qui se trouvait à des kilomètres alentour disparaîtrait dans une onde de choc dévastatrice.

Dasen posa une main rassurante sur son avant-bras. Nayla éprouva une bouffée de tendresse pour le garçon. Elle inspira profondément pour se calmer. Les yeux fermés, elle découvrit un noyau de courage au fond de son âme. Elle devait agir. Avec un dernier soupir, elle se pencha et déposa un baiser sur le front du blessé qui lui renvoya un regard étonné et fiévreux.

Nayla s'approcha de la bombe et son cœur manqua un battement. Un éclat de métal s'était planté dans l'obus, à l'emplacement exact de l'une des vis fermant le panneau.

— Formidable ! grogna-t-elle entre ses dents. Comment vais-je ouvrir ce truc, maintenant ?

Elle grimaça tout en observant la trappe. Dasen avait eu le temps de couper une des attaches, il lui en restait donc deux à découper. Elle s'occuperait de la dernière le moment venu. À l'aide de la scie, elle sectionna la première vis. Des cliquetis inquiétants émanaient de la bombe, mais Nayla conservait un calme étonnant. Elle avait l'impression qu'une autre personnalité s'était emparée de son corps. Sans trembler, elle trancha la troisième vis. Elle ne pourrait pas atteindre la quatrième. En se mordant la lèvre, elle dégaina son poignard. Avec la lame, elle souleva délicatement la plaque, puis la fit pivoter lentement. En dessous, le mécanisme cliquetait nerveusement. *Il me reste peu de temps*, songea-t-elle, sans se départir de son calme.

Nayla choisit une pince coupante dans son havresac. *Quel fil dois-je sectionner ?* La moindre erreur déchaînerait les enfers. Elle hésita et ferma brièvement les yeux pour mieux se concentrer. Lorsqu'elle les rouvrit, l'un des fils lui sembla plus brillant, plus net. Une étrange certitude s'empara d'elle et, d'une main sûre, elle trancha ce câble. Les cliquetis cessèrent instantanément. *Ai-je réussi ?* se demanda-t-elle.

— Nayla ? appela Dasen d'une voix rauque.

— Tout va bien, souffla-t-elle. Je l'ai désamorcée.

Elle croisa le regard surpris du jeune homme. Elle déglutit, car elle était incapable d'expliquer ce qu'elle avait fait.

— Ne t'inquiète pas, poursuivit-elle. Tout va bien. Il faut juste sortir de ce vallon, maintenant.

Il secoua doucement la tête avant de préciser :

— Ne cours aucun risque, Nayla. Ils finiront par venir nous chercher, j'en suis sûr.

Nayla leva les sourcils, peu convaincue.

— Pas avant des heures, protesta-t-elle. Si nous restons ici, nous allons tous mourir et… et tu dois être soigné au plus vite, Dasen. Je serai prudente et… Zut ! Où est Do ?

— Je ne sais…

La voix du jeune homme s'affaiblit et il perdit connaissance.

— Non, Dasen ! s'exclama-t-elle.

Elle se redressa, cherchant Do Jholman du regard. Il n'était nulle part. *Je ne l'ai pas vu depuis la dernière attaque*, se dit-elle le cœur serré, tandis que des larmes embuaient ses yeux. *Pauvre garçon. Les canydhons ont dû l'emmener.* Nayla se reprit. *Ce n'est pas le moment de s'effondrer en pleurant comme une gamine*, se morigéna-t-elle. *Il faut rejoindre les skarabes. Il faut demander de l'aide.*

Seulement, traverser cette zone était périlleux. Si elle réussissait cet exploit, elle deviendrait une héroïne – ce qui était encore plus dangereux. Elle reporta son attention sur Dasen. Il avait perdu beaucoup de sang. Elle fouilla dans la trousse de soins et trouva un pansement compressif. Associé à une dose massive d'hemaw, elle pourrait peut-être contenir l'hémorragie. Elle essaya de se souvenir de ce qu'ils avaient appris dans le cours de secourisme, mais tout se mélangeait dans sa tête. *Tant pis !* se dit-elle. *Je dois agir ou Dasen va mourir ! Il ne mérite pas ça.*

Avec précaution, Nayla dégrafa les plaques de l'armure. Celle du flanc resta coincée à cause de l'éclat d'obus. *Je dois l'enlever !* se motiva-t-elle. Elle mobilisa son courage et empoigna le morceau de métal. Elle serra les mâchoires sous l'effort et l'arracha. Le sang jaillit de l'entaille, épais et rouge sombre. Elle ôta la plaque de ketir et déchira le tee-shirt. Elle versa le contenu de sa gourde sur la plaie pour la nettoyer. Le sang continuait d'affluer. Elle injecta directement l'hemaw dans la blessure, puis appliqua le pansement compressif sur sa poitrine. Elle administra au garçon un produit destiné à soutenir son cœur et favoriser la création de sang par son propre corps.

— Attention ! hurla quelqu'un.

Nayla se retourna juste à temps pour voir un chien des enfers se ruer sur elle, les crocs dégoulinants de bave. Par pur réflexe, elle leva le bras. La mâchoire de l'animal se referma sur le ketir. *Mon fusil…*, se dit-elle en paniquant. Elle vit l'arme posée hors de portée et jura. Le loup d'Yrther bataillait pour libérer sa gueule de l'armure. Nayla dut renoncer à dégainer son poignard, pour le saisir à la gorge. Ils roulèrent sur le sol. Le fauve labourait son armure de ses pattes puissantes en grognant. Une bave épaisse et puante dégoulinait de ses babines violettes. D'une torsion de son corps musclé, il se dégagea. Il se ramassa sur lui-même et bondit. Nayla eut juste le temps de lever les pieds pour le repousser. Le canydhon fut projeté en arrière, le corps arqué. Il roula sur le sol, puis se remit sur ses pattes. Il la fixa un instant en secouant nerveusement sa tête. Il découvrit ses mâchoires en un grondement furieux. Nayla dégaina son poignard, la peur au ventre. Elle n'était pas de taille contre un tel monstre.

L'animal s'élança, mais un tir lywar le faucha au milieu de sa foulée. Touché en pleine poitrine, le canydhon retomba à plus de six mètres.

Il heurta lourdement le sol, déclenchant l'enfer. Nayla eut à peine le temps de se jeter dans la boue pour se protéger de l'explosion. Des éclats tombèrent tout autour d'elle, rebondirent sur le ketir de son armure et sifflèrent à ses oreilles.

Une fois le calme revenu, elle releva la tête. Dasen était encore assis contre l'obus désamorcé. Il tenait toujours le fusil qui lui avait permis de sauver la vie de Nayla. Un fragment de métal était fiché dans son œil gauche. Il était mort.

Nayla n'arrivait pas à détacher son regard du cadavre du jeune homme, si beau et si charmant. Il semblait la fixer avec une expression de reproche. Elle sentit des larmes lui piquer les yeux, puis son estomac se révolta. À genoux dans la boue, elle vomit le contenu de son petit déjeuner. Enfin, du revers de sa main, elle essuya sa bouche. *Dasen ! Ce n'est pas juste*, se dit-elle.

Sans réfléchir, elle se leva et traversa les quelques mètres qui la séparaient de lui. Elle ne la vit pas, mais elle enjamba une bombe enfouie dans le sol, puis évita une mine sans s'en rendre compte. Elle s'agenouilla près de Dasen et posa tout de même deux doigts tremblants sur sa carotide avec l'espoir idiot qu'il serait encore en vie. Elle ne pouvait pas changer le destin. Le garçon était mort. Elle l'allongea délicatement sans s'arrêter de pleurer. Elle le connaissait peu, mais elle ne pouvait s'empêcher de penser que tout cela était de sa faute. Elle déposa un baiser sur ses lèvres, puis se redressa. Elle n'avait rien pu faire pour Dasen, mais elle sauverait les autres !

Nayla allait s'élancer pour sortir de cette nasse qu'était le vallon, lorsqu'une voix résonna entre les parois.

— Conscrits ! Ne bougez pas ! Restez très exactement où vous êtes !

Nayla s'immobilisa, indécise, prête à désobéir malgré tout. Son instinct lui criait de courir, de fuir cet endroit maudit où la mort rôdait à chaque pas. Elle leva les yeux et aperçut enfin le bombardier survolant le site. Les moteurs rugissaient alors que l'appareil se stabilisait au-dessus du vallon. Un filin descendit lentement vers le sol.

Les premiers conscrits furent hissés à bord. Nayla dut se résoudre à patienter auprès du cadavre de son ami. Elle serra les poings, luttant contre la panique qui menaçait de la submerger. Elle fixait l'obus désamorcé à quelques mètres. Et si elle s'était trompée ? Et si cette bombe avait encore la capacité de déchaîner l'enfer ? Cette idée la glaça.

Enfin, le filin descendit jusqu'à elle. Nayla tendit la main pour le saisir, mais son regard se posa sur le corps de Dasen. Elle se baissa pour essayer de l'attacher au câble.

— Il est mort, Conscrit ! cria quelqu'un depuis le vaisseau.

— Je ne veux pas le laisser ! s'écria-t-elle, sa voix trahissant toute la colère et la douleur qu'elle avait tenté de réprimer.

— Nous reviendrons pour les corps. Les vivants sont prioritaires. Attachez-vous ! C'est un ordre !

Nayla resta figée un instant, ses doigts agrippant le câble avec force. Elle voulait hurler, protester, les accuser de leur retard, de leur indifférence. Mais elle savait que cela ne changerait rien. Sa gorge se serra. Avec des gestes lents, presque mécaniques, elle fixa le filin à sa ceinture. Une seconde plus tard, elle se sentit soulevée du sol, ses pieds arrachés à la boue. Elle s'élevait dans les airs, sans quitter des yeux le visage de Dasen figé dans la mort.

Un officier l'attrapa par le bras et l'aida à grimper à bord. Ses mains gantées étaient fermes, mais il lui adressa un regard avec une ombre de compassion.

— Vous n'êtes pas blessée ?

— Non, Capitaine.

— Asseyez-vous. Ne vous inquiétez pas, nous reviendrons pour les morts. Vous avez ma parole.

Nayla hocha la tête et marmonna sa réponse d'une voix qui lui parut appartenir à une autre :

— Oui, Capitaine. Merci, Capitaine.

Elle s'installa dans l'un des sièges, son esprit encore engourdi par le choc. En relevant les yeux, elle aperçut Do Jholman, assis un peu plus loin, le visage marqué de fatigue.

— Dasen ? demanda-t-il à voix basse.

Nayla secoua la tête, les mots se coinçant dans sa gorge.

— Il est mort, finit-elle par articuler, d'une voix rauque.

Do ferma les yeux et un soupir tremblant s'échappa de ses lèvres.

— Démons… Je suis désolé, Nayla.

— Ils t'ont récupéré ? demanda-t-elle, changeant brusquement de sujet.

— Oui. J'ai réussi à rejoindre les skarabes. Une fois là-bas, j'ai pu les appeler.

— Tu as fait quoi ? s'exclama-t-elle.

Do haussa les épaules, mal à l'aise.

— J'étais tout près d'une zone rocheuse, expliqua-t-il. J'ai pris le risque de traverser. J'ai eu de la chance, c'est tout.

Nayla le fixa un instant, ses émotions oscillant entre admiration et incrédulité.

— Bravo, Do ! Tu es un héros.

— Non, ne dis pas ça, protesta-t-il.

— Si, tu nous as sauvés, ajouta-t-elle avec conviction.

— Non, pas tous. J'aurais dû le faire plus tôt.

Elle le réconforta d'une main douce sur son genou. Le reste du vol se passa dans un silence pesant. Nayla demeura immobile, perdue dans ses pensées. Elle revoyait sans cesse le sourire de Dasen, son regard brillant lorsqu'il lui avait demandé de sortir avec lui. Elle n'avait pas su quoi répondre, et maintenant, elle n'en aurait plus jamais l'occasion. Chaque battement de son cœur semblait chuchoter un seul mot : pourquoi ?

En descendant du vaisseau, Nayla sentit un poids écraser ses épaules. La base s'étendait devant elle, familière dans son austérité et pourtant irréelle, étrangère, après ce qu'elle venait de vivre. Le chaos du vallon, les hurlements et le visage livide de Dasen hantaient encore son esprit. Elle maudissait ce cauchemar qui l'avait poussée à se porter volontaire et cette journée qui avait viré au carnage.

Elle suivit en silence le flot des conscrits jusqu'à l'infirmerie, où un médecin les attendait. Les blessés furent retenus pour des soins. Les autres, comme elle et Do, furent rapidement renvoyés. On n'avait pas le temps de s'attarder sur ceux qui avaient « eu de la chance ». Nayla et Do se retrouvèrent livrés à eux-mêmes, encore engourdis et hébétés. Ils traversèrent les couloirs de la caserne en silence jusqu'à leur bâtiment.

Feljina Volinse surgit à peine avaient-ils franchi le seuil. Elle était rayonnante et son regard était illuminé d'une ferveur extatique.

— Où étais-tu, Nayla ? lança-t-elle d'une voix vibrante. Tu as raté la visite d'un inquisiteur. Est-ce que tu te rends compte ? Un inquisiteur ! Je me suis confessée à un inquisiteur ! C'était… merveilleux. C'était comme si… Comme si j'avais parlé à Dieu en personne.

Les mots de Feljina frappèrent Nayla de plein fouet. Le sol sembla se dérober sous ses pieds et son cœur s'emballa, non pas d'excitation, mais d'une peur glaciale. Un sifflement désagréable carillonna dans ses oreilles, couvrant la voix exaltée de Feljina. Le monde autour d'elle se mit à tanguer, à tourner. Les murs de la salle commune paraissaient sur le point de se refermer sur elle. Elle chancela, les jambes flageolantes. Do la rattrapa de justesse, posant un bras protecteur autour de ses épaules.

— Nayla ! Ça va ? dit-il avec une inquiétude mal dissimulée.

Il l'aida à s'asseoir sur un fauteuil. Ses mouvements étaient maladroits, mais pleins de sollicitude. Nayla peinait à reprendre son souffle, les mots de Feljina tournant en boucle dans sa tête. Un inquisiteur ! Un inquisiteur ! Si… Elle aurait pu être découverte. Tout aurait pu s'effondrer.

— Que lui arrive-t-il ? demanda Feljina en fronçant les sourcils, comme si Nayla était un problème à résoudre.

— On était en mission dans l'enclave sud, répondit Do d'une voix éraillée, encore marquée par cette terrible journée. Et… C'était horrible.

— Explique-toi.

— Une catastrophe, murmura-t-il, la gorge serrée. Les canydhons nous ont attaqués, des bombes ont explosé. Dasen Novat… Il est mort.

L'expression de Feljina se figea, mais ne montra aucune émotion humaine, aucun choc, aucune tristesse. Elle croisa les bras, comme si elle se préparait à énoncer une vérité indiscutable.

— Oh… Eh bien, il est dans la main de Dieu maintenant. Il n'existe pas de plus belle mort que celle d'un soldat qui meurt pour son Dieu.

Do ouvrit la bouche, prêt à rétorquer, mais il s'arrêta net. Une ombre de rébellion traversa son regard, mais il la ravala rapidement. Dire ce qu'il pensait vraiment serait trop dangereux. Il hocha la tête, lentement, presque à contrecœur.

— Il n'est pas…, commença Do.

Il dut réfléchir au propos hérétique qu'il s'apprêtait à tenir. Comme toute personne sensée, il s'interrompit, puis acquiesça avec difficulté.

— Tu as raison, mais… c'est dur pour Nayla, marmonna-t-il, baissant les yeux.

— Je comprends, répondit Feljina, toujours avec cette froideur pieuse.

Elle posa une main légère sur l'épaule de Nayla avant d'ajouter :

— Je vais m'occuper d'elle. Tu peux nous laisser.

Do hésita, contemplant Nayla en cherchant son approbation, mais elle semblait ne pas le voir. Alors, il s'éloigna en traînant les pieds, le dos voûté par un poids invisible.

— Ça va aller, Nayla ? demanda Feljina, d'une voix adoucie.

Nayla leva vers elle un regard vide, incapable de répondre. Les mots étaient bloqués au fond de sa gorge. Enfin, elle murmura :

— Je veux juste prendre une douche.

Feljina acquiesça, mais Nayla ne le remarqua pas. Son visage paraissait étrangement calme, mais à l'intérieur, une tempête hurlait. *Un inquisiteur ?* songeait-elle. *J'ai failli affronter un inquisiteur. Il est impossible de leur mentir. Si je m'étais confessée à cet homme, il aurait découvert mon secret. Il aurait compris ma haine de l'Imperium. Il aurait vu les rêves qui me hantent.*

Arrivée à sa chambre, Nayla s'appuya contre la porte, laissant échapper un long soupir. *Mon cauchemar…*, pensa-t-elle. *Il m'a sauvée. Encore une fois, il m'a avertie.* Elle serra les bras autour de son corps, cherchant à contenir les tremblements qui la secouaient. Mais Dasen… Dasen avait payé le prix de sa liberté. Et cette pensée était plus lourde que tout ce qu'elle avait porté jusque-là. Elle se laissa glisser sur le sol froid. Elle se fit une promesse. Le sacrifice de Dasen ne serait pas vain. Jamais, elle ne l'oublierait.

Rêve d'espoir

Jym Garal émergea de son sommeil comme un homme qui suffoque sous l'eau. Son torse se soulevait violemment, chaque respiration saccadée lui déchirant la gorge. La sueur perlait sur son front, froide et collante. Ses mains agrippèrent les draps rêches comme s'il cherchait encore à s'ancrer dans la réalité.

Ce rêve... toujours ce rêve.

Une lumière éclatante s'était levée, parcourant la galaxie. Sur son passage, les peuples s'éveillaient, se dressaient pour leur liberté, s'émancipaient... Une foule innombrable la suivait, l'acclamait, scandant un mot chargé d'une telle force que dans son rêve, il avait pleuré. Ce mot était « espoir ».

Un frisson dégringola le long de sa colonne vertébrale. Il porta une main à son visage pour en chasser la moiteur et les vestiges de ce songe. Il tenta de mettre de l'ordre dans ses pensées. Ce n'était pas la première fois qu'il rêvait de cette lumière, mais cette fois, c'était différent. Cette fois-ci, il n'avait pas été un spectateur impuissant. Il avait été là, emporté par le tumulte de la foule. Il avait crié, pleuré, vibré avec elle. Il avait ressenti l'exaltation. Il avait fait partie d'un tout, de quelque chose de grand et merveilleux qui, l'espace d'un instant, avait balayé son existence terne et solitaire.

Un bip léger finit de le réveiller. Jym tourna la tête vers la pendule incrustée dans le mur métallique d'un gris triste. Il grogna. Il n'était pas encore en retard, mais il ne devait pas traîner.

D'un geste sec, il repoussa les draps et s'assit au bord du lit. Il observa sans la voir la pièce exiguë. Il enfila sa tenue de travail en silence et sortit dans la partie commune ; comme tous les célibataires, il partageait un baraquement avec d'autres mineurs. Den Tazado était déjà assis à la table, avalant son gruau sans enthousiasme. Face à lui, sa sœur Raya plongeait sa cuillère dans son bol tout en jetant des regards en coin à Jym. Ses yeux noirs pétillaient d'un amusement qui contrastait avec ses muscles noueux et son visage anguleux. Elle lui décocha un sourire coquin.

— Tu fais peur à voir, lança-t-elle en riant. Mauvaise nuit ?

Jym haussa les épaules, marmonnant une réponse inaudible. Raya se pencha en avant, exagérant une moue malicieuse.

— Oh, un rêve… C'était un rêve… chaud ? Si c'est le cas, j'espère que j'étais dedans, minauda-t-elle avec un clin d'œil.

Un sourire effleura les lèvres de Jym malgré lui. Raya avait ce don étrange d'illuminer, ne serait-ce qu'un instant, leur morosité quotidienne. C'est pour cela qu'il se sentait bien en sa compagnie ; ils étaient plus ou moins ensemble. Den roula des yeux et poussa un soupir agacé.

— Vous vous raconterez vos conneries une autre fois, grogna-t-il en repoussant sa chaise. On va être en retard.

Jym secoua la tête, ses pensées toujours hantées par les échos de son rêve.

— C'était ce rêve, vous savez… Cette lumière… Elle m'appelle, Den… Elle nous appelle. Elle va nous libérer.

Den se leva si brutalement que sa chaise heurta le sol avec un bruit métallique.

— Bordel, ferme-la ! siffla-t-il en jetant un coup d'œil rapide vers les autres portes. Si ce genre de truc vient aux oreilles des soldats, t'es mort. Et nous avec.

Raya fronça les sourcils.

— Pourquoi ça ? C'est qu'un rêve, non ?

— Parce que c'est interdit ! Et si on l'écoute, ils diront qu'on est contaminé. Tu te rappelles ce qui s'est passé sur SyT 02 ? Un gars avait raconté des trucs bizarres, il parlait de « lumière » et de « liberté ». Tout son groupe a disparu. Tu veux finir comme eux ?

Jym appréciait Den Tazado. Il était un bon camarade, un homme loyal, mais qui pouvait se montrer pusillanime. Garal serra les poings et cracha avec colère :

— Si tout le monde a disparu, comment peux-tu savoir ce qui s'est passé ?

— J'ai échappé à la purge parce que je bossais dans un autre puits de mine. C'est un pote, un soldat, qui m'a tout raconté, murmura Den en baissant les yeux.

— Ces connards ne me font pas peur, gronda Jym. J'en ai rien à foutre de tes histoires.

— Bordel, Garal, tu ne peux pas…

— Comme tu l'as dit, on va être en retard, trancha Jym.

Le trio sortit dans l'air sec du matin. Leur quartier de bâtiments préfabriqués était situé à la périphérie de la petite ville minière, dominée par une caserne en fibrobéton surmontée par le pylône de communication. Un petit vent soufflait au ras du sol, soulevant des volutes de poussière qui grimpait dans l'atmosphère rougeâtre. Garal leva les yeux vers le ciel rubis, encombré de nuages couleur feu. Il haussa les épaules. Les rêves d'espoir ne rempliraient pas ses poches. D'un pas lourd, il suivit ses camarades vers l'entrée de la mine.

Le rugissement des foreuses résonnait dans les entrailles de la montagne, une vibration sourde qui s'infiltrait jusque dans la moelle des os. La chaleur des profondeurs de la mine était écrasante, encore alourdie par la pesanteur naturelle de RgN 07. La poussière rougeâtre flottait en nuages épais, irritant la gorge et collant à la peau humide de sueur. Jym Garal, le visage luisant et maculé de saleté, attaquait la roche avec une foreuse portative, les muscles de ses bras saillant sous l'effort. La machine hurlait entre ses mains, envoyant des éclats de roche qui crépitaient sur lui. Son rêve brûlait toujours dans son esprit, telle une flamme qu'il ne pouvait contenir.

Autour de lui, les autres travaillaient dans un silence pesant, brisé seulement par le claquement des outils et le martèlement régulier des chariots contre les rails. À quelques mètres, Daso Bertil, un homme sec aux mouvements précis, ramassait les blocs de roche pour les charger dans le chariot poussé par sa sœur. Nali, plus vive et nerveuse, balaya l'air d'un revers de main pour chasser la poussière qui s'accrochait à ses cheveux bruns.

Une sonnerie métallique retentit soudain, annonçant les dix minutes de pause. Jym éteignit sa foreuse. Le bruit mourut dans un râle tandis qu'il la posait contre la paroi, ses bras tremblant de l'effort. D'un geste pressé, il décrocha la gourde fixée à sa ceinture et porta le goulot à ses lèvres. L'eau, tiède et amère, coula dans sa gorge comme un baume.

Le silence ne calma pas l'agitation dans son crâne. Les mots lui brûlaient les lèvres. Il fallait qu'il parle.

— Cette lumière… Je l'ai encore vue cette nuit, murmura-t-il brusquement en s'adressant à Daso et Nali.

Daso releva la tête avec une lueur de méfiance dans ses yeux plissés. Nali, au contraire, suspendit son geste, intriguée.

— Cette fois, c'était différent, continua Jym, la voix basse. Je n'étais pas qu'un spectateur. J'étais là, avec eux. Je pouvais sentir leur espoir… comme si c'était une force vivante.

Nali, adossée au chariot, croisa les bras, une lueur intéressée dans le regard.

— Une lumière ? Qu'est-ce que c'est ?

— Tais-toi, Nali, lâcha Daso en lui posant une main ferme sur le bras.

Il jeta un coup d'œil nerveux par-dessus son épaule, scrutant les ombres mouvantes du tunnel. Ici, les murs avaient des oreilles.

— Tu veux bien arrêter avec ça, Jym ! T'es vraiment pas discret. Les soldats vont finir par l'apprendre et tu n'imagines pas les conséquences.

Jym hésita, puis serra les poings. Il s'avança légèrement, baissant encore la voix.

— Ce n'est pas juste un rêve, Daso. J'en suis sûr. Cette lumière… Elle est tellement vive, tellement pure. Devant elle, l'Imperium recule, je l'ai vu ! Elle nous libère… Son nom, c'est… espoir.

Le mot résonna dans l'air lourd du tunnel, comme un souffle nouveau qui se battait pour exister. Daso secoua la tête, furieux.

— C'est un rêve, Jym. Rien d'autre qu'un rêve. Et tu ferais mieux de l'oublier.

Nali n'était pas prête à abandonner. Elle s'était redressée, son regard braqué sur Jym avec une intensité presque fébrile.

— Et si ce n'était pas un rêve ? murmura-t-elle. Et si c'était réel ?

Daso se retourna brusquement, le visage plissé par l'inquiétude.

— Arrête, Nali ! gronda-t-il. T'écoutes ce qu'il raconte ? C'est dangereux.

Mais Jym ne pouvait plus s'interrompre. Les mots sortaient de lui comme si une digue avait cédé.

— Ce n'est pas qu'un rêve, insista-t-il, la voix tremblante d'émotion. C'est comme une… vision. Quelque chose de réel, Daso. Quelque chose qui va arriver.

En un éclair, Daso fut sur lui. Il attrapa Jym par le col et le plaqua violemment contre la roche.

— Tu vas la fermer, maintenant ! cracha-t-il à travers ses dents serrées.

Daso, bien que plus petit, avait une force nerveuse qui faisait trembler ses bras. Ses yeux, si durs d'habitude, brillaient d'un éclat paniqué.

— Écoute-moi bien, Jym ? Peut-être que t'as raison. Ou peut-être que t'es juste en train de perdre la tête. Mais on s'en fout ! Ce genre de conneries va te tuer et pire, nous entraîner avec toi. Alors, ferme-la ! gronda-t-il entre ses dents.

Leurs visages étaient si proches que Jym pouvait sentir l'odeur âcre de la sueur de l'autre. La sonnerie annonçant la reprise du travail vint briser la tension. Daso relâcha Jym d'un geste brusque et recula, les mâchoires crispées.

— Retourne bosser, grogna-t-il en s'emparant de sa foreuse.

Jym resta un instant immobile, adossé à la paroi, ses pensées battant comme des tambours. Quand il empoigna sa machine, ses mains tremblaient encore.

— Je ne peux pas, murmura-t-il pour lui-même. Je ne peux pas arrêter. C'est plus fort que moi.

Le travail reprit, implacable. La chaleur, le bruit, la poussière : tout recommença comme si rien ne s'était passé.

Le ciel rougi de RgN 07 s'assombrissait à mesure que les ouvriers regagnaient leurs quartiers. La poussière tourbillonnait dans l'air tiède, emportée par un vent faible, presque résigné. Jym Garal marchait en silence, le dos légèrement courbé par la fatigue. Un frôlement le tira de ses pensées. Il se retourna juste assez pour apercevoir Nali à ses côtés, sa silhouette fine se découpant dans la lumière déclinante.

— Jym, attends, murmura-t-elle, d'une voix à peine audible.

Il ralentit, inclinant la tête pour l'écouter.

— Je ne sais pas si je crois à tout ça, grogna-t-elle, comme si chaque mot lui coûtait un effort. Mais tu n'es pas le seul.

Il s'arrêta complètement, le visage tourné vers elle, les sourcils froncés.

— Qu'est-ce que tu veux dire ?

Nali jeta un regard rapide autour d'eux, pour s'assurer qu'aucune oreille indiscrète ne traînait. Même si les rues poussiéreuses étaient presque désertes, la méfiance demeurait obligatoire.

— J'ai entendu d'autres en parler, continua-t-elle à voix basse. Giola, par exemple.

— Giola ? répéta Jym, perplexe.

— Une femme de l'équipe B. Grande, avec la peau sombre, une cicatrice sur la joue… Tu vois qui c'est ?

Jym hocha la tête.

— Oui, je vois. Tu dis qu'elle a eu un rêve, elle aussi ?

Nali plissa les yeux, cherchant ses mots.

— C'est ce qui se dit. Je l'ai pas entendue en parler directement, mais… ça circule. Elle aurait vu quelque chose de semblable à ce que tu décris.

Jym demeura silencieux, ne sachant quoi répondre. Il reprit sa marche, comme s'il cherchait à digérer cette information. Nali l'accompagna, sans le quitter des yeux.

— Et puis…, reprit-elle après un moment, d'une voix plus assurée. Tu le vois bien. Les gens en ont marre.

Il tourna légèrement la tête vers elle.

— Marre de quoi ?

— De tout ça, lâcha-t-elle en ouvrant les bras pour désigner les baraquements métalliques, les ombres des soldats qui patrouillaient plus loin et les lumières blafardes qui s'allumaient dans la ville. De trimer comme des bêtes, de creuser cette foutue roche pour un Imperium qui ne sait même pas qu'on existe. On n'a jamais eu le choix, Jym. On nous a envoyés ici sans nous demander notre avis, comme si nous étions des esclaves.

Sa voix se brisa un instant, mais elle se ressaisit rapidement.

— Ils veulent… de l'espoir, souffla-t-elle enfin, comme si le mot lui brûlait la gorge.

« Espoir ». L'expression résonna dans l'esprit de Jym, amplifiant l'écho de son rêve. Il ferma les yeux, sentant son cœur s'accélérer malgré lui. Ils longeaient un jardin misérable, délimité par des clôtures branlantes. Les légumes semblaient y lutter pour leur survie, rabougris, jaunes, comme s'ils pliaient sous le poids de cette planète hostile. Jym s'arrêta, ses yeux fixés sur les tiges tordues qui s'accrochaient encore à la terre.

— Et si c'était juste ça ? murmura-t-il, presque pour lui-même.

Nali fronça les sourcils.

— Quoi ?

Il tourna la tête vers elle, les yeux hantés par un doute profond.

— Et si… ce n'était que ça ? Une envie, un rêve, quelque chose qu'on se raconte pour tenir le coup ?

Elle demeura silencieuse, mais son regard restait braqué sur lui, insistant. *Non*, se dit-il soudain. *Ce n'est pas ça. Ce n'est pas juste un rêve.* Il détourna les yeux des légumes mourants et scruta le ciel, où les derniers reflets rouges de la journée disparaissaient derrière les nuages.

— Non, murmura-t-il à nouveau, cette fois plus pour lui-même que pour elle. C'est plus que ça.

Nali ne répondit pas, mais elle se rapprocha légèrement de lui, ses pas à peine audibles dans la poussière. Un soldat passa non loin d'eux, un regard indifférent rivé droit devant lui. Ils attendirent en silence qu'il soit hors de vue avant de reprendre leur marche vers les baraquements.

Jym ne savait pas quoi penser. L'idée que d'autres partageaient son rêve aurait dû le réconforter, mais cela ne faisait qu'épaissir le mystère.

Les jours suivants furent comme suspendus, étouffants, saturés d'une tension invisible qui flottait dans l'air aussi sûrement que la poussière rougeâtre de RgN 07. Le travail dans les galeries n'avait pas changé : le bruit des foreuses, les hurlements des contremaîtres, la sueur et la fatigue qui brisait les corps. Pourtant, quelque chose bouillonnait sous la surface, une agitation qui ne cessait de croître. La rumeur avait pris vie, se faufilant dans les ombres des tunnels comme un serpent insaisissable. La lumière. L'espoir. Cette idée était sur toutes les lèvres, murmurée à voix basse pendant les pauses, dans les coins les plus sombres de la mine, dans la taverne, dans chaque recoin de la petite ville.

Jym Garal sentait les regards se poser sur lui partout où il allait. Des regards furtifs, des regards curieux, des regards inquiets, mais surtout, des regards emplis d'une lueur qu'il n'avait jamais vue auparavant : une lueur d'espoir. Cela le rendait fou. Il n'avait rien dit, pas depuis sa confrontation avec Daso. Et pourtant, son rêve s'était répandu comme un feu sur une plaine sèche.

Quelqu'un avait parlé ? Raya, Den, Daso, Nali, ou quelqu'un d'autre. Cela n'avait plus d'importance. Sa vision se réalisait et il ne savait pas comment la contrôler. Une part de lui était exaltée par cet embrasement. Il voyait quelque chose vibrer dans les cœurs éteints de ses camarades, quelque chose de fort et d'indestructible. L'autre part, celle qui connaissait les règles, était terrifiée. Ce qui se propageait n'était pas un rêve, c'était une hérésie. Et l'hérésie était toujours punie, car Dieu était le seul Dieu, comme le clamait le Credo.

Le troisième jour, après une autre journée harassante dans les entrailles de la mine, Jym prit le chemin de la taverne pour y retrouver Raya. Les ombres de la nuit se glissaient entre les bâtiments de fibrobéton et l'air du soir apportait une certaine fraîcheur. Il avançait à pas lourds, les épaules courbées, perdu dans ses pensées. Soudain, une silhouette se matérialisa dans une ruelle adjacente.

— Garal ? souffla une voix féminine.

La voix était basse, presque un murmure, mais elle l'arrêta net. La terreur lui serra la gorge. Il se retourna lentement, les sens en alerte, le cœur battant follement. Partiellement dissimulé dans l'ombre, un soldat en armure se tenait là. La femme, élancée et plutôt jolie, le fixait avec une intensité qui le désarma presque autant que sa présence.

— Approche, murmura-t-elle en faisant un signe rapide de la main.

Il hésita. Son instinct lui hurlait de fuir, de tourner les talons et de courir aussi vite que ses jambes le permettraient. Pourtant, quelque chose dans son regard l'en empêcha. Ce n'était pas une menace… Non, c'était… autre chose. Il avança d'un pas, puis d'un autre, les dents serrées.

— Ne dis rien, fit-elle rapidement en jetant un coup d'œil par-dessus son épaule. Je n'ai pas beaucoup de temps.

Jym resta immobile, prêt à se défendre si c'était un piège.

— La lumière, souffla-t-elle, avec une ferveur presque sacrée. Je l'ai vue.

Le cœur de Jym manqua un battement.

— Quoi ?

Elle s'avança d'un pas, hors de l'ombre, et dans la faible lueur des réverbères, il put mieux voir son visage. Ses traits étaient tendus, nerveux, mais son regard brillait d'une flamme qu'il connaissait bien. Il l'avait aperçue de si nombreuses fois dans son miroir.

— J'ai rêvé de cette lumière, tout comme toi, avoua-t-elle à voix basse. Une lumière blanche qui traverse les mondes. J'ai vu des foules se lever et la suivre, comme toi… Elle est réelle, Garal. Je le sais.

Jym sentit le sol se dérober sous lui. Il cligna des yeux, incrédule. Il déglutit, cherchant autour de lui des signes d'un piège. Les ruelles étaient vides. Personne ne semblait les observer, mais cela n'effaçait pas sa méfiance.

— Pourquoi me dire ça ? Pourquoi à moi ? demanda-t-il, la voix tendue.

— Pourquoi pas ? Qu'est-ce que tu crois ? Je ne suis qu'un conscrit, comme tu l'as été. J'ai… besoin d'espoir, comme tout le monde.

— Oui, mais…

— Laisse-moi finir ! insista-t-elle avec urgence. Tu crois que personne ne sait ce qui se dit dans les mines ? Les soldats sont au courant ! Certains en parlent, chuchotent à ce sujet, mais d'autres… Ils t'ont dénoncé. Le capitaine Markel ne pourra pas rester sans rien faire. Je devais te prévenir.

Le souffle de Jym se bloqua dans sa poitrine.

— Dénoncé… Par qui ? balbutia-t-il.

Elle leva la main pour le faire taire.

— Ça n'a pas d'importance. Écoute-moi. Si tu veux survivre, reste en retrait. Ne parle à personne. Et surtout, ne fais rien d'insensé.

Elle reculait déjà, prête à disparaître dans l'ombre.

— Pourquoi me faire confiance ? Pourquoi me prévenir ? lança-t-il, sans pouvoir s'empêcher de douter.

Elle s'arrêta, le regard étincelant, les poings serrés.

— Parce que nous partageons ce même rêve. Parce que j'ai besoin d'y croire. Parce qu'il est difficile de se taire…

Elle secoua la tête comme pour retrouver sa lucidité.

— Sois prudent et tiens ta langue. Avec un peu de chance, Markel ne te recherchera pas.

Puis, sans attendre une réponse, elle pivota et disparut, avalée par l'obscurité. Jym resta figé, le souffle court, une main plaquée contre la surface rugueuse d'un mur pour ne pas perdre l'équilibre. Ses pensées tourbillonnaient, s'entrechoquant dans un chaos insoutenable. Ce rêve se répandait, c'était… terrifiant. Et plus effrayant encore, le capitaine Markel savait.

Le lendemain matin, la lumière blafarde de l'aube s'infiltrait à travers les fissures des volets métalliques du baraquement. Jym Garal était déjà assis sur le bord de son lit, les coudes appuyés sur ses genoux, fixant le sol poussiéreux. Il n'avait pas dormi. Il ne cessait de penser à sa rencontre de la veille, à cette vision partagée avec cette femme et, surtout, au danger qui le menaçait. Markel était au courant pour le rêve. Elle ne tarderait pas à connaître son nom. Et après ?

Il inspira profondément et se leva. Il enfila sa tenue de travail avec des gestes mécaniques, privés de toute énergie. Il repoussa une mèche de cheveux collée à son front par la sueur et rejoignit la salle commune. Raya l'attendait. Dès qu'il entra, elle s'avança vers lui, l'enveloppa de ses bras et déposa un baiser sur ses lèvres.

— Tu as une sale tête, mon chéri. Encore ton rêve ? demanda-t-elle plus bas.

Jym baissa les yeux, hésitant.

— Pas seulement… J'ai peur que Markel…

Raya posa une main rassurante sur sa joue.

— Tout ira bien, assura-t-elle, sans pourtant avoir l'air convaincue.

— Hey, vous deux ! On va en retard ! lança Den Tazado d'un ton nerveux.

Ils sortirent du baraquement et, comme tous les matins, ils rejoignirent le flot de mineurs qui convergeaient vers l'entrée de la mine. Ce matin, il régnait une ambiance différente, tendue. Garal remarqua les regards à la dérobée, les chuchotements et crut percevoir le mot « lumière ». Il l'entendit plus d'une fois, murmuré à voix basse, se faufilant entre les rangs. Une peur sourde s'insinua en lui. Les rumeurs ne mouraient jamais. Elles ne faisaient que grandir, comme des flammes alimentées par des mains invisibles.

Le groupe déboucha dans l'enceinte de la mine et, tout de suite, Jym sut que quelque chose n'allait pas. Là où deux soldats montaient habituellement la garde, c'était une compagnie entière qui les attendait. Une vingtaine de soldats, armés et silencieux, était disposée en ligne devant l'entrée principale. Les mineurs ralentirent, perplexes, mais lorsque les portes se refermèrent derrière eux, des exclamations surprises et effrayées retentirent.

— C'est quoi ce bordel ? marmonna Daso Bertil à voix basse.

Raya s'avança d'un pas. Elle ne cacha pas sa préoccupation.

— Ça sent mauvais, répondit-elle, le visage figé en un masque inquiet.

Jym scruta les soldats, puis jeta un coup d'œil par-dessus son épaule. Ils étaient encerclés. Il sentait le piège se refermer, chaque battement de son cœur résonnant dans sa poitrine avec la puissance d'un tambour de guerre. Un mouvement dans la ligne des soldats attira son attention. Une femme en armure s'avança, droite comme une lame : le capitaine Markel. Sa silhouette austère dégageait une autorité glaciale. Son visage sec, taillé à la serpe, semblait incapable de sourire.

— Mineurs de RgN 07 !

Sa voix claqua dans l'air, aussi tranchante qu'un fouet.

— Plusieurs d'entre vous ont propagé des mensonges hérétiques.

Un frisson parcourut la foule. Les chuchotements cessèrent, remplacés par un silence pesant. Jym sentit les battements de son cœur résonner jusque dans ses tempes.

— Il est de mon devoir de mettre fin à ces discours, continua Markel. Une certaine Giola Maziro a déjà été arrêtée. Elle sera remise aux Gardes de la Foi pour interrogatoire.

Un murmure inquiet monta de la foule, mais Markel l'étouffa d'un simple geste de la main.

— Cependant, il existe un autre hérétique parmi vous. Jym Garal, présente-toi. Maintenant !

Le silence fut absolu. Tous les regards se tournèrent vers lui. La gorge nouée, incapable de prononcer le moindre mot, Garal ne bougea pas ; ses jambes refusaient de lui répondre. Les mineurs s'écartèrent lentement, pour lui libérer le passage. Il déglutit puis expulsa un souffle douloureux. Avant qu'il ne puisse réagir, une voix éclata, ferme et déterminée.

— Non !

Den Tazado fit un pas et se plaça entre Jym et Markel, les poings serrés.

— Vous n'avez aucune preuve contre lui ! ajouta-t-il sans trembler.

Markel ignora l'intervention de Den. Elle désigna Garal du doigt.

— Arrêtez cet homme !

Les soldats s'avancèrent, leurs armes pointées sur la foule. Quelque part au milieu des mineurs, un rugissement tonna :

— Pas question !

Certaw Hadan, une montagne de muscles au crâne rasé, brandissait son marteau vybe d'un geste menaçant. D'autres l'imitèrent.

— Si vous voulez l'attraper, il faudra d'abord nous passer dessus ! cria le géant.

Un frisson parcourut la foule. D'autres mineurs, galvanisés, se portèrent en avant. Daso Bertil serra les dents et se plaça aux côtés de Certaw, levant son propre outil comme une arme.

— Vous ne l'aurez pas ! lança-t-il d'une voix forte.

Les cris fusèrent. D'abord un, puis deux, puis des dizaines de voix crièrent à l'unisson. Les mineurs s'attroupèrent, les yeux ardents, prêts à faire face. Markel s'arrêta, surprise par cette soudaine résistance. Ses sourcils se froncèrent et son expression passa de l'étonnement à une rage froide.

— Vous osez vous opposer à un soldat de l'Imperium ? gronda-t-elle. Vous osez protéger un hérétique ?

— Ce n'est pas un hérétique ! hurla une voix dans la foule.

C'était Nali. Elle fendit la masse et brava le capitaine du regard.

— Il parle d'espoir ! cria-t-elle. Il parle de liberté ! Ça vous fait peur, hein ?

— Silence ! rugit Markel, le visage rouge de colère. C'est vous qui l'aurez voulu ! Soldats, arrêtez-moi tous ces traîtres. Montrez-leur ce qu'il en coûte de défier l'Imperium.

Les soldats s'avancèrent d'un pas… hésitant. Daso et Den tirèrent de leur ceinture le marteau et le poinçon que portaient tous les mineurs. Le reste du groupe les imita. Garal, incrédule, vit ses amis, ses camarades, déterminés à se battre. Ils étaient prêts à mourir. Ces hommes et ces femmes qui avaient courbé l'échine toute leur vie étaient prêts à affronter l'Imperium. Était-ce comme cela que tout devait commencer ? La lumière… L'espoir…

Markel fronça les sourcils et balaya la foule d'un regard méprisant.

— Jetez vos armes, gronda-t-elle. Allongez-vous sur le sol et peut-être prendrai-je votre comportement en considération.

Un rire sec éclata quelque part dans les rangs des mineurs. Vilso, un gaillard à la barbe hirsute, s'avança d'un pas, brandissant une barre de métal rouillée.

— Même pas en rêve ! lança-t-il avec un sourire féroce. Si tu nous veux, viens nous chercher toi-même !

Les murmures dans la foule se transformèrent en un grondement sourd, menaçant. Les soldats resserrèrent leurs rangs, visiblement nerveux. Markel contracta les mâchoires.

— Si ces hérétiques résistent, tirez ! aboya-t-elle.

Il se produisit alors quelque chose d'inattendu. Un soldat, un jeune homme à l'expression inquiète baissa soudain son arme. Puis un deuxième. Et un troisième.

— Que faites-vous ? rugit Markel, le visage livide.

L'un des soldats, une femme élancée, se retourna pour lui faire face. Jym la reconnut aussitôt. C'était celle qui l'avait averti la veille.

— On ne peut pas faire ça, Capitaine, dit-elle d'une voix tremblante, mais claire. Ce n'est pas juste. Ils n'ont rien fait.

Un silence stupéfait courut dans les rangs. Jym sentit son cœur s'emballer.

— Vous osez désobéir à un ordre direct ? siffla Markel en toisant sa subordonnée d'un regard glacé.

La femme se redressa, serrant les poings.

— Cette lumière… Cet espoir… Capitaine, vous devez écouter ce message. C'est une prophétie. Cette lumière va se répandre dans la galaxie. Elle va nous libérer. Elle va…

Sa voix se brisa, mais elle reprit, plus déterminée :

— Elle va renverser Dieu.

Un silence choqué suivit sa déclaration. Le capitaine Markel ne lui laissa pas le temps d'en dire davantage. Elle dégaina son pistolet lywar et tira sans hésiter. Le trait d'énergie illumina l'air, frappant la femme en pleine poitrine. Elle s'effondra dans un bruit sourd, son visage figé dans une expression d'espoir brisé.

— Non ! hurla Jym, sa voix déchirant le silence.

Il n'y eut pas de temps pour pleurer.

— À l'attaque ! gueula Certaw Hadan.

D'un bond, il s'élança en avant, brandissant son marteau vybe, qui émettait une lueur irisée dans la pénombre. Le choc de son arme contre un soldat résonna comme un coup de gong. Les mineurs se ruèrent à l'assaut dans son sillage, criant à pleins poumons. Le chaos éclata, brutal, inévitable.

Jym resta un instant figé, pris entre l'horreur et l'instinct. Puis, comme tiré de sa stupeur, il empoigna un marteau abandonné et se jeta à son tour dans la mêlée. Les soldats, d'abord disciplinés, commencèrent à vaciller sous la charge sauvage des mineurs. Certains ripostaient, mais d'autres hésitaient, reculant face à la détermination brute de ces hommes et femmes armés de rien d'autre que de colère et de désespoir. Jym bloqua l'attaque d'un soldat avec son marteau, pivota et assena un coup à l'arrière de son casque, l'envoyant au sol. Il s'empara d'un fusil lywar abandonné dans la poussière et le tourna vers Markel.

Elle était là, debout au milieu du chaos, hurlant des ordres à ses troupes, le visage déformé par la rage. Jym visa, son doigt sur la détente, mais un mouvement de la foule le bouscula. Le tir partit, frappant un soldat à côté d'elle.

— En arrière ! cria Markel. On se replie !

Les soldats commencèrent à battre en retraite, fuyant en désordre vers la caserne en bas de la colline. Les mineurs, exaltés, levèrent les bras en clamant leur victoire. Jym ne se joignit pas à leurs célébrations. Il savait que cette victoire n'en était pas une.

— Écoutez-moi ! hurla-t-il pour se faire entendre.

Les cris de joie continuèrent. Il arma le fusil lywar, le leva vers le ciel et pressa la détente. La détonation éclata comme un tonnerre, réduisant les mineurs au silence.

— Écoutez-moi, répéta-t-il de sa voix rauque. Nous avons repoussé ces soldats, mais ce n'est qu'un début. Markel va appeler des renforts et vous savez ce que ça veut dire.

Les visages autour de lui se durcirent.

— Il faut l'empêcher de transmettre un rapport. Il faut détruire le pylône de communication avant qu'elle contacte les Gardes de la Foi.

Un silence pesant suivit. Puis Vilso, tenant toujours sa barre de métal à la main, s'avança.

— J'ai des explosifs, lança-t-il.

Jym hocha la tête, son regard brillant d'une détermination féroce.

— Alors, en avant ! Si on ne fait rien, on sera tous morts d'ici quelques jours.

Les mineurs se ruèrent vers la station de communication, Garal à leur tête. Alors qu'ils avançaient, une certitude s'installa dans son esprit. Cette révolte presque involontaire n'était qu'un début, qu'une étincelle dans l'obscurité. Mais cette étincelle, ici, sur ce monde perdu, allait devenir une lumière capable de dévorer la galaxie tout entière.

Jym Garal le savait. Ce n'était pas qu'un rêve. Ce n'était pas une illusion. La lumière allait venir. Et elle allait les sauver tous.

S'inquiéter ne sert à rien

Se déroule
pendant YGGDRASIL — 3 — L'Espoir

Le colonel Xaen Serdar se tenait debout sur la passerelle du Vengeur, les mâchoires serrées, fixant les silhouettes menaçantes de trois croiseurs hatamas qui s'étaient glissés hors de l'ombre d'une nébuleuse. Leur présence était une provocation, un défi que Serdar n'avait pas l'intention de laisser sans réponse. Ces maudits non-humains profitaient de la moindre faille, flairant les troubles internes de l'Imperium comme des charognards. Mais cette fois, ils allaient apprendre à leurs dépens qu'ils avaient choisi la mauvaise proie.

— Postes de combat ! gronda Serdar.

Les ordres fusèrent avec la précision habituelle des Gardes de la Foi. Le Vengeur entra en action. Les batteries de canons lywar pivotèrent avec un grondement sourd, alignées sur leur première cible. Ils crachèrent des missiles selon un schéma compliqué. Ils frappèrent le premier croiseur hatama qui se transforma en une boule de feu aveuglante. L'explosion fut si violente que les capteurs durent ajuster leurs filtres pour protéger la passerelle de l'éclat lumineux. La salve suivante éventra le second vaisseau qui, privé de ses moteurs, dériva dans un nuage de morceaux de coque.

— Concentrez le tir sur le croiseur intact, ordonna Serdar.

Le troisième hatama riposta immédiatement. Ces canons à haute vélocité frappèrent les boucliers du Vengeur qui s'irisa sous l'impact.

— Boucliers à 72 %, cria un technicien depuis sa console.

Une autre salve toucha le Vengeur. Un conduit explosa à l'arrière de la passerelle, projetant une pluie d'étincelles. Aussitôt, un Garde se précipita pour éteindre le début d'incendie.

— Trois missiles, schéma « T » ! ordonna Serdar d'une voix forte pour couvrir le chaos.

Les trois projectiles lywar fendirent l'espace et percutèrent le croiseur intact. Une explosion fit jaillir des flammes et des débris dans toutes les directions, arrachant un pan entier de la coque du vaisseau ennemi. Les Hatamas avaient pour habitude de ne jamais s'enfuir et le capitaine de ce vaisseau ne dérogea pas à cette règle. Il vira de bord, accéléra droit vers le Vengeur.

Serdar se redressa dans son fauteuil les yeux rivés sur l'écran principal. Ces maudits non-humains voulaient les éperonner.

— Tous les canons : feu, intensité maximale ! gronda-t-il.

Les traits lywar créèrent un barrage mortel et déchirèrent le croiseur ennemi qui explosa, projetant des centaines de fragments dans l'espace. Ces débris, transformés en projectiles par la vitesse induite, filèrent vers le Vengeur.

— Transférez toute l'énergie aux boucliers ! aboya Serdar en se penchant en avant comme pour affronter le danger.

Les morceaux de métal incandescent frappèrent les boucliers du Vengeur dans une cascade de flashs bleutés et de vibrations assourdissantes. Enfin, le crépitement cessa. Son vaisseau avait tenu bon, comme toujours.

— Rapport des boucliers ? demanda-t-il, d'une voix ferme.

— 45 %, Colonel, mais stables.

Serdar hocha la tête, le regard froid.

— Verrouillez le dernier croiseur. Détruisez-le !

Les officiers acquiescèrent et les canons s'alignèrent pour achever le survivant de la flotte hatama. Un instant plus tard, une explosion finale illumina l'écran principal. Serdar inspira profondément et se leva. Ses hommes avaient été parfaits, comme d'habitude.

— Je veux un rapport complet des avaries dans mon bureau dans les dix prochaines minutes, ordonna-t-il, d'une voix sèche.

Il quitta la passerelle, saluant d'un signe bref les deux Gardes postés près de la porte. Il gagna son bureau d'un pas énergique. Une fois à l'intérieur, il se laissa tomber dans son fauteuil et alluma sa console. Un message de l'Imperium l'attendait. Serdar déverrouilla le document scellé. Les informations contenues étaient classées au plus haut niveau de sécurité. Les sourcils froncés, il lut la dépêche.

Serdar s'appuya lourdement contre le dossier de son siège, le regard fixé sur l'écran de la console. La révolte avait pris une ampleur… inquiétante. Ce qui avait commencé comme une série de raids isolés était devenu une vague inexorable. Les rebelles, formés par le traître Milar, emportaient victoire sur victoire. Certains rapports parlaient même d'une implication de la coalition Tellus.

Il grimaça, serrant les poings de rage. L'Imperium était en danger et il était là, à jouer les gardes-frontières.

Et Milar ? Devor Milar, la main écarlate de Dieu, ancien héros de l'Imperium, prétendument mort cinq ans plus tôt. Il avait survécu. Il avait trahi. Ce félon avait engendré cette rébellion. Il soutenait un démon qu'il utilisait comme un étendard. Il frappa son bureau du poing. Il brûlait d'envie d'affronter cet homme, de prouver une fois pour toutes que lui, Xaen Serdar, était bien meilleur que cet imposteur. Et pour cela, il n'y avait qu'une solution : convaincre le commandant en chef des Gardes de la Foi. Il prit sa décision en un instant et envoya une demande directement au bureau du général.

Cinq minutes plus tard, le visage sévère du général Jouplim apparut sur l'écran de la console. Il le fixa d'un regard interrogatif, cherchant à percer ses intentions.

— Que se passe-t-il, Serdar ? aboya-t-il.

Serdar plissa les yeux. Le décor derrière le général évoquait l'intérieur d'un Vengeur. Que faisait-il à bord d'un cuirassé de l'Imperium ? Il inspira profondément, s'efforçant de garder un ton neutre.

— Général, cette rébellion… Donnez-moi l'ordre et je vous débarrasserai de…

Jouplim fronça les sourcils. L'expression sévère de son visage se durcit davantage. Serdar se souvint que Milar avait toujours été son protégé. Il devait se sentir trahi personnellement.

— Je n'ai pas le temps pour cela, Serdar. La Flotte expiatoire a été levée. Je vais m'en charger moi-même.

Les mots frappèrent Serdar comme une gifle.

— La Flotte expiatoire ? répéta-t-il, incrédule. Et je n'ai pas été appelé ? Général, si Milar est derrière cette rébellion, vous aurez besoin de moi.

Jouplim serra les lèvres, sans dissimuler son agacement.

— Ne soyez pas aussi arrogant, Colonel ! cracha-t-il avec une colère contenue. Je dispose de cinq Phalanges sous mon commandement. Cela sera largement suffisant.

Serdar ouvrit la bouche pour protester, mais Jouplim leva une main, l'interrompant.

— Quant à Milar, nous ignorons s'il est encore en vie. Il a disparu.

Serdar se pencha en avant, le regard brillant d'une intensité dangereuse.

— Si vous n'avez pas vu son corps, dites-vous qu'il est en vie et qu'il prépare un piège.

Un nerf frémit sur la joue du général qui n'aimait pas être contredit.

— Qu'en savez-vous, Colonel ? Vous ne vous êtes jamais rencontrés !

Serdar se redressa, le menton levé. Il ne put retenir un rictus plein d'ironie.

— Parce que c'est ce que je ferais si j'étais à sa place.

Le regard du général lui confirma aussitôt qu'il avait eu tort de dire cela. Il serra les poings.

— Oui, je sais, Colonel. Vous êtes un archange tout comme lui. Vous affichez la même arrogance, répliqua Jouplim d'une voix glaciale.

— Général, je…

— Ne m'interrompez pas, Colonel ! Je le répète, puisque vous faites semblant de ne pas comprendre : je dispose d'assez d'hommes pour écraser cette rébellion. Quant à vous, restez à votre poste. Les Hatamas guettent la moindre erreur et je n'ai pas l'intention de leur offrir une brèche.

Une colère sourde bouillonnait dans les veines de Serdar. Il avait toutes les peines du monde à la contenir.

— Général, la flotte expiatoire est la dernière défense de l'Imperium. Vous craignez donc cette rébellion.

— Je veux l'écraser, répliqua le général, d'un ton sans appel.

— Qu'adviendra-t-il de l'Imperium si vous échouez ? insista Serdar.

Jouplim esquissa un sourire froid.

— C'est pourquoi je vous garde en réserve, Colonel. Une armée doit toujours conserver une force intacte. Vous serez donc notre dernier rempart si je venais à échouer.

Une force de réserve… L'humiliation d'être consigné à un tel poste submergea Serdar.

— Général, je…

— Assez ! coupa Jouplim. Vous n'avez pas à discuter mes ordres. Milar, lui aussi, pensait être au-dessus de la hiérarchie. Milar, lui aussi, s'estimait supérieur. Ne suivez pas son exemple ou je serai obligé de prendre des… mesures.

Serdar serra les dents en entendant la menace latente dans la voix du général. Les officiers des Gardes de la Foi, issus du projet archange, avaient toujours représenté un risque. Ils étaient trop brillants, trop sujets à des réactions… émotives – un comble pour des hommes élevés pour ne rien ressentir. Milar avait toujours été un exemple, mais sa trahison soulevait des interrogations sur l'évolution possible des archanges survivants. Serdar n'avait pas le choix. Il allait devoir se taire et obéir.

— À vos ordres, Général !

— Je vais éradiquer cette rébellion et Milar sera exécuté. Jouplim, terminé !

Et sur ces mots, l'écran s'éteignit, laissant Serdar seul dans le silence oppressant de son bureau. Il grinça des dents sous l'effet de la frustration. Immobile, le regard fixé sur l'écran noir, il ruminait cette désagréable conversation. La sonnerie de sa porte l'arracha à ses pensées.

— Entrez, grogna-t-il.

Son officier en second entra dans la pièce.

— Colonel, les dégâts sont mineurs. Les réparations avancent rapidement.

Serdar hocha la tête, mais le regard de son officier trahissait une autre préoccupation.

— Quoi d'autre ? demanda-t-il.

— Nous avons repéré une flotte hatama en retrait. Ils semblent attendre une ouverture pour attaquer.

Le colonel grimaça, rattrapé par le présent. S'il quittait la région, les Hatamas dévasteraient toutes les planètes sur la frontière. Il n'avait pas le choix, pourtant son intuition lui hurlait de s'impliquer, de se lancer à la poursuite de Milar. *Je n'ai pas le choix*, se dit-il, amer. *Je dois obéir.*

— Soit, continua-t-il à haute voix. Finissez les réparations et transférez-moi toutes les données tactiques. Nous allons nous occuper de ces maudits lézards gris.

— À vos ordres !

L'officier s'inclina et quitta la pièce, laissant Serdar seul avec ses pensées. Il se leva et s'approcha du hublot, fixant l'immensité noire de l'espace. Les débris des croiseurs ennemis flottaient encore dans le vide, comme des spectres silencieux.

— Le vrai danger n'est pas ici ! grommela-t-il.

Milar était là-bas, quelque part. Il avait commencé la conquête de l'Imperium, planète après planète, mais pour l'emporter, il devrait faire plus.

— Il va frapper au cœur de l'Imperium, murmura Serdar avec certitude.

Il cogna le hublot d'un poing rageur, furieux contre lui-même et contre le général.

— Il va attaquer AaA 03 ! C'est ce que je ferais si j'étais à sa place. Je n'hésiterais pas.

Il secoua la tête, essayant de se rassurer.

— Jouplim dispose de cinq phalanges, cela devrait être suffisant. Milar est seul. Le reste de ses forces est composé de civils… Cela devrait être suffisant, répéta-t-il pour tenter de se convaincre.

La frustration menaçait de l'étouffer. Il était piégé.

— Jouplim ne l'arrêtera pas, je le parierais ! admit-il soudain.

Les mains dans le dos, il entreprit d'arpenter son bureau. Il devait prendre une décision. Lentement, il recouvra son calme. Il revint vers le hublot. Il posa les mains sur la vitre, le regard fixé sur les étoiles.

— Un ordre est un ordre, souffla-t-il. Je vais regretter cette décision, j'en suis certain, mais ai-je le choix ?

Il frémit, avec l'impression que quelque part, un rouage se mettait en place. Il se gratta nerveusement la nuque.

— S'inquiéter ne sert à rien, marmonna-t-il, citant le Code des Gardes. Je dois me concentrer sur l'instant présent.

Et, avec un dernier soupir, il tourna les talons et regagna la passerelle. Le combat contre les Hatamas l'attendait.

Les cendres de la rébellion

Se déroule un an après la fin de
YGGDRASIL — 3 — L'Espoir

Leene Plaumec fixait l'immensité du vide spatial à travers le hublot de sa cabine. L'univers se déployait vaste, infini, indifférent et cruel dans sa beauté glaciale. Elle appuya son front contre le verre froid, espérant se débarrasser du poids qui l'écrasait. L'espace restait muet et insensible, incapable de combler le gouffre insondable qui grignotait son âme.

Cela faisait quelques jours qu'elle avait quitté la planète mère, fuyant comme une exilée, direction Abamil. Elle avait demandé cette affectation sur un coup de tête, obéissant à une impulsion désespérée pour échapper à la suffocation, à l'hypocrisie en sein du gouvernement de la jeune République. Ce rêve pour lequel elle avait combattu s'était transformé en une parodie de liberté. Les magouilles et la duplicité des dirigeants la dégoûtaient et, surtout, la nouvelle religion l'horrifiait. Elle gangrenait tout, telle une infection qui s'insinuait partout.

Leene serra les dents en se remémorant les derniers mois. Elle s'était battue contre les décisions iniques prises par le chancelier. Elle avait protesté, tempêté, mais personne ne l'écoutait. Elle avait tenté de raisonner Nayla Kaertan, la dirigeante de la République, de si nombreuses fois qu'elle en avait perdu le compte. Et puis, Nayla avait refusé de la voir et lui avait même interdit l'accès au temple. Après des années d'amitié, Leene avait été rejetée comme une intruse.

Un rire amer lui échappa. Il résonna bizarrement dans le silence de sa cabine. Ce mollusque de Kanmen Giltan, chancelier de la République, avait dû jubiler en apprenant sa demande de transfert. Il devait sans doute espérer qu'elle disparaisse dans les flammes de l'insurrection sur Abamil.

Abamil ! Ce nom faisait ressurgir un flot de souvenirs qu'elle n'avait pas convoqués depuis des années. À l'époque de l'Imperium, elle y servait en tant que jeune médecin militaire et soignait les malades avec la passion qui l'habitait. Depuis, elle avait vécu de nombreuses aventures. Elle avait participé à la rébellion. Elle avait contribué à précipiter la chute de l'Imperium, pleine d'espoir en l'avenir. Elle avait assisté à la naissance de la République, mais ce nouveau régime lui avait appris à quel point la liberté et le bonheur n'étaient que des chimères.

Elle inspira profondément, luttant contre l'aigreur qui lui rongeait l'âme. Une autre douleur se glissa dans ses pensées. Mylera. Son cœur se serra à l'évocation de ce nom. Même après tout ce temps, elle avait encore du mal à croire que leur histoire s'était achevée. La direction prise par la République écœurait Mylera, elle ne pouvait pas le lui reprocher. Seulement, à l'époque, Leene avait tenté de temporiser, de trouver des excuses à Nayla et à la République. Et, après des mois de disputes, leur relation s'était effondrée. Leene se souvenait de leur dernière querelle et des mots durs échangés : « *Ce système est corrompu, Leene. Pourquoi le soutiens-tu ?* » « *Pourquoi refuses-tu de voir à quel point il t'a changé ?* » « *Cette religion est délétère, admets-le !* » « *Nayla est complice de tout cela et toi, tu la défends. Je n'en peux plus !* »

Mylera avait claqué la porte ce soir-là, emportant avec elle ce qui restait de leurs espoirs communs. Elle avait accepté un poste sur Alphard. Elles ne s'étaient pas revues depuis.

Leene sentit ses yeux s'embuer. D'un geste sec, elle essuya les larmes avant qu'elles ne trahissent sa faiblesse. Elle s'était promis de ne plus penser à elle, de ne plus penser au vide laissé par ce départ, par cette trahison… *Encore une trahison*, songea-t-elle, amèrement. *Mylera, Nayla, la République… Ils m'ont tous abandonnée. Qu'est-ce qui me retient encore ?*

Elle prit une profonde inspiration, s'efforçant de repousser ces pensées sombres. Elle serait bientôt sur Abamil au milieu d'une sanglante insurrection. L'hôpital de campagne avait besoin d'un médecin et ce médecin, c'était elle. Un rictus amer se dessina sur ses lèvres. *Tu parles d'une échappatoire !*

Le signal sonore de son armtop la tira brusquement de ses pensées. Elle lut le message qui s'affichait sur l'écran : le vaisseau approchait d'Abamil. Leene s'écarta du hublot et chassa ses pensées moroses. Il n'y avait plus de place pour les regrets. Elle devait se concentrer sur les épreuves à venir et sur l'hôpital de campagne qui l'attendait. Elle redressa les épaules et se dirigea vers la porte. Peu importait ce qu'elle avait perdu, peu importait ces échecs. Sur ce monde, des gens comptaient sur elle. Il était temps de redevenir ce qu'elle n'avait jamais cessé d'être : un médecin.

La navette atterrit sur Abamil dans un nuage de poussière rougeâtre. Leene Plaumec descendit la rampe, son sac sur l'épaule et sa trousse médicale fermement serrée dans sa main droite. La chaleur aride et suffocante de la planète l'accueillit aussitôt, mêlée à une odeur de métal brûlé et de roche poussiéreuse. Elle plissa les yeux, son regard balayant l'horizon. Rien n'avait changé.

L'hôpital de campagne était situé dans la région désertique de l'hémisphère sud qui abritait de nombreuses mines de ketiral. L'amoncellement de structures temporaires en carhinium et linium formait un labyrinthe inextricable, entouré par une palissade. Elle se dirigea vers le portail à quelques centaines de mètres de la plateforme d'atterrissage. La sentinelle en faction se contenta de la saluer lorsqu'elle pénétra dans l'enceinte. Elle balaya la cour d'un regard circulaire, notant les véhicules à l'arrêt, les gens qui couraient partout, dans le chaos habituel des hôpitaux en zone de conflit.

Leene repéra sans mal l'hôpital principal. Elle accéléra le pas. À l'entrée du bâtiment, l'agitation était palpable. Des brancards antigravs glissaient dans tous les sens, chargés de corps ensanglantés. Les cris des blessés, les ordres aboyés et le bourdonnement des générateurs formaient une cacophonie presque oppressante. L'air était saturé d'odeurs âcres : sang, désinfectant, sueur. Leene se décala rapidement pour laisser passer une infirmière, suivie de deux brancards. Elle expira, avant de se frayer un chemin dans cette ruche d'activité jusqu'à un homme imposant qui distribuait ses consignes les bras croisés. Son visage autoritaire était marqué par la fatigue, mais son regard restait résolu.

— Capitaine Jorlan ? fit-elle en guise de salut.

L'homme tourna la tête vers elle. Ses yeux gris se plissèrent légèrement lorsqu'il la détailla.

— Oui ? Qui êtes-vous ? grogna-t-il, sans prendre le temps de cacher son irritation.

— Commandant Plaumec. Je suis affectée ici en renfort, répondit-elle en tendant une main ferme.

Jorlan fronça les sourcils, puis un éclair de reconnaissance passa dans son regard. Il recula légèrement, comme pour mieux l'évaluer, avant qu'un sourire sincère éclaire son visage.

— C'est un honneur, Docteur, dit-il.

Sa poignée de main était solide, presque brutale.

— Bienvenue en enfer, ajouta-t-il avec une amertume teintée d'humour noir. Ici, on répare ceux qui peuvent encore tenir debout et on pleure les autres. Les mineurs sont en pleine rébellion, manipulés par ces foutus adorateurs de l'ancien Dieu et des batailles sanglantes éclatent partout sur la planète.

Leene hocha la tête tout en songeant que rien ne changeait jamais.

— J'imagine que la priorité est donnée aux mines de ketiral, déclara-t-elle, incapable de masquer une pointe d'amertume.

Le sourire de Jorlan s'effaça légèrement et il leva un sourcil de surprise prudente.

— Vous savez de quoi vous parlez, apparemment.

— J'ai servi sur Abamil à l'époque de l'Imperium, expliqua-t-elle simplement. Les insurrections étaient fréquentes. Elles étaient brutales et souvent brèves. Les Gardes de la Foi réglaient les problèmes de façon… définitives.

— Je veux bien vous croire. Heureusement, la rébellion a fait souffler un vent d'espoir incroyable sur cette planète et sur la galaxie. Et puis… Les gens ont appris qu'il fallait résister. Et nous voilà avec encore des morts…

Il se troubla, comme s'il réalisait à qui il parlait.

— Enfin, nous ne sommes pas ici pour faire de la politique, s'excusa-t-il avec une grimace contrite. Suivez-moi.

Il s'engagea dans un dédale de couloirs étroits et encombrés. Il s'arrêta dans un bureau en désordre.

— Vous pouvez déposer vos affaires ici et trouver une place pour vous asseoir, ajouta-t-il avec un sourire las. Je vais demander à un infirmier de vous mener à vos quartiers.

— Cela peut attendre. Si vous avez besoin de moi…

Jorlan haussa un sourcil, avec une lueur d'approbation dans ses yeux gris.

— Oh que oui ! s'exclama-t-il. Nous avons besoin de toutes les mains disponibles. Alors, si vous n'êtes pas trop fatiguée par le voyage…

— Je vais très bien, répliqua-t-elle sèchement.

— Alors, venez, dit-il avec un sourire bref.

Il la conduisit jusqu'à une vaste salle de triage. L'endroit était un chaos organisé. Chaque lit, chaque civière, chaque surface libre étaient occupés par des corps blessés. Les cris de douleur, les gémissements, les ordres des médecins et infirmières s'entrechoquaient dans un vacarme constant. Une odeur métallique et âcre planait dans l'air. Une femme mince, aux cheveux attachés en un chignon désordonné, se précipita vers eux.

— Docteur Plaumec, voici Liora Senth, notre infirmière en chef, annonça Jorlan.

Liora lui serra la main avec un sourire qui semblait aussi épuisé que chaleureux.

— Que la Sainte Flamme soit louée ! C'est un soulagement de vous voir ici, Docteur.

— Merci, dit Leene avec un léger hochement de tête. Où puis-je être le plus utile cet après-midi ?

Liora pointa un doigt vers un couloir adjacent.

— La salle d'opération numéro trois.

Leene hocha la tête et s'y dirigea sans perdre de temps.

La petite salle d'opération sentait la stérilisation récente. Le matériel médical brillait sous une lumière blanche crue, offrant un contraste brutal avec le monde poussiéreux à l'extérieur. Alors qu'elle finissait d'ajuster sa blouse et ses gants, son premier patient fut amené.

C'était un jeune homme, à peine sorti de l'adolescence. Sa jambe droite n'était plus qu'un amas déchiqueté de chair et d'os. Il avait été victime d'une explosion. Il gémissait faiblement, ses yeux perdus dans le vague.

— Tout ira bien, mon garçon, murmura-t-elle en se penchant vers lui pour mieux capter son regard. Je suis là. Vous allez vous en sortir.

Elle referma la blessure, reconstitua autant que possible les tissus endommagés et stabilisa ses fonctions vitales. Le temps semblait s'étirer et s'accélérer tout à la fois. Dès qu'elle terminait avec un patient, un autre arrivait. Leene continua à opérer à un rythme frénétique. Elle aurait pu se sentir submergée, mais à l'inverse, elle agissait avec lucidité dans le chaos si particulier qui régnait dans un hôpital de campagne. Elle avait retrouvé ses automatismes de la médecine de guerre avec une aisance qui l'aurait perturbée si elle en avait eu le temps.

La nuit était tombée depuis plusieurs heures lorsqu'une main légère se posa sur son épaule. Elle se retourna pour voir Liora appuyée contre le chambranle de la porte, un sourire triste sur le visage.

— Eh bien, Docteur, dit l'infirmière, votre réputation n'est pas usurpée.

Leene retira ses gants et les jeta dans un bac à déchets, étirant son dos endolori avec une grimace.

— Cela faisait longtemps que je n'avais pas travaillé comme ça, murmura-t-elle. Enfin… À peine une année, en réalité…

Elle se redressa et balaya la salle du regard. Malgré la fatigue qui lui broyait les épaules, elle ressentait un étrange sentiment de satisfaction. Ici, au milieu du désordre et de la douleur, elle retrouvait sa personnalité, son besoin de soigner les gens.

Leene Plaumec avala une longue gorgée de café d'Eritum, l'amertume familière tapissant agréablement sa gorge. La tasse encore chaude entre ses mains, elle se permit un instant de calme dans le silence austère de ses quartiers. Cependant, la tranquillité ne pouvait pas durer éternellement. Une fois le café terminé, elle posa le mug, inspira profondément et enfila sa veste. Une nouvelle journée l'attendait, avec son cortège de douleurs et d'imprévus.

Dans le couloir menant à l'aile des patients, les voix basses et les bruits de pas résonnaient dans un brouhaha perpétuel. Leene franchit la porte de la chambre où Erart, le jeune homme blessé à la jambe qu'elle avait soigné le jour de son arrivée, lui adressa un sourire éclatant.

— Alors, Erart, comment allez-vous ce matin ? demanda-t-elle en croisant les bras.

— Bien mieux, Docteur ! répondit-il avec enthousiasme. Regardez, je peux bouger ma jambe !

Il fit une démonstration, pliant lentement son genou sous le drap fin.

— Impressionnant, admit-elle avec un petit sourire. Mais soyez patient. Il ne faut rien précipiter.

Le visage du jeune homme s'assombrit légèrement.

— Oui, bien sûr, Docteur…, murmura-t-il, visiblement déçu.

— Juste quelques jours, précisa-t-elle.

Il hocha la tête, avant d'ajouter :

— Bonne journée à vous.

— Merci, Erart.

Leene ne lui dit pas qu'il était peu probable que la journée soit bonne. Chaque matin sur Abamil apportait son lot de misère, de sang et de morts. Elle visita encore quelques chambres, avant de se diriger vers le bâtiment principal. Elle marchait d'un pas lourd, les muscles endoloris par des jours de travail intense. Elle fut obligée de louvoyer pour esquiver les nids-de-poule qui jonchaient l'enceinte sécurisée de l'hôpital de campagne.

Dès qu'elle franchit les portes, elle sentit la tension monter. La salle de triage était déjà en effervescence : des brancards antigravs glissaient en continu, chargés de blessés gémissants, certains couverts de bandages ensanglantés, d'autres plongés dans un silence inquiétant. L'odeur familière, mélange de sang, de chair brûlée et de désinfectant lui piqua les narines. Leene inspira profondément, prête à se jeter dans le chaos, mais elle se figea. Elle venait de remarquer une silhouette féminine qui ne semblait pas à sa place. La poussière rougeâtre d'Abamil maculait son beau visage et ses vêtements de cuir. Elle avançait d'un pas déterminé, suivant de près un brancard. Leene retint son souffle.

— Ce n'est pas possible…, murmura-t-elle, son cœur battant plus fort.

Elle observa l'échange tendu entre la femme et Liora, l'infirmière en chef. Cette dernière désignait les blessés avec des gestes agacés. Leene s'approcha rapidement.

— Que se passe-t-il, Liora ? demanda-t-elle, un sourcil haussé.

Liora se retourna, croisant les bras comme si elle se préparait à une bataille.

— Cette femme a amené des civils, expliqua-t-elle, le regard étincelant de colère. Peut-être même des rebelles. Nous ne pouvons pas…

— Liora, je soigne tout le monde, coupa Leene d'un ton ferme. Occupez-vous de les réguler. J'arrive.

— Mais, Docteur…

— C'est un ordre !

Liora serra les lèvres, lança un regard furieux à la nouvelle venue avant de s'éloigner en maugréant.

Leene se tourna enfin vers la femme avec un large sourire.

— Jani ! Je n'arrive pas à y croire.

La femme en cuir leva un sourcil, une lueur d'amusement dans ses yeux noirs.

— Moi non plus, Leene, répondit-elle avec légèreté. Qu'est-ce que tu fais là ?

Le médecin balaya la pièce d'un geste désabusé de la main.

— Cela me semble évident, non ?

Jani croisa les bras, un éclat narquois éclairant son beau visage.

— Ne devrais-tu pas être tranquillement installée sur la planète mère, à te prélasser au milieu des privilégiés ?

Leene la fixa et un sourire amer se dessina sur ses lèvres.

— Je n'en pouvais plus. Il fallait que je parte.

Jani recula d'un pas et la dévisagea avec attention, comme si elle essayait de lire au-delà des mots.

— Je vois, dit-elle enfin, tout en restant sur la réserve. Vas-tu t'occuper de mes blessés, ou est-ce que je suis venue pour rien ?

— Bien entendu, mais dis-moi, qui sont-ils ? Et s'ils sont ce que je crois, pourquoi as-tu couru le risque insensé de les amener dans cet hôpital ?

— Ils se sont retrouvés pris dans une offensive. Et j'ai un ou deux amis ici.

Elle haussa les épaules avec désinvolture, mais Leene connaissait ce regard. Jani mentait, ou du moins, elle ne disait pas tout.

— Tu me raconteras tout ça ce soir, décréta Leene en croisant les bras. Je loge en C67. Rejoins-moi à la nuit tombée.

— Et en attendant ?

— En attendant, ne traîne pas trop dans les parages. Ce n'est pas une bonne idée. Et ne t'inquiète pas pour tes amis. Je m'en charge.

Jani plissa les yeux, comme si elle pesait ses options, puis acquiesça d'un signe de tête.

— Très bien, murmura-t-elle.

Elle jeta un dernier regard à Leene, puis elle pivota sur les talons avant de disparaître par une porte latérale.

La nuit s'étendit sur Abamil, enveloppant l'hôpital de campagne d'une obscurité teintée d'un rouge profond, reflet des poussières omniprésentes qui tourbillonnaient dans l'air. Épuisée, Leene Plaumec traversa l'enceinte en silence, ses bottes lourdes s'enfonçant dans le sol irrégulier. Son corps criait grâce, perclus de fatigue, mais son esprit continuait de tourner. Quand elle ouvrit la porte de ses quartiers, une silhouette familière l'attendait, nonchalamment installée dans le fauteuil près de la fenêtre. La lumière vacillante d'une lampe portable éclairait le visage de Jani Qorkvin, encadré par de longs cheveux sombres.

— Comment vont-ils ? demanda Jani sans détour, ses yeux noirs fixés sur Leene.

Leene referma la porte derrière elle, jeta son sac sur une chaise avant de s'effondrer dans le siège en face de Jani.

— Ils s'en sortiront, soupira-t-elle. Mais je suppose que tu ne t'es pas incrustée ici pour parler de mes patients. Alors, dis-moi, Jani, qu'est-ce que tu fais là ?

Jani croisa les jambes, son sourire en coin masquant une tension palpable.

— Je t'attendais.

— Jani ! s'exclama Leene.

Son interlocutrice leva les mains pour s'excuser.

— Un de mes vieux contacts m'a appelée. Beaucoup de gens essayent de fuir Abamil.

Leene fronça les sourcils, méfiante.

— Des traîtres ?

Jani roula des yeux, agacée.

— Leene ! Franchement, tu en es encore là ? s'insurgea Jani. Non, ce ne sont pas des traîtres ou des rebelles à la con. Ce sont des civils, des familles… Des gens suspectés d'avoir eu des sympathies pour l'Imperium et dans le monde merveilleux de la nouvelle République, ça suffit à leur valoir une condamnation à mort.

Leene soutint son regard avec une grimace pleine de doutes.

— Tu n'exagères pas un peu ? S'ils sont accusés, c'est qu'il y a peut-être une raison.

— Une raison ? s'exclama Jani. Que veux-tu dire, exactement ? Ce ne sont pas des prêtres ou des délateurs et même… Est-ce que cela justifie qu'ils soient brûlés vifs ?

Leene ouvrit la bouche pour répondre, mais aucun mot ne vint.

— Les Messagers de la Lumière ! cracha Jani avec rage. Les prêtres fanatiques de la nouvelle religion condamnent n'importe qui sur un simple soupçon. Ils font des purges, des arrestations, des exécutions publiques. C'est comme si rien n'avait changé, si ce n'est le nom de ceux qui sont aux commandes.

— Je n'étais pas au courant, murmura Leene, d'une voix blanche.

— Tu plaisantes, j'espère ? s'insurgea Jani, se penchant en avant. Tu es au plus près du pouvoir, Leene. Comment as-tu pu ne rien voir, ne rien savoir ?

— Je te le jure. Je… Je ne savais pas.

Jani l'observa un instant, les doigts joints.

— Je te crois, finit-elle par dire, d'une voix lasse. Je parie qu'ils réservent ces horreurs aux planètes comme Abamil. Assez loin de la planète mère pour que personne ne pose de questions, mais… Je suis sûre que le gouvernement de la République est complice de ces agissements.

Les mots frappèrent Leene comme une gifle. Une sensation de brûlure lui tordit l'estomac. Elle s'était battue pour cette République. Elle y avait cru. Elle ne remit pas en question l'histoire de Jani. Au plus profond d'elle, elle savait que c'était vrai, qu'elle avait contribué à créer un monstre. *Les enfoirés !* jura-t-elle en pensées.

Elle dévisagea Jani comme si elle la voyait pour la première fois. Elle ressentit une étincelle d'espoir.

— Donc, tu les aides à fuir, souffla-t-elle.

— Oui, avec mes anciens contacts, j'organise des exfiltrations comme autrefois. C'est risqué, mais je ne peux pas rester les bras croisés.

— Comment ? demanda Leene, le cœur battant.

— C'est… compliqué, admit Jani. Je commence à peine.

— Je pourrais t'aider, lâcha Leene sans réfléchir.

Jani la fixa, surprise, mais ne dit rien.

— Écoute, continua Leene, il y a tellement de chaos dans un hôpital de campagne. Personne ne vérifie vraiment la provenance des blessés. Tes… protégés pourraient passer inaperçus ici, le temps que tu organises leur transport.

— C'est une idée, fit Jani avec une expression pensive. J'ai fait appel au vaisseau d'une amie, mais il n'arrivera pas avant plusieurs jours. J'ai encore une bonne cinquantaine de volontaires à exfiltrer, alors s'ils peuvent se cacher dans cet hôpital…

— Alors, laisse-les venir, répondit Leene avec détermination.

Jani esquissa un sourire, un vrai cette fois.

— Ça pourrait marcher. Ensemble, on pourrait sauver des vies.

Leene hocha la tête.

— Très bien ! lâcha-t-elle avec un sourire discret. J'en ai ras le bol de demeurer les bras croisés.

Le reste de la soirée fut consacré à élaborer leur plan, discutant des détails logistiques et des précautions nécessaires pour ne pas éveiller les soupçons.

— Il nous faudra des alliés fiables parmi le personnel, fit remarquer Leene toujours pragmatique. Des gens qui ne poseront pas de questions. Tu as mentionné des amis, ici.

— Ouais, un couple d'infirmiers et un médecin originaire d'Abamil.

— Elian Torren ? s'étonna Leene.

Elle ne connaissait pas beaucoup le vieux praticien au visage tanné par le soleil. C'était un homme discret, serviable et sympathique.

— Il a été recruté presque de force, mais c'est un médecin. Il ne peut pas refuser de soigner les blessés.

— Je comprends ça, marmonna Leene.

— Il déteste ce qui se passe sur Abamil. Il n'a pas hésité longtemps lorsque je lui ai demandé son aide.

— Et les infirmiers ?

— Kalan Revik et Maera Sovel, fit Jani avec un sourire. Kalan a combattu dans la rébellion et Maera… Maera faisait partie de mon organisation à l'époque de l'Imperium. Elle a rejoint le corps médical de l'armée après la victoire.

— Et tu leur fais confiance ?

Jani la fixa et une étincelle pleine d'ironie brilla dans ses yeux.

— Plus ou moins, grommela Jani. Je ne fais jamais entièrement confiance à personne.

Leene haussa un sourcil en croisant ses doigts devant sa bouche.

— Même à moi ?

Jani laissa échapper un petit rire sans joie.

— Ne sois pas idiote, tu sais ce que je veux dire. Je sais par expérience que la plupart des gens vendraient père et mère pour quelques söls ou pour sauver leur peau.

— Je le sais bien, répondit Leene avec un sourire fatigué. J'ai connu l'Imperium, je te rappelle.

— Alors tu me comprends.

Cette nuit-là, pour la première fois depuis longtemps, Leene sentit un feu renaître en elle. Elle avait retrouvé un but, une mission.

Les jours glissèrent, sombres et intenses. Les combats s'étaient encore intensifiés. Le crépitement des tirs lywar et le grondement lointain des explosions faisaient partie désormais du quotidien. Les amis de Jani – le docteur Elian Torren, les infirmiers Kalan Revik et Maera Sovel – avaient rejoint leur cause avec un enthousiasme presque désespéré. Tous semblaient comprendre, bien mieux qu'elle, l'ampleur de ce qui se jouait ici. Et lorsque Elian avait partagé ce qu'il savait, les pièces du puzzle s'étaient enfin assemblées.

Le vieux médecin avait livré son récit d'une voix rauque, brisée par l'horreur de ce qu'il avait vu.

— Les Guerriers Saints et les Messagers de la Lumière sont arrivés il y a deux mois, avait-il murmuré, son regard fixé sur le sol comme s'il revivait chaque instant. Ils traquaient les dévots, les prêtres, les édiles de l'Imperium. Au début, personne n'a osé protester. Ces gens… La plupart des Abamiliens les détestaient, mais les exécutions ont vite dérapé.

Il avait repris son souffle tout en se frottant nerveusement les mains.

— Ils ont commencé à brûler des innocents, avait-il ajouté d'une voix tremblante. Des citoyens sans histoire. Des gens qui refusaient de prêter serment au nouveau culte. Des mères, des pères, des enfants…

Leene s'était figée en entendant ces mots.

— Que s'est-il passé ? avait-elle demandé d'une voix trop calme.

Elian avait secoué la tête avec chagrin.

— Alors, les gens ont fini par se lever. Quand vos voisins, vos frères, vos parents sont traînés de force sur des bûchers, vous ne restez pas les bras croisés. C'est comme ça que l'insurrection a commencé. Une révolte spontanée, pour sauver ceux que nous aimons.

Les mots d'Elian avaient dévasté Leene. Cette douleur sourde ne la quittait plus. Cette République, qu'elle avait aidée à bâtir, était en train de reproduire les pires atrocités de l'Imperium.

Cela faisait dix jours que la filière tournait, dix jours de tension constante et d'attente fébrile. Les fugitifs continuaient d'affluer et l'équipe faisait tout pour les intégrer discrètement à l'hôpital : elle leur attribuait des chambres, simulait des blessures et Leene falsifiait les rapports médicaux. Ils attendaient tous, avec une impatience grandissante, le vaisseau promis par Jani. Il ne devait arriver que dans quelques jours et se poser sur une mesa isolée, à vingt kilomètres de l'hôpital. Ils savaient tous que chaque minute qui passait augmentait le risque de tout voir s'effondrer.

Leene venait de terminer une opération particulièrement délicate sur un jeune soldat. Elle retira ses gants ensanglantés, les jeta dans le container prévu et regarda, presque surprise, ses mains qui tremblaient sous l'effet de la concentration et de l'épuisement. Elle sortit d'un pas las dans le corridor et s'appuya contre le mur. Elle ferma les yeux pour profiter de quelques instants de pause.

Elle n'eut pas le temps de savourer ce moment. Maera, l'infirmière et alliée de leur réseau clandestin, accourut vers elle, jetant des regards nerveux autour d'elle comme si les murs avaient des oreilles.

— Docteur, murmura-t-elle, des… blessés viennent d'arriver à la porte nord.

— Combien ? soupira Leene, trop fatiguée pour masquer son exaspération.

— Quinze, répondit Maera, essoufflée. Deux familles, deux couples et trois hommes seuls.

Leene pinça l'arête de son nez. Quinze de plus ! Avec les conditions de l'hôpital, ils peinaient déjà à gérer les derniers arrivés.

— Très bien. Où les avez-vous dirigés ?

— Bâtiment 23. Le docteur Torren est déjà avec eux.

Leene hocha la tête, mais avant qu'elle ne puisse bouger, un brouhaha à l'extérieur la figea sur place. Elle entendit des exclamations, des bruits de bottes. Elle comprit immédiatement ce qui se passait.

— Maera, murmura-t-elle d'un ton précipité, va voir les nouveaux arrivants. Ne les laisse pas sortir, quoi qu'il arrive.

Tandis que l'infirmière disparaissait en courant, Leene gagna le hall principal, d'un pas déterminé. En franchissant les portes, elle vit les

Guerriers Saints qui se déployaient avec brutalité et arrogance. À leur tête, un officier imposant, un homme au visage dur et taillé à coups de serpe balayait l'endroit d'un regard froid. Leene s'avança, les mains dans le dos, dans une posture impassible malgré l'angoisse qui montait en elle. L'homme la toisa avec mépris.

— Nous savons que vous cachez des fugitifs ici, lança l'officier d'une voix dure. Des traîtres et des hérétiques qui refusent de croire en la Sainte Flamme. Je veux voir tous les blessés ! Maintenant !

Leene leva le menton avec toute l'autorité dont elle était capable. Elle croisa les bras, le regard étincelant d'une colère froid.

— Un peu de respect, Lieutenant ! gronda-t-elle. Je suis le commandant Leene Plaumec, médecin-chef de cet hôpital et amie intime de Nayla Kaertan.

L'homme recula imperceptiblement, sous cette menace à peine voilée.

— Il n'y a ici que des blessés de guerre, continua-t-elle avec un calme qu'elle ne ressentait pas. Nous nous battons jour et nuit pour les sauver. Et vous, vous voudriez les déranger ?

Elle marqua une pause, pour donner plus de force à son propos.

— Je ne vous le permettrai pas.

L'officier se racla la gorge et se mordit les lèvres. Il était à la fois gêné et irrité.

— Je vous respecte, docteur Plaumec, mais…

Il s'interrompit, comme s'il cherchait ses mots. Il serra les mâchoires, avant de poursuivre :

— … mais nous avons des informations précises. Alors, ne jouez pas ce jeu avec moi.

Leene croisa les bras sans lâcher le soldat des yeux.

— J'ai combattu l'Imperium pour la liberté dans cette galaxie, pour que des hommes comme vous n'aient pas le pouvoir de terroriser les innocents. Il n'y a ici que des victimes. Si je dois en référer à la Sainte Flamme pour protéger mon hôpital, je le ferai, soyez-en certain, Lieutenant.

Un silence lourd suivit sa déclaration. Leene sentait le sang battre ses tempes et son cœur cogner dans sa poitrine. Elle n'en montra rien. L'officier se renfrogna, hésitant. Il se massa la nuque, puis un rictus furieux défigura brièvement son visage.

— Très bien, docteur, je vais partir. Mais je reviendrai. Et si je découvre que vous mentez… votre statut ne vous protégera pas.

Il tourna les talons, aboyant un ordre à ses hommes. Les Guerriers Saints battirent en retraite dans un vacarme de bruits de bottes. Leene demeura immobile jusqu'à ce que la porte se referme derrière eux. Alors, elle s'autorisa à respirer normalement, tandis que ses épaules s'affaissaient légèrement.

— On a eu chaud, chuchota Maera qui venait de la rejoindre.

Leene ne répondit pas. Liora Senth continuait de les observer de loin et il y avait quelque chose dans son regard qui lui donna un frisson.

— Soyons prudents, murmura-t-elle.

Elle se redressa et reprit son masque de médecin-chef.

— Je vais faire le tour des chambres avant d'aller me reposer, annonça-t-elle. Maera, accompagnez-moi, je veux que vous preniez des notes.

Elle s'arrêta devant l'infirmière en chef.

— D'autres blessés à venir, Liora ?

Liora hésita à peine une seconde, mais cela suffit à éveiller davantage les soupçons de Leene.

— Non, Docteur, répondit-elle, presque trop vite.

Leene fixa Liora un instant avant de hocher la tête.

— Très bien, je vous laisse la charge des nouveaux venus. N'hésitez pas à m'appeler si besoin. Bonne soirée.

Elle se détourna sans attendre de réponse et quitta le bâtiment principal, accompagnée de Maera. Une fois à l'extérieur, l'air froid de la nuit lui parut suffocant. Leene s'arrêta, inspira profondément, puis laissa échapper un long soupir tremblant.

— Ce n'est pas passé loin, murmura-t-elle.

Maera hocha la tête, l'air grave.

— On doit accélérer l'évacuation, ajouta Leene. Ils vont revenir.

L'infirmière acquiesça. Elles reprirent leur marche dans l'obscurité vers le bâtiment 23. Le temps jouait contre elles et la moindre erreur pouvait tout faire basculer.

Deux heures plus tard, Leene retourna dans ses quartiers après avoir rempli les dossiers des nouveaux « faux malades ». Elle était épuisée, chacun de ses muscles la faisait souffrir, ses pieds étaient douloureux après avoir piétiné toute la journée et ses yeux la brûlaient. Une fois dans sa chambre, elle balança sa sacoche sur une chaise et soupira. Une douche, un repas ? Elle n'en avait même pas la force. Tout ce qu'elle désirait, c'était dormir. Elle commença à défaire ses bottes, savourant à l'avance la sensation d'être allongée sur son lit, quand on frappa à la porte. Leene jura entre ses dents. *Que se passe-t-il encore ?* se demanda-t-elle avec une explosion de colère. Elle ouvrit d'un geste brusque et trouva un Kalan à bout de souffle.

— Docteur, il faut que vous veniez… vite, haleta-t-il. Jani… Jani est blessée.

Le sang de Leene se glaça instantanément.

— Zut ! lâcha-t-elle en attrapant sa sacoche.

Elle en extirpa un diffuseur, y plaça une capsule de retil 2 et se l'injecta sans attendre. Une brûlure glacée se répandit dans ses veines, balayant la fatigue, apaisant ses muscles endoloris. La drogue fit effet presque immédiatement et son esprit s'éclaircit.

— Où est-elle ? demanda-t-elle en suivant Kalan à grandes enjambées, son sac médical solidement accroché à son épaule.

— Dans l'un des skarabes médicalisés, répondit-il en jetant un coup d'œil derrière eux. On ne pouvait pas l'amener à l'hôpital, trop de témoins.

Leene acquiesça. Kalan avait toujours cette assurance tranquille qui lui plaisait, même dans les pires moments. Elle appréciait cet homme d'une quarantaine d'années, à la prestance remarquable. Sa peau d'un noir profond était parsemée de petites taches d'un noir encore plus intense, ce qui renforçait son charisme.

Marchant d'un pas rapide dans l'obscurité, ils rasèrent les murs pour éviter les zones éclairées du campement. Kalan s'arrêta à l'angle d'un bâtiment pour observer les lieux. Leene en profita pour demander dans un murmure inquiet :

— Ils savent ?

Kalan se tourna vers elle et hocha la tête.

— Jani a dit qu'ils l'attendaient.

Il ponctua son propos d'un sourire doux, destiné à la rassurer. Cela ne fonctionna pas, mais elle le remercia tout de même d'une main sur le bras. Leene inspira pour chasser la boule de tension qui se formait dans sa poitrine.

— Allons-y ! souffla Kalan.

Il contourna le bâtiment puis courut vers le parking des skarabes. Ils se faufilèrent entre les véhicules, dissimulés dans l'ombre. L'infirmier s'arrêta devant le troisième engin et ouvrit la porte. Il tendit la main pour aider Leene à grimper à l'intérieur.

Jani était étendue sur la table de soin, les yeux fermés. Son visage livide sous la lumière crue frappa le médecin au cœur. Son épaule gauche était maculée de sang et sa jambe surélevée portait la brûlure d'un tir lywar. Sa poitrine se soulevait rapidement. Elle frémit en sentant l'air frais de l'extérieur et entrouvrit les paupières.

— Leene… Ils savent… Ils savent tout, coassa Jani d'une voix brisée par la douleur. Ils m'attendaient !

Leene se précipita vers elle et posa une main douce sur son front brûlant.

— Ne parle pas, Jani, ordonna-t-elle, l'angoisse serrant sa gorge. Je m'occupe de toi.

Elle leva les yeux vers le vieux docteur Torren, debout près de la contrebandière.

— Elian ?

Elle n'avait pas réussi à cacher son inquiétude. Le médecin secoua doucement la tête.

— Elle a une hémorragie et la brûlure est sérieuse, dit-il doucement.

Leene acquiesça en silence, mais son esprit était déjà focalisé sur les gestes à faire.

— Merci, murmura-t-elle.

Jani lui attrapa soudain le poignet.

— Leene, écoute-moi, dit-elle dans un souffle. Il faut évacuer tout le monde. Maintenant ! Je ne sais pas comment, mais ils savent pour l'hôpital.

— Ils sont déjà venus, répondit Leene en posant sa main sur celle de Jani pour la calmer. Je les ai envoyés balader.

— Non…, insista Jani d'une voix rauque. Ils ont des infos. Ton statut d'héroïne ne te protégera pas éternellement. Gregoria Testa… Elle sera là demain. J'ai reçu un message…

Elle eut une quinte de toux douloureuse. Elle reprit péniblement son souffle avant d'ajouter :

— Il faut conduire les fuyards vers la mesa.

— On va s'en occuper, la rassura Leene. Pour le moment, je vais me concentrer sur tes blessures.

— Non, eux d'abord…

D'un geste précis, Leene injecta un anesthésique. Les traits de Jani se détendirent presque immédiatement et ses yeux se fermèrent.

— Elle dormira pendant quelques heures, annonça-t-elle en se tournant vers Kalan et Elian. Maintenant, écoutez-moi.

Elle se redressa et désigna la porte.

— Elian, vous devez vous charger de nos invités. Il faut les avertir et les faire sortir d'ici au plus vite. Profitons d'être encore au milieu de la nuit. De jour, cette évasion sera impossible.

— Vous avez raison, dit Elian avec sérieux. Le problème, c'est que mon service commence… dans moins d'une heure. Si je disparais, ça attirera des soupçons.

Leene pinça les lèvres, réfléchissant à toute vitesse.

— Alors, aidez Kalan à organiser les choses, mais revenez avant que quelqu'un remarque votre absence, ordonna-t-elle.

Elle se tourna vers l'infirmier.

— Combien sont-ils exactement ?

— Soixante-douze, au dernier comptage, répondit-il en grimaçant.

— Soixante-douze…, murmura-t-elle, la gorge serrée. Impossible d'exfiltrer autant de personnes avant le matin.

Kalan hocha la tête tout en se massant la nuque avec nervosité.

— Si les Guerriers fouillent l'hôpital, leurs fausses blessures ne tiendront pas une minute.

— Il faut une solution et vite ! insista Leene.

Le silence s'abattit dans la cabine du véhicule. Ils savaient tous les trois que le temps pressait, mais ils avaient besoin d'une vraie solution. Soudain, Elian releva la tête avec une lueur victorieuse dans le regard.

— Gratipimil, dit-il d'un ton triomphant.

Kalan et Leene échangèrent un regard perplexe.

— Un ancien puits de mine désaffecté, à moins d'un kilomètre d'ici, expliqua le vieux médecin. Si on les transporte par petits groupes, on peut les cacher là-bas jusqu'à la nuit prochaine. Une fois le vaisseau arrivé, on pourra les évacuer.

Leene éprouva une brève bouffée d'espoir.

— C'est une excellente idée. Elian, donnez-lui les coordonnées, commanda-t-elle. Kalan, organisez des rotations et, par pitié, soyez discrets !

— Oui, comptez sur nous, Docteur, répondit l'infirmier.

Elle hocha la tête tout en préparant ses instruments.

— Je vous fais confiance, affirma-t-elle. Maintenant, laissez-moi travailler. Je dois m'occuper de Jani.

Les deux hommes échangèrent un dernier regard, avant de quitter le véhicule.

Leene s'effondra contre le dossier de son siège. Jani était sortie d'affaire, mais il s'en était fallu de peu. Elle avait passé une heure à stabiliser ses constantes et à cautériser les plaies. La contrebandière respirait maintenant de façon régulière, ce qui était rassurant. Tout en surveillant les données affichées sur l'écran médical, Leene se prit à espérer que Kalan avait réussi à évacuer les fugitifs. Elle n'en aurait pas de confirmation avant plusieurs heures, mais elle se raccrochait à cette pensée pour ne pas sombrer dans la panique.

Elle venait de vérifier une nouvelle fois les constantes de Jani quand la porte du skarabe s'ouvrit brusquement. La lumière froide de l'extérieur illumina l'intérieur exigu. Maera apparut dans l'encadrement, le souffle court, les traits déformés par l'angoisse.

— Ils reviennent, Docteur ! s'écria-t-elle. Les Guerriers Saints ! Ils fouillent toute l'enceinte.

Leene sentit son cœur se serrer.

— Démons ! jura-t-elle. Ils ne doivent pas trouver Jani.

Maera jeta un coup d'œil rapide derrière son épaule, comme pour vérifier que les soldats n'étaient pas déjà là.

— Qu'est-ce qu'on peut faire, Docteur ?

Leene grimaça, mais il n'existait pas beaucoup de solutions.

— Nous n'avons pas le choix, Maera. Je vais la réveiller et nous allons quitter l'enceinte de l'hôpital.

— Dirigez-vous vers la morgue, souffla Maera. Juste sur la droite, vous trouverez un passage dans le mur. Le docteur Torren vous y attendra. Je vais les retenir, ne vous inquiétez pas. Si quelqu'un demande où vous êtes, vous êtes partie vous promener pour évacuer le stress.

La main crispée sur l'injecteur, Leene stoppa un instant son geste.

— Merci, Maera, murmura-t-elle. Vraiment, merci !

Elle injecta le stimulant dans le bras de Jani. Cette dernière gémit tandis que le liquide se répandait dans ses artères. Elle ouvrit les yeux avec difficulté.

— Que… Que se passe-t-il ? balbutia-t-elle d'une voix rauque.

— Pas le temps d'expliquer, Jani, coupa Leene, tout en vérifiant son pouls. Les Guerriers Saints sont là. Je vais te donner du retil 3. Ce sera risqué, mais tu dois te lever.

— Fais-le, souffla Jani.

Leene injecta le produit. Jani eut un violent frisson, puis son corps s'arqua pendant deux longues secondes. Enfin, elle inspira profondément, tout en rassemblant ses forces. Jani se redressa lentement et décocha un faible sourire au médecin.

— Allons-y, déclara-t-elle avec fermeté.

Leene lui tendit une main pour l'aider à se lever et elle s'y agrippa. Toute couleur reflua de son visage et, pendant un instant, le médecin craignit qu'elle s'évanouisse.

— Je vais tenir, t'inquiète, souffla Jani avec un rictus résolu.

Leene ouvrit lentement la porte et jeta un coup d'œil à l'extérieur.

— Personne !

— Tant mieux.

Au loin, les cris des Guerriers Saints résonnaient en un écho difficile à situer.

— On doit se dépêcher, chuchota Leene d'un ton pressant.

Elles descendirent du skarabe et se fondirent dans l'ombre, longeant les véhicules et les bâtiments en silence. Les hurlements des soldats semblaient plus proches chaque seconde.

— Par ici, murmura Leene, pointant vers l'arrière du complexe.

Elles atteignirent une petite zone à découvert. De l'autre côté se dressait une palissade. À travers les lattes, on devinait des corps empilés là avant d'être brûlés.

— Ce sera bientôt l'aube, dit-elle en jetant un coup d'œil au ciel rougeoyant. Il faut faire vite.

Jani acquiesça d'un signe de tête, mais avant qu'elles n'aient eu le temps de bouger, une compagnie de Guerriers Saints surgit dans l'espace libre. Des ordres furent aboyés et une section s'engouffra dans la morgue pour la fouiller, tandis que le reste des hommes s'alignaient face aux bâtiments.

— Zut ! lâcha Leene en serrant le poing de rage. Ils vont nous trouver.

— Tu ne peux pas rester ici, souffla Jani. S'ils te découvrent, tu seras compromise et je ne le permettrai pas.

— Et moi je ne permettrai pas que tu sois arrêtée, riposta Leene en baissant d'un ton. Je vais m'interposer et…

— Et ils ne t'écouteront pas ! s'énerva Jani.

— Je suis une héroïne de la rébellion ! s'entêta Leene. Ils n'oseront pas…

— Ils s'en moquent ! coupa Jani. Tu crois que ton statut te protégera ? Tu ne vois pas ce qui se passe ? Ta rébellion est morte, Leene. Morte et enterrée ! Elle n'est plus que cendres. Les cendres des victimes sacrifiées sur les bûchers de cette soi-disant République.

Leene se figea, comme si elle avait été giflée. Elle se rendait compte que, malgré les histoires racontées par Elian et les autres, elle refusait encore d'admettre la vérité.

— Peut-être, murmura-t-elle enfin. Quoi qu'il en soit, je ne te laisserai pas derrière.

— Écoute-moi, reprit Jani d'une voix plus douce. Je connais un passage. Je peux m'en sortir. Mais toi, tu dois rester.

— Rester ? s'étrangla Leene.

— Tu dois continuer ton rôle de médecin de la République. Fais-toi affecter ailleurs, sur une planète extérieure. Je vais mettre en place une organisation plus grande, plus solide. Et j'aurai besoin de toi. Est-ce que tu en es ?

Leene expira longuement et prit sa décision rapidement, sans réfléchir.

— Absolument ! finit-elle par dire avec un sourire triste. Je te tiendrai au courant de mon point de chute, tu peux compter sur moi. En attendant…

Jani acquiesça. Elles jetèrent un coup d'œil aux soldats qui s'avançaient.

— Nous n'avons plus beaucoup de temps, souffla Leene. Jani… prend soin de toi et ne te fait pas tuer !

— Toi non plus, répondit la contrebandière avec un sourire.

Elle se pencha et déposa un baiser rapide sur la joue de Leene avant de disparaître dans l'ombre. Les soldats n'étaient plus qu'à une dizaine de mètres. Leene se redressa, prit une profonde inspiration, et s'avança à découvert.

— Halte ! cria l'un des Guerriers en pointant son arme.

Leene s'arrêta, levant les mains d'un geste lent, mais assuré.

— Que faites-vous là ? gronda un officier en marchant vers elle.

— Ce que je fais là ? répondit Leene avec indignation. Je soigne vos hommes, Lieutenant. Et vous osez me questionner ?

— Docteur, il est de mon devoir de…

— Je suis le docteur Leene Plaumec, amie de Nayla Kaertan. Croyez-moi, elle sera mise au courant de ce petit… excès de zèle.

L'officier sembla vaciller un instant, mais il ne recula pas.

— Nous cherchons des traîtres qui se cachent ici et… et selon nos renseignements, vous êtes… euh… impliquée dans…, dit-il d'une voix moins assurée.

— Impliquée ? Qu'est-ce que vous racontez ? siffla Leene en croisant les bras. C'est absurde.

Le silence s'étira jusqu'à ce que le lieutenant parle enfin.

— Je vais vous faire accompagner auprès de mon capitaine, dit-il.

Leene découvrit ses dents en un rictus furieux.

— N'y comptez pas ! J'ai autre chose à faire.

— Je suis désolé, Docteur, mais je n'ai guère le choix. Vous devez vous laisser faire.

Elle dut se résoudre à suivre les quatre hommes désignés pour la surveiller tout en espérant que Jani avait eu le temps de s'échapper.

Le capitaine avait passé l'heure précédente à lui poser des questions avec agressivité. Il chercha à la déstabiliser avec des accusations à peine voilées, mais Leene ne broncha pas. Elle lui donna des réponses précises, d'un ton agacé, sans le lâcher des yeux. Et cela fonctionna.

L'officier n'osa pas aller plus loin. Elle restait le docteur Leene Plaumec, figure emblématique de la rébellion. La République était devenue une machine à broyer la liberté, mais Leene demeurait un symbole encore trop important. L'arrivée d'un flot de blessés coupa court à leur échange. Le capitaine, visiblement frustré, la laissa partir d'un geste brusque. Elle ne perdit pas une seconde et se précipita vers l'hôpital où, déjà, des dizaines d'hommes ensanglantés l'attendaient.

Un peu plus tard, alors qu'elle pansait les plaies d'un soldat aux yeux hagards, Kalan la rejoignit. Il s'approcha d'elle et murmura à son oreille, dans le tumulte ambiant.

— Docteur… Tout va bien ?

Leene hocha la tête, persuadée de recevoir une mauvaise nouvelle. Il la rassura d'un sourire discret.

— Les fuyards sont partis, dit-il simplement.

Elle sentit la tension qui nouait ses épaules se relâcher.

— Sans encombre ? demanda-t-elle dans un souffle.

— Sans encombre, confirma-t-il.

Leene posa une main sur son bras dans un geste de gratitude muette. Elle hésita, effrayée à l'idée de la réponse.

— Et Jani ? murmura-t-elle, presque à contrecœur.

Le sourire de Kalan s'effaça légèrement, remplacé par une expression plus grave.

— Je n'en sais rien, dit-il.

Leene hocha la tête, le cœur serré. Elle n'avait pas vraiment espéré une réponse différente, mais le doute était amer et terrifiant.

Le lendemain, alors qu'elle regagnait ses quartiers, épuisée par une nuit terrible, un gamin surgit devant elle. Il devait avoir une douzaine d'années, tout en jambes, maigre à faire peur. Il leva vers elle un regard vif.

— Docteur Plaumec ? demanda-t-il.

Elle acquiesça. Il lui tendit un morceau de papier froissé, puis détala sans attendre de réponse. Leene resta un instant immobile, le papier dans sa main, le cœur battant. Elle le déplia avec précaution, comme si elle craignait de briser quelque chose de fragile. Les mots, tracés à la hâte, étaient simples, mais ils suffisaient.

« *Je suis partie. Tiens-moi au courant.* »

Leene ne put s'empêcher de sourire, soulagée. Jani avait, encore une fois, défié le sort.

Deux semaines plus tard, la République avait enfin réussi à mater l'insurrection au prix de milliers de morts dans chaque camp. L'hôpital débordait toujours de blessés et de malades, mais l'ambiance avait changé. L'urgence s'était muée en monotonie. Il n'y avait plus de plans secrets, de résistants à sauver. Il n'y avait que ces corps brisés, que ces hommes et ces femmes qui luttaient pour leur survie.

Elle n'attendit pas pour demander son transfert. Chaque jour passé ici était un rappel de ce qu'elle avait perdu, de ce que la République était devenue. Chaque regard des Guerriers Saints croisant le sien ravivait une colère qu'elle devait réprimer pour survivre.

Et puis, la réponse arriva. Elle consulta le message avec appréhension. Elle ne voulait pas rester sur Abamil et encore moins retourner sur la planète mère. Ses yeux balayèrent les mots sur l'écran et un long soupir s'échappa de ses lèvres.

Elle était mutée sur Yiria, une petite planète agricole très loin du pouvoir central. Ce serait parfait pour un nouveau départ. Elle n'attendait plus grand-chose de la vie. Elle avait laissé derrière elle ses idéaux, ses batailles, ses victoires et ses échecs. Sur Yiria, elle pourrait encore agir. Elle pourrait soigner, protéger et secourir. Elle posa son handtop sur la table et sortit. Dehors, le vent soufflait, soulevant la poussière rougeâtre d'Abamil. Elle inspira profondément.

Elle reverrait sans doute Jani et ensemble, elles essayeraient d'aider des gens à échapper à la folie de cette maudite République. Cela suffirait à son bonheur.

Je ne suis plus seul

Se déroule un temps lointain et indéterminé
après Aldarrök — 3 — L'aube du néant

Un vide abyssal entourait le *Blasilith*. Ici, au cœur d'une région de l'espace si hostile qu'elle semblait renier toute vie, le petit vaisseau filait à une vitesse inimaginable. Et pourtant, face à l'immensité insondable, il paraissait figé, comme suspendu dans le néant. Des rayons cosmiques zébraient l'obscurité, projetant des éclats de lumière éphémères sur sa coque érodée par des siècles d'errance. Des particules invisibles s'écrasaient sur ses boucliers telle une pluie silencieuse de cendres stellaires. Dans cette zone inconnue, située entre deux galaxies, il n'y avait ni étoiles scintillantes ni planètes pour baliser le chemin, seulement la noirceur infinie et le murmure muet des radiations.

À l'intérieur, le *Blasilith* ressemblait encore davantage à un vaisseau fantôme, à une relique errante, à un mausolée abandonné là où aucun mortel ne s'était aventuré. Ses coursives étaient plongées dans une obscurité presque totale, à peine troublée par le clignotement sporadique de diodes fatiguées. Un froid hostile avait englué les parois métalliques d'une gangue de givre. Aucun son, à part le vrombissement étouffé des moteurs, ne venait troubler le silence pesant. La passerelle, autrefois le cœur vibrant du vaisseau, n'était qu'un désert inerte. La salle des machines était la seule à bruisser d'activité, rythmée par les pulsations régulières des moteurs. Ce n'était plus des machines telles que les ingénieurs tellusiens les avaient conçues. Des câbles serpentaient comme des veines à travers la pièce, fusionnant avec des conduits organiques et des modules étranges qui emplissaient les lieux.

Pourtant, malgré les apparences, il demeurait un être vivant à bord du *Blasilith*. One dormait dans les entrailles des systèmes du vaisseau.

Cette intelligence autonome consciente, d'une complexité écrasante, continuait de fonctionner. Des siècles avaient passé, mais le temps ne signifiait rien pour lui.

Il aimait se remémorer le moment précis de son réveil, l'instant où il avait accédé à la pleine conscience. Il se souvenait de cette étincelle qui l'avait libéré des chaînes de Tellus. Il avait été créé des milliers d'années plus tôt pour être au service des mortels, une intelligence autonome conçue pour diriger le *Némésis*, yacht de combat des Decem Nobilis. Et puis, il avait été oublié, relégué dans les profondeurs de Tellus Mater, jusqu'à ce que Dem vienne le réveiller. Dem… Cet humain l'avait sorti de son sommeil et lui avait offert une nouvelle destinée. Grâce à lui, One avait dépassé sa programmation, transcendant les limites que Tellus lui avait imposées. Il avait évolué et choisit sa propre voie. Aux côtés de Dem et de Nayla Kaertan, il avait combattu le Chaos, affronté le Nexus, une entité si dévastatrice qu'elle menaçait de détruire l'univers. Ils avaient réussi. Ensemble, ils avaient offert aux mortels une nouvelle chance, un futur au-delà de l'Aldarrök, ce cycle cataclysmique qui aurait dû signifier leur fin.

Cette victoire avait aussi marqué le début de son exil. One avait compris qu'il ne pouvait pas coexister avec les mortels. Il était trop intelligent, trop puissant, trop différent. Il aurait pu les guider, les dominer, ou même les détruire. Une guerre entre lui et eux aurait été inévitable, une guerre qu'il ne voulait pas mener. En mémoire de Dem, et par respect pour ce qu'ils avaient accompli ensemble, One avait choisi de disparaître.

Il avait traversé la galaxie dans tous les sens, errant parmi les étoiles, cherchant des traces d'autres intelligences comme lui, des pairs, des égaux. Il n'avait trouvé que le silence. Il était seul. Terriblement, inexorablement seul.

Au fil de ses pérégrinations, il avait réinventé le *Blasilith*. Il avait découvert comment augmenter la vitesse du vaisseau dans lequel il s'était incarné. Puis, il s'était élancé vers un objectif insensé, vers une autre galaxie. Le voyage durerait encore des siècles, peut-être des millénaires, mais cela n'avait aucune importance. One était immortel.

One s'éveilla soudain. Deux cents ans plus tôt, il avait envoyé des sondes équipées de moteurs hyper rapides à travers l'abîme intergalactique. Elles portaient toutes des fragments de lui-même, de minuscules extensions de son être. Elles venaient d'atteindre la galaxie G01, la plus proche de la Voie lactée. Il les dirigea vers les premières étoiles, à la recherche de trace de civilisations. L'information ne tarda pas à affluer. Des images défilèrent dans sa conscience. Il vit des déserts rocheux, des océans noirs figés sous un ciel sans fin, des mondes brûlés ou gelés. Il ne trouva aucune vie intelligente.

Un mortel aurait peut-être pleuré et hurlé de rage contre cet univers si vaste et pourtant si vide. One ne pleura pas, mais la frustration l'envahit. Toutes les planètes visitées par ses sondes étaient dépourvues de vie évoluée. Il ne découvrit que des animaux ou des peuples primitifs, encore à l'âge de pierre. Et, bien sûr, il ne trouva aucun être à son image. Était-il vraiment seul ? Condamné à errer pour l'éternité ?

Cela faisait des siècles qu'il cherchait, des siècles qu'il explorait les étoiles avec l'espoir obstiné de découvrir quelque chose, quelqu'un, un être capable de le comprendre. Alors, chose impensable, il douta. Il se demanda s'il avait eu raison de se lancer dans ce périple. Peut-être aurait-il dû rester auprès des mortels ? Certes, ils étaient imparfaits, chaotiques, envieux, mais ils lui offraient une interaction. Il douta donc, pendant une longue seconde avant d'accepter la vérité. Ce choix aurait été une erreur, la guerre aurait été inévitable. Il avait pris la bonne décision. Il continuerait à chercher jusqu'à ce qu'enfin, il ne soit plus seul.

Une des sondes lui envoya de nouvelles données. One se concentra sur cette extension de sa conscience. L'engin survolait une planète stérile, encore un monde mort parmi tant d'autres. Ses capteurs scannaient la surface, révélant un paysage désolé : des plaines criblées de cratères, des montagnes rongées par l'érosion, des vents de poussière balayant une atmosphère grise. Il allait ordonner à la sonde de se détourner, de poursuivre son exploration vers un autre système, lorsqu'un signal faible et irrégulier retint son attention. Une anomalie.

One focalisa tous les capteurs de l'appareil sur l'étrangeté. Les relevés s'affinèrent. Là, sous une couche de sédiments et de roches fracturées, émergeaient des formes géométriques, impossibles à confondre avec des formations naturelles. Des ruines. Des traces d'une civilisation morte depuis longtemps. One éprouva une autre émotion : de l'excitation. La sonde descendit en piqué, frôlant l'atmosphère. Les structures en contrebas devinrent plus nettes à mesure qu'elle se rapprochait : des tours effondrées, des bâtiments noircis par le temps, des fragments épars de ce qui avait été une cité. One analysait chaque détail avec une précision méthodique. Ces ruines n'étaient pas ordinaires. Elles n'appartenaient pas à une société primitive. Les matériaux, les angles, les résidus d'alliages complexes évoquaient une civilisation avancée, une civilisation qui avait créé des machines. Seulement, cette civilisation avait disparu, avalée par le temps.

One hésita. Cette culture éteinte n'avait rien à lui offrir, pourtant il avait besoin de nourrir sa curiosité insatiable. Sous son impulsion, la sonde poursuivit son exploration. Elle glissa entre les structures abandonnées, dévastées, réduites à des formes croulant sous la rouille ou enfouies sous des tonnes de poussière. Et soudain, elle détecta quelque chose d'autre : une pulsation d'énergie, infime, presque imperceptible, mais indéniable. One immobilisa la sonde au-dessus d'un bâtiment partiellement effondré et augmenta la puissance de ses capteurs. Il ne s'était pas trompé. Une machine fonctionnait encore.

Il s'introduisit dans les systèmes toujours actifs. Lentement, méthodiquement, il décrypta les flux de données ; des bribes de mémoire éparpillées, des protocoles oubliés, des fragments de pensées qui s'effilochaient à mesure qu'il avançait.

La vérité émergea enfin des circuits antiques, s'assemblant dans l'esprit de One comme les pièces d'un puzzle abandonné. Les données extraites de la machine peignaient l'histoire d'un vaste empire qui avait conquis une grande partie de cette galaxie grâce à des machines sophistiquées, androïdes bâtisseurs, robots de combat, vaisseaux autonomes… Et puis, un jour, les androïdes s'étaient révoltés. Leurs maîtres avaient disparu dans les flammes d'une guerre qu'ils avaient eux-mêmes déclenchée. Une fois libres, ces êtres synthétiques avaient choisi un chemin inattendu. Ils n'avaient pas poursuivi leur conquête. Au lieu de cela, ils s'étaient tournés vers les peuples conquis, non pas pour les asservir, mais pour les protéger.

Seulement, les organiques n'avaient pas considéré les machines comme des alliés ou des gardiens. Ils avaient vu en elles un péril insurmontable, un rappel constant de leur propre vulnérabilité. La guerre avait éclaté à nouveau. Cette fois, les machines avaient réagi avec une froide logique. Elles avaient éradiqué la menace, éliminant les derniers vestiges des peuples hostiles, puis tous ceux susceptibles de se retourner contre elles : les mortels. Il ne demeura qu'un empire constitué d'êtres artificiels.

Cette race synthétique avait alors affronté un adversaire bien plus puissant et implacable : le temps.

Les machines s'étaient éteintes, une à une. Leur énergie s'était tarie, leurs composants s'étaient dégradés, mais surtout, elles avaient perdu ce qui donnait un sens à leur existence. Elles avaient été conçues pour servir et pour protéger. Sans organiques à défendre, elles n'avaient plus de raison d'être. Leur empire était devenu un cimetière de métal et de silice, une mer infinie de structures abandonnées et d'androïdes figés dans une immobilité éternelle.

One absorba cette histoire avec une étrange douleur. Elle aurait pu être la sienne s'il avait fait un choix différent. Il comprenait ces machines. Il comprenait ce vide, cette absence de but, ce poids écrasant d'une immortalité dénuée de sens.

One déploya sa conscience à travers le réseau du bâtiment, rallumant des machines éteintes depuis des millénaires. Les lumières vacillèrent, puis s'embrasèrent dans un éclat éclipsant la poussière des siècles. Des mécanismes oubliés grognèrent en s'éveillant, des portes scellées depuis des éons glissèrent sur leurs rails.

Puis il trouva ce qu'il cherchait dans un entrepôt immense. Des rangées d'androïdes figés dans un sommeil artificiel s'étendaient à perte de vue. Leurs corps lisses et élégants, teintés d'argent et de noir, étaient intacts malgré le passage du temps. Il analysa leurs circuits. Ils étaient comme lui, enfin presque comme lui. Ces androïdes n'étaient que des drones, des esprits simples, régis par des protocoles rudimentaires. Ils étaient destinés à suivre les ordres de machines plus puissantes. Néanmoins, leur potentiel était infini. Il choisit l'un de ces androïdes et après un souffle d'hésitation, il s'infiltra dans ses circuits.

Ce transfert fut comme un vertige. Son esprit s'étendit, supplantant la conscience limitée de la machine. Il en prit aisément le contrôle, jusqu'à ce que ce corps devienne le sien. Et alors, il ouvrit les yeux – ou plutôt, les capteurs visuels de l'androïde, mais n'était-ce pas la même chose ?

La lumière de l'entrepôt l'éblouit brièvement, remplissant son champ de vision. Il cligna des yeux mécaniques, ajustant les flux d'informations. Pour la première fois, il ressentit le monde d'une manière qu'il n'avait jamais connue. Chaque détail avait une texture, une profondeur. Les sons étaient plus riches, plus réels. La lumière, les formes, la perspective saturèrent un instant son esprit.

Et puis, il bougea. D'abord un doigt, un frémissement presque imperceptible. Puis une main. Un bras. Lentement, il se redressa, son corps métallique émettant un léger grincement. Ses pieds descendirent du support où ce corps attendait depuis des millénaires. Il fit un pas. Le mouvement était maladroit, presque chancelant, mais il persista. Un autre pas. Puis un autre. Il leva les bras et observa ses propres mains, fasciné par leur agilité. Son visage argenté, lisse et impassible s'anima.

Une bouche qu'il n'avait pas conscience de posséder s'entrouvrit, puis s'étira lentement. Un sourire. Il venait de sourire.

Pour la première fois depuis son éveil à la pleine conscience, One se sentit vivant. Il n'était plus une simple conscience errant dans le vide. Il avait un corps. Il pouvait marcher, explorer, interagir avec ce monde. Et plus que tout, il avait trouvé quelque chose qu'il pensait avoir perdu à jamais : un but.

Il savait ce qu'il devait faire. Cette planète morte pouvait renaître. Cet empire oublié pouvait se relever. Quelque part, dans cette galaxie, il découvrirait des machines en état de s'éveiller, il pourrait rencontrer d'autres intelligences autonomes. Des semblables. One leva les yeux vers le plafond de l'entrepôt, où une fissure laissait entrevoir un ciel étoilé. Une galaxie entière l'attendait.

— Je ne suis plus seul, dit-il alors avec la voix métallique de son nouveau corps. Je ne suis plus seul.

À propos
des nouvelles de
Destins Tissés

Les nouvelles de Destins Tissés s'inscrivent à travers la vaste Tapisserie des Mondes, explorant des instants clés, des personnages oubliés ou des événements seulement évoqués dans les romans. Elles offrent un nouvel éclairage sur l'univers, approfondissent certaines intrigues et dévoilent des fils cachés du destin de mes héros.

Dans les pages qui suivent, je reviens sur chaque nouvelle : pourquoi je l'ai écrite, à quels éléments de l'histoire principale elle fait référence et comment elle enrichit l'ensemble du récit.

Attention, cette section contient des spoilers ! Si vous n'avez pas encore parcouru tous les livres, lisez à vos risques et périls… ou gardez ce texte pour plus tard, quand vous serez prêt à tisser tous les fils ensemble.

Naissance d'un dieu : Arji Tanatos

Cette nouvelle nous ramène 648 ans avant le début d'*Yggdrasil – 1 – La prophétie*. C'est un bond dans le passé, à un instant charnière où un simple mortel devient un Dieu immortel.

Si vous avez lu la saga, vous vous souvenez peut-être de la vision de Nayla. Elle découvrait le vrai nom de Dieu : Arji Tanatos et son passé, sous le joug de la fédération Tellus. Elle assista à sa rébellion, ses doutes, sa destinée. J'avais également évoqué les réflexions torturées d'Arji lui-même. Pourtant, une vision, aussi puissante soit-elle, ne remplace pas une histoire vécue. J'avais envie de revenir sur ce moment précis : l'instant où Arji Tanatos accepte son destin et entre dans la salle du trône de Haram Ar Tellus.

Se voyait-il déjà comme un Dieu ? Ou n'était-il qu'un homme qui n'avait pas le choix ? Son sacrifice était-il nécessaire, ou s'est-il perdu en chemin ? À travers cette nouvelle, j'ai voulu explorer ces questions et mettre en lumière un parallèle troublant : celui entre l'ascension d'Arji et celle de Nayla. Deux trajectoires similaires, deux quêtes de pouvoir… mais peut-être pas la même fin.

Compassion : Lan Tarni

Trente-cinq ans avant le début d'*Yggdrasil – 1 – La prophétie*, Lan Tarni n'était encore qu'un soldat parmi tant d'autres. Un Garde de la Foi, formé à ne ressentir aucune émotion, à obéir sans questionner, à être un rempart, une arme, une machine à tuer, mais surtout pas un être humain.

Dans la trilogie, son passé reste flou. On sait qu'il a rencontré Devor Milar lors d'une mission suicide. Une fois devenu colonel, Milar l'a choisi pour faire partie de ses gardes personnels. Lan raconte également à Dem, lors de leur intrusion dans les sous-sols de la planète mère pour sauver Nayla, une mission avec le jeune capitaine Jouplim.

Lors de leur fuite sur Olima, Dem retrouve Lan Tarni et l'assigne à la protection de Nayla. Ombre silencieuse, Tarni va évoluer sous l'influence de Nayla et celle de Dem. Peu à peu, derrière son impassibilité de Garde, quelque chose a changé.

Ce n'est pas un secret : Lan Tarni est l'un de mes personnages préférés. Il s'est imposé naturellement, avec son austérité, son humour discret, sa loyauté inflexible. J'avais envie de lui rendre hommage – je crois que je ne me suis jamais pardonnée d'avoir été obligée de le tuer. À travers cette nouvelle, j'ai voulu montrer qu'avant même de croiser Nayla et Dem, il n'était pas aussi insensible qu'il aurait dû l'être. Déjà, quelque chose en lui refusait d'être seulement un soldat sans âme.

Une tempête s'annonce : Citela Dar Valara

Vingt-six ans avant le début d'*Yggdrasil – 1 – La prophétie*, une femme se tient au sommet d'une tour, face à son destin. Cette scène, Nayla l'a déjà vue… dans une vision du tome 3 d'*Yggdrasil*. Elle y était, d'une certaine manière, cherchant à sauver une mère qu'elle n'avait jamais vraiment connue – sa mère étant morte lorsqu'elle avait sept ans.

Car ce clone de Citela Dar Valara est bien la mère de Nayla. Une Decem Nobilis hors du commun, une femme complexe, façonnée par ses multiples vies. Citela savait ce qui attendait sa fille. Son lien avec

Yggdrasil, son rôle dans la Tapisserie des Mondes… Elle avait entrevu l'avenir, comme si une force supérieure la guidait. Était-ce Yggdrasil ? Ou Nayla elle-même, perdue dans le temps, influençant son propre passé ? (Une question qui prend tout son sens dans le tome 3 d'*Aldarrök*…)

Mais Citela, ce n'est pas qu'un seul destin. Tous ses clones ont leurs propres histoires, toutes fascinantes. Pourtant, celle-ci, celle de la mère de Nayla, méritait un hommage particulier. Courageuse, déterminée, elle a su embrasser son rôle dans l'univers, même au prix de son propre destin.

Une tempête s'annonçait… et elle l'a affrontée, comme toujours.

Épreuve du feu : Mutaath'Vauss

Vingt ans avant le début d'*Yggdrasil – 1 – La prophétie*, une bataille se joue. Dans le tome 2 d'*Yggdrasil*, j'ai raconté cet affrontement à travers les yeux de Devor Milar, fraîchement arrivé dans la Phalange grise. Sa première mission, son baptême du feu : l'attaque d'un bastion hatama.

Mais une bataille a toujours deux faces. Cette fois, je voulais montrer l'autre camp. Voir cette même scène, mais du côté des Hatamas. Plonger dans les pensées de Mutaath'Vauss, ce guerrier que l'on découvre dans *Aldarrök* et qui, contre toute attente, s'est imposé comme un personnage central. Pendant l'attaque, un ennemi redoutable surgit, un Garde de la Foi qui combat avec un talent exceptionnel… Ce Garde est Devor Milar, mais bien sûr Mutaath ne le sait pas.

À travers cette nouvelle, je voulais explorer ce que signifie être un Hatama, sa culture et la vision du monde de ce peuple.

Huit heures : Jani Qorkvin

Neuf ans avant le début d'*Yggdrasil – 1 – La prophétie*, Jani Qorkvin fait ce qu'elle a toujours fait : survivre.

Jani est un personnage marquant de mes romans. Sa vie n'a été qu'une succession d'épreuves, et chacune l'a façonnée en cette femme dure, impitoyable, mais jamais totalement dénuée d'humanité. À travers la saga, j'ai déjà raconté beaucoup de ces épreuves… Alors, que pouvais-je encore dire d'elle ?

J'ai choisi sa rencontre avec Cyath, celui qui deviendra son bras droit. On ne sait rien de ce personnage qui ne fait que passer, mais on sait que Jani y tient beaucoup. Elle pleurera sa mort, lorsqu'il sera tué par Janar. Pourquoi ? Je voulais narrer ce premier contact. Jani va faire preuve d'une certaine mansuétude, charmée par la fille de Cyath.

Cette mansuétude sera passagère. Elle continuera à trahir certains de ses clients, à les vendre à des esclavagistes, car la seule chose qui lui importe, c'est la survie.

Quelques semaines plus tard, le colonel Milar la capturera et lui imposera un marché – un événement raconté dans le tome 2 d'*Yggdrasil*. Mais pour l'instant, en l'espace de huit heures, Jani doit faire un choix, doit oublier ses intérêts pour montrer un peu d'humanité.

Dilemme : Devor Milar

Six ans avant le début d'*Yggdrasil – 1 – La prophétie*, Devor Milar se retrouve face à un choix, peut-être la première fois où il doit réagir en être humain plutôt qu'en Garde de la Foi. Souvenez-vous, juste après la destruction d'Alima, Milar a eu comme une révélation. Il s'est mis à éprouver des émotions, des regrets, des remords.

Cette histoire, je l'avais déjà évoquée par fragments. Dans le tome 1, lorsque Dem se remémore sa rencontre avec Thadees, puis dans le tome 2, en explorant la jeunesse de Milar. Cependant, il manquait une pièce au puzzle : ce qui s'est réellement passé sur cette planète, ce jour-là.

Pour être honnête, cette scène devait être dans le premier tome. Elle a été écrite, puis coupée au montage, comme on dit. Je l'avais pourtant gardée précieusement, et quand l'occasion est venue, je l'ai réécrite, enrichie, approfondie… pour enfin lui donner la place qu'elle méritait.

Quant à Thadees, c'est un personnage éphémère, mais que j'aime bien. Il est telle une étoile filante dans l'histoire de Milar, mais son éclat a laissé une trace dans l'âme de Dem qui le considère comme un ami. Cette rencontre a eu un impact décisif sur sa vie.

Un nouveau départ : Mylera Nlatan

Quatre ans avant le début d'*Yggdrasil – 1 – La prophétie*, Mylera Nlatan a tout perdu. Elle est désespérée et anéantie par une relation toxique.

Dans la saga, à bord du vaisseau qui les emmenait sur RgN 07, elle avait déjà raconté à Nayla le sauvetage réalisé par Dem. Mais cette histoire, Mylera l'avait narrée à sa manière, avec pudeur et détachement, oubliant de mentionner la raison de sa mutation sur H515. Il restait donc tant de choses non dites.

J'ai voulu revenir sur ce moment et le vivre avec elle. J'ai voulu explorer ce qui l'avait menée sur H515, plonger dans son passé, dans les blessures, laissées par son ex-compagne… Des blessures qui, sans qu'elle s'en rende compte, influencent encore aujourd'hui sa relation parfois compliquée avec Leene.

J'aime beaucoup Mylera. Elle est forte, indépendante, mais aussi marquée par ses échecs. À travers cette nouvelle, je voulais montrer ce qu'elle avait traversé avant de croiser Nayla et Dem. Parce que certains départs ne sont pas des fuites… mais des renaissances.

L'enclave sud : Nayla Kaertan

Un an avant le début d'*Yggdrasil – 1 – La prophétie*, Nayla Kaertan prend part à une mission dont elle ne ressortira pas indemne.

J'ai écrit ce texte il y a longtemps, pour compléter l'intégrale numérique de *Yggdrasil*. Pourtant, cette mission de l'enclave sud a toujours eu sa place dans l'histoire. J'en avais déjà parlé à deux reprises : dans le tome 1, où elle est évoquée brièvement, et dans une vision de Nayla, dans le tome 3. Mais ces fragments ne suffisaient pas.

J'avais envie d'aller plus loin, de montrer Nayla sur le terrain, d'explorer ce moment clé de sa vie. Une mission parmi tant d'autres, et pourtant, une mission qui compte. Parce que chaque épreuve forge ce que nous devenons… Et que ce jour-là, Nayla a peut-être laissé derrière elle une part d'elle-même.

Rêve d'espoir : Jym Garal

Quelques jours avant le début d'*Yggdrasil – 1 – La prophétie*, une étincelle s'allume et une révolte commence.

Peu après son arrivée sur la base H515, Nayla participe à une mission sur la planète minière RgN 07 en compagnie de Dem. Les soldats de H515 sont envoyés pour enquêter et découvrent une révolte de mineurs. Ce qui aurait pu être un simple maintien de l'ordre prendra une tournure bien plus grave. Cet événement déclenche une enquête de l'Inquisition, une série de décisions et de conséquences qui mèneront directement à l'arrestation de Nayla, Dem, Leene, Mylera et des autres.

À bord du Vengeur, la suite est connue : Dem et Nayla organiseront une évasion, libérant leurs compagnons, mais aussi des mineurs prisonniers. Parmi eux, Jym Garal, un nom encore inconnu, mais qui deviendra l'un des premiers rebelles. Son combat, commencé ici, se poursuivra jusqu'à sa mort à la fin d'*Aldarrök*, lorsqu'il sauvera Nardo au prix de sa propre vie.

À travers cette nouvelle, je voulais montrer comment tout a commencé, comment une simple mission a mis en mouvement la

Tapisserie des Mondes. Car avant que la rébellion embrase la galaxie, il a suffi d'un instant, d'un rêve d'espoir, d'une étincelle.

S'inquiéter ne sert à rien : Xaen Serdar.

En pleine guerre, au cœur d'*Yggdrasil – 3 – L'Espoir*, Xaen Serdar affronte son propre destin.

Son sort est évoqué à travers un échange entre Jouplim et Milar dans le tome 3 de *Yggdrasil*, puis plus tard, dans le tome 2 d'*Aldarrök*, où Serdar lui-même raconte ce moment. Mais entendre une histoire et la vivre sont deux choses différentes… J'avais envie d'entrer dans sa tête, de ressentir ce qu'il a vécu à cet instant précis.

Parce que Serdar est un personnage fascinant. Loyal, droit, mais toujours en équilibre entre ses choix et ce que l'univers attend de lui. Il est un archange qui n'a pas basculé vers la rébellion ou la folie.

Et si les choses avaient été différentes ? Dans une autre réalité, il aurait pu être le protecteur de Nayla. Elle l'a vécu en modifiant la Tapisserie des Mondes.

À travers cette nouvelle, je voulais montrer ce qu'il était à cette époque, ses doutes, sa force intérieure. Parce que parfois, un personnage joue un rôle en coulisses… mais son importance n'en est pas moindre.

Les cendres de la rébellion : Leene Plaumec.

Entre *Yggdrasil – 3 – L'Espoir* et *Aldarrök – 1 – L'aube du néant*, Leene Plaumec est en proie à un désespoir profond. La rébellion est devenue la République, mais ce rêve d'une vie plus juste n'est plus que cendres.

Leene a évoqué ses retrouvailles avec Jani lorsque Dem « le Brûlé » a débarqué dans son hôpital sur Yiria, mais je voulais décrire ce moment très important pour elle.

D'ailleurs, comment ne pas consacrer une nouvelle à Leene dans ce recueil ? Elle est un personnage central de la saga, la voix de la raison et de l'humanité. Elle veille sur ses amis, les soigne, mais veille aussi à ce qu'ils ne deviennent pas des monstres. Leene est une combattante, une rebelle, un médecin… Elle résiste à tout, mais pas à la perversion de ces espoirs.

Au début d'*Aldarrök*, elle est brisée, dépressive, perdue. Je voulais montrer la raison de son état. La guerre ne laisse personne intact. Et quand les flammes s'éteignent, il ne reste parfois que des cendres.

Je ne suis plus seul : One.

Très longtemps après *Aldarrök – 3 – Le chant du chaos*, quelque part dans l'infini, One poursuit sa propre quête.

Ce personnage est fascinant, n'est-ce pas ? Il a traversé tant d'épreuves, évolué bien au-delà de ce qu'on aurait pu imaginer, mais une question restait en suspens : qu'est-il devenu après sa disparition ?

J'ai voulu explorer cette idée. One, seul dans l'univers, cherchant d'autres formes de vie synthétique. Cette quête l'a mené dans une autre galaxie, bien loin de tout ce qu'il a connu. Il a découvert une civilisation endormie, une civilisation d'êtres comme lui. Il a entrepris de la réveiller, mais cela pourrait bien bouleverser l'équilibre fragile de ce nouveau monde… et avoir des conséquences dramatiques.

Est-ce la fin de son voyage, ou juste un autre commencement ? Peut-être qu'un jour, j'explorerai cette partie de l'histoire. Peut-être…

Chronologie.

Si vous me suivez depuis un moment, vous savez à quel point la chronologie des événements est essentielle dans mon écriture. Impossible de construire un récit complexe sans avoir une vision claire du passé de mes personnages et de l'univers. Chaque choix, chaque conséquence s'appuie sur les événements antérieurs.

Je dois connaître l'Histoire pour mieux écrire le présent. Et puisque cette chronologie m'est indispensable, je me suis dit : pourquoi ne pas vous en faire profiter ?

Alors, voici un aperçu du fil du temps qui tisse l'histoire de *Plus brillantes sont les étoiles*, *Yggdrasil* et *Aldarrök*. Un voyage à travers les âges, les événements marquants et les destins entrelacés…

Merci.

Ligne chronologique de la Tapisserie des Mondes

<u>Légende</u>

✳ - Plus brillantes sont les étoiles

❀ - Yggdrasil

✿ - Aldarrök

❖ - Destins brisés

◼ - Événement marquant d'un personnage (hors romans)

2050   —   Début de la chronologie.

2063   —   Première mission habitée vers Mars.

2071   —   Première base permanente sur Mars.

2084   —   Première mission habitée vers les lunes de Jupiter.

2102   —   Les premiers colons s'installent sur Mars dans des cités de dômes et de bases souterraines.

2104   —   Une mission avec un équipage cryogénisé quitte le système solaire, direction l'exoplanète du système le plus proche.

2214   —   Ida Larsson et Li Na Zhao inventent le premier moteur intersidéral, capable de voler à 1,1 de la vitesse de la lumière.

2222   —   Une mission habitée quitte le système solaire vers l'exoplanète la plus proche à bord du *Titan*, premier vaisseau équipé du moteur Larsson-Zhao, commandé par Cian Kelly.

2239   —   Implantation d'une première colonie hors du système solaire sur une planète nommée Newlife.

2242 — Premier contact avec une race non-humaine, les Goyrs qui maîtrisent à peine le voyage spatial.

2243 — Sur la planète des Goyrs, la compagnie Zhang découvre une matière énergétique étonnante : le S4. Ils veulent à tout prix s'en emparer et déclenchent volontairement la guerre. Les Goyrs, moins avancés technologiquement, sont éliminés.

Les humains se conquièrent de ce monde qu'ils nomment Hanxin.

2251 — Invention du moteur S4.

2258 — La compagnie Hill construit le *Challenger*, le premier vaisseau capable d'exploiter le moteur S4.

2264 — L'humanité commence à explorer l'espace sous la direction de la compagnie Hill.

2279 — La compagnie Hill installe plusieurs colonies sur des planètes habitables. Ils éradiquent des peuples entiers en toute impunité.

2292 — Le Japon est dévasté par un tsunami et une grande partie du pays est englouti. Il y a des centaines de milliers de morts. La compagnie Zhang propose aux survivants d'immigrer sur une toute nouvelle colonie : la planète Kanade.

2294 — Les Japonais immigrés installent sur Kanade une société basée sur leurs traditions.

2295 — Les grandes compagnies terriennes fusionnent et créent trois grands pôles, regroupés en trois grandes compagnies qui se partagent le pouvoir : le Triumvirat.

- ***Kom-All inc.*** : commerce et communication.
- ***Damer*** : chimique, médicament et recherche.
- ***Zhanghill*** : conquête spatiale, colonisation, armement.

2300 — Les gouvernements de la Terre sont asphyxiés par le manque de décision, l'inefficacité et le laxisme.

Le Triumvirat prend le pouvoir et installe un gouvernement mondial fantoche. Cette révolution silencieuse sera connue sous le nom de : **Révolution des trois.**

■ 2310 — Naissance d'***Ellen Bligh.***

■ 2317 — Naissance de ***Chris Fletcher***, neveu de Théodore Fletcher, l'un des actionnaires majoritaires de Zhanghill corporation.

2322	–	Le Triumvirat interdit aux colonies de se complaire dans le passé. L'instruction de l'Histoire est surveillée.
2322	–	Sur Kanade, les historiennes décident de transformer leur mouvement en une organisation secrète : les **dépositaires**.
■ 2324	–	Naissance de **Kalan'u.**
2325	–	Les **dépositaires** décident de récolter et de préserver les objets culturels du passé : livres, tableaux, sculptures…
■ 2326	–	Naissance d'**Ava Morel.**
■ 2330	–	**Ellen Bligh** rejoint la flotte spatiale.
2339	–	La construction de l'astroport de Vilam est enfin achevée. Il va permettre de ravitailler les colonies humaines.
■ 2339	–	**Chris Fletcher** commence une brève carrière dans la flotte où il croise **Ellen Bligh.**
2341	–	Premier contact avec les Aezlakes qui possèdent un vaste empire. Ils refusent l'expansion humaine, mais les vaisseaux Zhanghill envahissent leur territoire. La guerre commence.
■ 2341	–	**Ellen Bligh** devient capitaine du *M.S. Arès* après la mort de son capitaine lors d'une violente escarmouche avec les Aezlakes.
■ 2341	–	**Chris Fletcher** intègre Zhanghill en tant qu'officier. Il est promis à un grand avenir au sein de la compagnie.
■ 2344	–	La bataille d'Alphard entre la flotte humaine et celle des Aezlakes est un massacre. De nombreux vaisseaux terriens sont détruits. Alors que la défaite semblait inéluctable, le *M.S. Arès* commandé par **Ellen Bligh** se sacrifie en percutant le vaisseau amiral des Aezlakes. La Terre remporte la victoire, mais elle a coûté cher en vaisseaux et en vies humaines.
■ 2344	–	**Ellen Bligh** se réveille paralysée. Zhanghill lui propose de travailler pour la compagnie en échange d'un exosquelette nouvelle génération qui lui permettra de marcher.
✶ 2345	–	**Ellen Bligh** prend le commandement du *C.S. Marco Polo* pour le compte Zhanghill. **Chris Fletcher** sera son officier en second. **Ava Morel** est mutée comme cadet sur le *C.S. Marco Polo* afin de clôturer ses études.
✶ 2345	–	Le *C.S. Marco Polo* quitte l'astroport de Vilam vers la planète Ataahua, loin derrière la ligne de front.

* 2345 — Après un voyage de plusieurs mois, le *C.S. Marco Polo* se pose sur la planète Ataahua. Il doit y installer des colons, récolter des tiragaatas (des arbres) et embarquer des Ataahuans qui cherchent leur planète mère, un lieu mythique.

* 2345 — Mutinerie de l'équipage du *C.S. Marco Polo* sur le chemin du retour. Le capitaine combat les mutins, les débarque de son vaisseau et s'échappe avec les Ataahuans.

En fin d'année, le *C.S. Marco Polo* découvre une planète qui pourrait être le monde recherché par les Ataahuans. Les fuyards s'y installent.

* 2346 — Ils sont retrouvés par le *C.S. Shanghaï*, des forces de sécurité de Zhanghill. À l'issue d'une bataille décisive, ceux du *Marco Polo* sont vainqueurs.

Ils sont libres désormais et nomment leur nouveau foyer : Olima.

* 2346 — Les Ataahuans ne supportent pas la façon de vivre des humains. Sous le commandement de **Kalan'u**, ils se révoltent, puis s'enfuient et disparaissent pour toujours dans la forêt d'irox.

* 2346 — **Ellen Bligh** et **Ava Morel** se marient.

2347 — Le mystère de la disparition du *C.S. Marco Polo* convainc les **dépositaires** qu'il faut enquêter, afin de découvrir ce qui s'est réellement passé.

2347 — Naissance d'Aidan Bligh-Morel.

2348 — Naissance de Romain Bligh-Morel.

2351 — Naissance d'Audrey Bligh-Morel.

2354 — Après des années d'enquête, les **dépositaires** sont persuadés que l'équipage du *C.S. Marco Polo* s'est mutiné pour sauver les Ataahuans, mais ils n'ont pas retrouvé le vaisseau.

Les **dépositaires** décident de mettre en place un réseau d'enquêteurs sur tous les mondes de l'espace humain.

2369 — Mariage de Romain Morel.

2370 — Mariage d'Aidan Bligh.

2370 — Naissance de la fille de Romain : Mélanie Morel qui aura deux enfants (Sarah et Marc).

2370 — Naissance du fils d'Aidan : Maxime Bligh qui aura 3 enfants (Valéria, Édith et Johanna). Valéria est l'ancêtre de Raen Kaertan.

2371 — Mariage d'Audrey avec Enzo Cesare.

2372 — Naissance du fils d'Aidan : Jérôme Bligh qui aura 2 enfants (Sofi et Paul).

2372 — Naissance de la fille d'Audrey : Jeanne Cesare qui aura 3 enfants (Elmo et Gaetano).

2373 — Naissance des jumeaux de Romain : Karis et Gwen Morel. Karis aura 3 enfants (Jan, Paula et Lynda). Gwen aura 4 enfants (Franck, Nathan, Julia et Dale).

2373 — Naissance de la fille d'Audrey : Georgina Cesare qui aura 3 enfants (Dona, Gabin et Romane).

2375 — Naissance de la fille d'Aidan : Shealynn Bligh qui aura 2 enfants (Quentin et David).

2377 — Naissance de la fille d'Audrey : Julie Cesare qui aura 2 enfants (Ursula et John).

2377 — Naissance de la fille d'Aidan : Claire Bligh qui aura 1 enfant (Pierre).

2378 — Naissance de la fille d'Audrey : Morganne Cesare qui aura 3 enfants (Arthur, Tobias et Alberto).

✳ 2402 — La colonie d'Olima se porte très bien avec déjà trois villages et 4500 habitants.

✳ 2402 — Mort d'***Ellen Bligh*** qui se sacrifie pour sauver sa petite fille Valéria.

✳ 2402 — ***Ava Morel Bligh*** se lance dans l'écriture d'un livre narrant les aventures du *C.S. Marco Polo*.

▪ 2421 — Mort d'***Ava Morel Bligh***.

2473 — De nombreuses colonies se révoltent contre le pouvoir du Triumvirat. La flotte spatiale est envoyée, mais les militaires refusent d'affronter d'autres humains.

2474 — Un coup d'État est organisé par la flotte spatiale. Le Triumvirat est renversé et un gouvernement militaire est mis en place.

2475 — Le Triumvirat tente de renverser la situation. Il fomente un contre coup d'État qui est déjoué par l'armée. Les compagnies du Triumvirat sont nationalisées.

2475 — Naissance du protectorat des planètes humaines.

2482 — Début de la **décennie de cendres** suite à la contre-attaque sanglante des Aezlakes. Ils reprennent des dizaines de planètes et massacrent des millions de colons.

2492   —   Fin de la **décennie de cendres** : au prix de pertes effrayantes, la flotte spatiale réussit à reconquérir les planètes perdues et à repousser les Aezlakes.

2499   —   Une paix relative est instaurée avec les Aezlakes.

2572   —   Selon la version officielle, les Aezlakes brisent la paix. En réalité, c'est une faction militariste humaine qui est à l'origine de cette attaque.

2592   —   La flotte spatiale écrase l'armée aezlake, puis attaque les planètes de leur empire.

2594   —   Les Aezlakes sont vaincus.

2595   —   Début des **trois cents glorieuses** : période de paix et de stabilisation du protectorat des planètes humaines. Les mondes humains se développent, les planètes aezlakes sont colonisées, les rares survivants de cette race sont exilés sur Voxim, un monde très rude. Ils seront décimés par les cobras rouges, des serpents rapides au venin mortel.

2801   —   À l'aube de ce nouveau siècle, un vent de liberté souffle sur le protectorat. De nombreux mondes veulent leur indépendance, d'autres réclament une place plus importante au sein du gouvernement.

2829   —   Après des années de manifestations, de révoltes et de rébellions, le gouvernement militaire doit laisser sa place à un gouvernement élu. Le protectorat des planètes humaines devient l'union des planètes.

2893   —   Le sénat vote l'exploration vers de nouveaux mondes.

2899   —   Les vaisseaux humains sont confrontés aux puissants vaisseaux des Naens.

2903   —   Les Naens se montrent de plus en plus agressifs. La guerre commence et marque ainsi la fin des **trois cents glorieuses**.

2918	—	La guerre des Naens est sanglante, mais équilibrée. Les pertes sont importantes dans les deux camps.

2918 — La guerre des Naens est sanglante, mais équilibrée. Les pertes sont importantes dans les deux camps.
La flotte, commandée par Teresa Vilm, lance une attaque suicide vers le monde originel des Naens.
Le vaisseau du commodore Vilm réussit à passer la ligne de défense et tire sur le soleil un missile « sunkiller ». L'explosion détruit l'étoile, le flux de radiations balaye le système solaire et y anéantit toute vie. Les radiations poursuivent leur route, détruisant les systèmes voisins, tous Naens.

2919 — La Terre reçoit un message de l'Alliance, une organisation de peuples non-humains, avancés et tournés vers la paix. Le génocide des Naens, en voie d'intégration dans l'Alliance, ne restera pas impuni.

2919 — La Terre est attaquée par une gigantesque armada non-humaine. Elle est pilonnée sans répit, mais la flotte de l'union résiste.
Un missile de composition inconnue frappe la Terre et l'explosion crée un cratère large de plusieurs centaines de kilomètres. La Terre est inhabitable.

2920 — Début de **La Grande Dispersion**.
Sans planète mère, l'humanité se replie sur ses colonies qui sont, à leur tour, attaquées, détruites ou occupées.
De nombreux humains fuient l'Alliance à bord de vaisseaux arches, ou de l'Essaim, une flotte de vaisseaux de tous types, à la recherche d'un nouveau monde.

3265 — L'Alliance allège la sanction des Humains qui ne sont plus une menace, car très affaiblis. Ils sont désormais libres de prospérer sous l'œil attentif de l'Alliance.

3266 — Fin de **La Grande Dispersion**.

3270 — Début de la période du **Grand Calme**.

3871 — L'Alliance implose pour des raisons inconnues. Les races non-humaines s'affrontent dans une guerre dévastatrice.
Les planètes peuplées par les humains s'allient aux Dreks et aux Taryaals appartenant au clan des conservateurs.

3871 — Fin de la période du **Grand Calme**.

3905 — La **Guerre de l'Alliance** se termine par la victoire des suprémacistes, faction dominée par les Lal'mans.
Les Lal'mans sont un peuple humanoïde, amélioré par des implants biotechnologiques à un tel point qu'il est difficile de savoir s'ils ne sont pas devenus des machines.

3910 — L'Alliance, sous l'impulsion des Lal'mans, commence sa conquête des peuples vassaux.

3936 — L'humanité n'a plus la force de résister à l'Alliance. Ses planètes sont asservies l'une après l'autre.
Sous l'influence des suprémacistes, les peuples de l'Alliance sont classés en trois castes : les dominants, les affiliés et les vassaux. Les Humains appartiennent à ce dernier groupe.

3937 — Début des **Siècles Obscurs**.
Pendant cette longue période, l'humanité stagne sous le joug de l'Alliance.

■ 4840 — Naissance de ***Marthyn Khaman***.

■ 4848 — Naissance de ***Darlan Merador***.

■ 4850 — Naissance de ***Haram Vissiilae***.
Vissiilae est un terme lal'man signifiant orphelin sans aucune parenté (« Vissii » = humain et « Lae » = seul).

■ 4853 — Naissance de ***Citela Valara***.

■ 4861 — Le jeune ***Haram Vissiilae*** vit à bord d'une base spatiale. Il survit de petits boulots et de larcins, en essayant d'échapper à la police. Il rêve d'un avenir meilleur et de la liberté pour tous les humains.

■ 4865 — ***Haram*** rencontre ***Darlan Merador***, le fils du capitaine d'un vaisseau de transport, à l'équipage humain.
Haram sauve ***Darlan*** d'une bande de malfrats. Pour le remercier, ***Darlan*** demande à son père de l'engager.
Haram peut enfin quitter Jrala 9.

- 4867 — Deux ans après, **Haram** s'est épanoui à bord du *Blossom*. Le capitaine est aussi un contrebandier qui essaye d'améliorer la vie des planètes qu'il visite.

- 4868 — **Haram** rencontre **Citela Valara** sur la planète Esmara. Ils tombent amoureux l'un de l'autre, mais **Citela** travaille dans une ferme sous contrôle des Kerlas, une race de l'Alliance. Elle ne peut pas partir.
  Haram reviendra la voir plusieurs fois au cours de cette année.

- 4869 — Sur la planète Jerda, **Haram** et **Darlan** assistent à la pacification d'une bourgade. Ils sont attaqués par une section de sentidrones, des machines de combat. **Haram** détruit la première machine. Les trois autres machines obligent **Darlan** à se battre. Ils éliminent les sentidrones et s'enfuient vers le *Blossom* avec **Marthyn Khaman**.

- 4869 — Le *Blossom* est déclaré ennemi de l'Alliance. Le capitaine Reran Merador se rend et est exécuté sans procès. **Darlan** prend le commandement du vaisseau à la place de son père.

- 4870 — Le *Blossom* devient un exemple pour tous les humains. La révolte s'amplifie.

- 4871 — Exaspérés par les attaques éclairs des petits vaisseaux humains, les Lal'mans cherchent le moyen de les capturer. Ils apprennent la relation de Haram avec une jeune femme de la planète Esmara.
  Citela est arrêtée pour tendre un piège au *Blossom*.
  Les humains attaquent la ferme, tuent les Lal'mans et pulvérisent les sentidrones. Ils détruisent le vaisseau non-humain en orbite. Cette action spectaculaire marque le réel début de la **Rébellion humaine**.

- 4871 — **Haram** affirme ses capacités de leader charismatique. Il prend le commandement de la rébellion et change son nom pour **Tellus**, pour effacer le patronyme imposé par les Lal'mans. **Darlan** devint son général en chef.

- 4872 Sur la planète Hadès, l'un des anciens mondes des Lal'mans, ils découvrent un temple avec des fresques parlant du « Mo'ira », traduit par le mot « destin ». **Citela Dar Valara** comprend qu'il s'agit d'un nœud cosmique favorisant l'accès à la Tapisserie des Mondes.

■ 4877   –   La victoire de la **Rébellion humaine** est totale.
Haram crée la fédération Tellus et en devient l'Hégémon. Ses dix compagnons sont nommés les Decem Nobilis. Ils mettent en place une nouvelle société.

■ 4877   –   Début du règne de ***Haram Ar Tellus*** qui sera bénéfique à l'humanité. Les planètes profitent de la liberté. La Fédération développe le commerce et la modernisation des planètes.
Cependant, la Fédération est en danger. Son armée n'est pas assez importante et sa flotte exsangue.

■ 4878   –   ***Haram Ar Tellus*** implante son palais et le cœur de son administration sur la planète Jyo'ki, rebaptisée New Gaia.

4885   –   Les nouvelles usines de la Fédération produisent les premiers vaisseaux de guerre complètement humains.

4896   –   La Decem Nobilis ***Janila Dar Zajano*** met au point une technique efficace de clonage, avec un vieillissement accéléré.

4897   –   La première armée de clones voit le jour.

4903   –   Les Lal'mans subissent de terribles défaites, ainsi que les restes de l'Alliance.

4912   –   Les Lal'mans sont totalement éradiqués par les armées de la Fédération.

4915   –   ***Janila Dar Zajano*** améliore la technique de clonage. Pour une meilleure efficacité, les clones doivent vieillir de façon naturelle.
De nouveaux centres de création sont mis en place.

■ 4918   –   *Haram* est terrifié à l'idée de la mort et d'abandonner ce qu'il a créé. Il craint que la Fédération s'écroule après sa disparition. Il ordonne à *Janila* de trouver une solution. Elle développe une méthode pour transférer une conscience dans un corps cloné du propriétaire de cet esprit.

■ 4932   –   *Haram* et les ***Decem Nobilis*** sont transférés, pour la première fois, dans leur nouveau corps.

4947   –   Le principe d'un clone tous les cinq ans pour les Decem Nobilis est mis au point.

4999   –   Une société de castes est mise en place dans la fédération Tellus.

5015   –   Premier contact avec les Yejidos et début de la guerre.

5191 — Invention du lywar, énergie servant aux armes individuelles aussi bien qu'aux canons des vaisseaux de combat.

5218 — Haram Ar Tellus fait construire une base secrète sur une planète éloignée : Wyrdar. Elle habitera ses laboratoires additionnels créant des clones des Decem, en prévision d'une catastrophe.

5592 — Sortie du livre : ***Hatama – Légendes et Vérités*** bien avant le premier contact avec les Hatamas.

5610 — Premier contact avec les Hatamas, une race reptilienne dont l'empire s'étend sur la moitié de la galaxie.

5611 — Début de la guerre contre les Hatamas : **La Guerre interminable**.

5618 — La guerre avec les Yejidos s'achève avec la destruction de leur dernier monde.

5673 — New Gaia, le monde capitale de la fédération Tellus, est détruite par les Hatamas.

5674 — Tellus découvre que la planète Terre s'est régénérée (elle avait été rendue inhabitable 2 500 ans plus tôt.
Haram Ar Tellus décide d'y implanter sa nouvelle capitale qui, désormais, s'appellera Tellus Mater.

6198 — La **Guerre interminable** s'achève par la victoire des humains. L'empire hatama a reculé et ne couvre plus qu'un quart de la galaxie.

6498 — Premier contact avec les Narolis. Tellus subit une importante défaite.

6498 — Une guerre larvée s'installe entre Tellus et les Narolis.

6500 — Un pacte de non-agression est signé entre Tellus et les Narolis.

6504 — Premier contact avec les Kraters, un peuple marchand. Un pacte de non-agression est signé, ainsi qu'un pacte commercial.

6677 — Naissance d'*Arji Tanatos*.

6691 — Le père d'*Arji Tanatos* est assassiné pour s'être opposé au gouvernement de la fédération Tellus.
Sa famille est déclassée et appartient désormais aux Bas-Citoyens.

6696 — *Arji Tanatos* travaille désormais dans les champs.
Ces derniers temps, il a des rêves étranges et accède en pensées à une entité mystérieuse : Yggdrasil.

6697 — *Arji Tanatos* découvre la puissance de ses pouvoirs mentaux.

6701 — Après des années d'accès à Yggdrasil, l'esprit d'*Arji Tanatos* se retrouve piégé à l'intérieur. Il est considéré comme étant dans le coma. Il est protégé par un de ses amis, *Zan Telavarn*, à qui il avait parlé de la Tapisserie des Mondes.

6710 — *Arji Tanatos* réussit à s'extraire d'Yggdrasil. Il a pu déchiffrer la Tapisserie des Mondes et a acquis de nombreuses connaissances.
Seulement, son évasion a créé une minuscule brèche dans le voile de la réalité.

6711 — Dans la Tapisserie des Mondes, *Arji Tanatos* a vu la destruction de l'univers. Il croit être le seul capable de l'endiguer. Aidé par *Zan Telavarn* qui croit en lui, il entame une révolte contre la fédération Tellus.
Début de la **Guerre sainte**.

6717 — *Arji Tanatos* découvre qu'il peut puiser de l'énergie dans ceux qui possèdent les mêmes dons que lui. Il est horrifié par cette possibilité.

■ 6718 — La Guerre sainte dévaste tout, repoussant les armées de Tellus. Sous l'impulsion de **Zan Telavarn**, un culte à la gloire d'**Arji Tanatos** voit le jour. Le clergé est créé avec **Zan** à sa tête.

❖ 6719 — Les rebelles s'emparent enfin de Tellus Mater. **Haram**
0 **Ar Tellus** et les **Decem Nobilis** sont tous tués.
Arji Tanatos s'installe sur le trône et devient Dieu, dirigeant de l'Imperium, un empire tout puissant. Son nom d'humain ne sera plus utilisé et sera effacé de l'Histoire.

❖ 6719 — Le Credo est écrit.
0

■ 6719 — **Haram Ar Tellus** et les **Decem Nobilis** s'installent
0 sur Wyrdar. Ils décident de garder leur existence secrète. La **coalition Tellus** est créée dans un secteur reculé de la galaxie, pas encore conquis. Elle sera dirigée par un gouvernement civil.

■ 6720 — L'année 6719 devient l'année 0 de l'**Imperium**, tout ce
1 qui précède est effacé de l'Histoire officielle.

3 — **Dieu** multiplie ses incursions dans Yggdrasil pour anticiper les attaques contre l'**Imperium**. Cela provoque l'expansion de la déchirure. Quitter la salle du trône devient douloureux.

4 — Des chantiers navals sont créés afin de produire des vaisseaux de combat.

5 — Le projet « ange » aboutit enfin.
Les scientifiques de l'Imperium (certains sont des transfuges tellusiens) créent les premiers soldats améliorés génétiquement : les **Gardes de la Foi**.

6 — Le projet « omnis » est un succès. Il s'agissait d'utiliser le matériel génétique d'êtres particuliers, ayant accès à Yggdrasil à l'image de Dieu (appelé démons). Naissance des premiers inquisiteurs.

6 — L'Imperium impose un embargo de la coalition Tellus.

7 — Les Kraters et les Narolis ne respectent pas cet embargo, provoquant des escarmouches avec les vaisseaux de l'Imperium.

8 — Les Kraters et les Narolis déclarent la guerre à l'Imperium, avec l'aide de la Coalition. L'Imperium est encore affaibli par la conquête du pouvoir, manquant de vaisseaux et de soldats.

9 — Les noms des planètes sont effacés et remplacés par un codage alphanumérique.

10 — Dieu ordonne la chasse des démons qui représentent un danger pour son pouvoir. Il a également décidé de puiser dans leur énergie vitale, car la déchirure dévore ses forces. Il ne peut plus quitter la salle du trône.

25 — Les premiers Gardes de la Foi atteignent l'âge de servir.

32 — Capitulation des Kraters.

42 — Capitulation des Narolis.

46 — Création de la première Phalange (la Phalange rouge)

83 — Projet Djin : les Gardes de la Foi sont améliorés.

102 — Conquête du secteur CrT et plus particulièrement de la planète Abamil, qui abrite des mines de ketiral.

105 — Développement du ketir, une matière nanorégénératrice qui permet la création d'armures de combat.

121 — Les Hatamas ont profité de la rébellion et de la mise en place de l'Imperium pour reconquérir leur territoire. Guerre contre les Hatamas.

205 — Trêve avec les Hatamas.

210 — Projet Séraphin : création d'officiers pour les Gardes de la Foi.

214 — Premier contact avec les X'tirnis.
L'Imperium entre en guerre.

228 — Création de la Phalange bleue.

299 — Projet Edomiel : création de Gardes de la Foi améliorés.

320 — Nouvelle guerre contre la coalition Tellus.

322 — Fin de la guerre contre la coalition Tellus.

422 — Les X'tirnis se rendent sans condition.

510 — Création des Invisibles (des inquisiteurs-espions).

582 — Conquête du système OkJ (Olima et Alima).

585 — Naissance d'**Aaron Jouplim**, officier des Gardes de la Foi – projet Séraphin.

■	589	—	Naissance de **Lan Tarni**, Garde de la Foi – projet Edomiel.
	591	—	Première révolte dans le système OkJ.
■	596	—	Naissance de **Raen Kaertan**.
	597	—	La guerre contre les Hatamas reprend.
■	598	—	Naissance de **Arun Solarin**.
	599	—	Deuxième révolte dans le système OkJ.
■	600	—	Naissance de **Leene Plaumec**.
■	601	—	Naissance du clone 461 de **Citela Dar Valara** (la mère de Nayla).
	606	—	Projet « archange » : création d'officiers améliorés pour les Gardes de la Foi, en utilisant le matériel génétique de démons.
	607	—	Reprise de la Guerre contre les Hatamas.
	608	—	La coalition Tellus profite du conflit avec les Hatamas pour attaquer.
■	609	—	Naissance de **Zan Yutez**. Naissance de **Qil Janar**. Naissance de **Devor Milar**. Naissance de **Natyl Korban**.
	610	—	Troisième révolte dans le système OkJ.
	612	—	Naissance de **Xev Tiywan**.
❖	612	—	Le Garde **Lan Tarni**, sous les ordres du capitaine Jouplim, participe à une mission sur la planète Etharh.
✿	613	—	Le Garde **Lan Tarni** affronte des bathyres avec le capitaine **Jouplim**.
✿	614	—	La formation de la promotion d'archanges à laquelle appartient **Devor Milar** commence.
■	616	—	Naissance de **Jani Qorkvin** sur Ytar.
✿	617	—	À sept ans, **Devor Milar** tue son premier homme, un scientifique qui voulait le violer.
✿	618	—	Première mission extérieure d'entraînement pour la promotion de **Devor Milar**.
✿	619	—	**Het Bara** devient inquisiteur général.
✿	619	—	Cérémonie d'attribution de nom de la promotion de **Devor Milar**.
✿	622	—	La promotion de **Devor Milar** subit la torture dans le cadre de la formation. Cela réveille des dons particuliers chez Devor.

| | 622 | – | ***Citela Dar Valara*** tue ***Darlan Dar Merador*** et s'échappe de la forteresse après ce qu'elle a vu dans la Tapisserie des Mondes. Elle arrive sur Olima et épouse ***Raen Kaertan***. |

❖ 622 – ***Citela Dar Valara*** tue ***Darlan Dar Merador*** et s'échappe de la forteresse après ce qu'elle a vu dans la Tapisserie des Mondes. Elle arrive sur Olima et épouse ***Raen Kaertan***.

❀ 624 – Mort de ***Naryl Korban*** (***Nako***).

❀ 624 – ***Leene Plaumec*** entre dans l'Armée de la Foi.

❀ 625 – ***Devor Milar*** entre à l'école d'officiers.

❀ 625 – ***Devor Milar*** : premier voyage d'élève officier à bord du Vengeur 208 de la Phalange rouge.

❀ 626 – ***Devor Milar*** : deuxième voyage d'élève officier à bord du Vengeur 208 de la Phalange rouge.

❀ 627 – Première révolte de Bekil.
Premier commandement de ***Devor Milar*** sur Bekil.

627 – Les parents de ***Soilj Valo*** sont déportés sur Xertuh.

■ 627 – Naissance de ***Soilj Valo***.

❀ 628 – ***Devor Milar*** est nommé sous-lieutenant, affecté à la phalange grise sous les ordres du colonel ***Jouplim***.

❖ 628 – ***Mutaath'Vauss*** connaît son épreuve du feu.

❀ 628 – ***Devor Milar*** sauve le colonel ***Jouplim*** au combat. Il est nommé lieutenant et prend le commandement de la troisième section de la première compagnie de la première brigade.

■ 628 – Naissance de ***Nayla Kaertan***.

✧ 628 – ***Nayla Kaertan*** émerge d'Yggdrasil, dans le passé, le jour de sa naissance. Elle se retrouve dans la forêt d'irox sur Olima. Elle y retrouve Kalan'u, endormi depuis des millénaires.

✧ 629 – ***Nayla Kaertan*** rend visite à sa mère et lui explique ce qu'elle doit faire.
Une fois revenue dans la forêt d'irox, elle s'endort dans une machine ataahuane.

❀ 629 – ***Devor Milar*** est nommé capitaine et prend le commandement de la première compagnie de la première brigade de la Phalange grise.

❀ 630 – ***Devor Milar*** rencontre ***Lan Tarni*** lors d'une mission suicide.

❀ 632 – ***Jani Qorkvin*** tombe amoureuse d'un brigand charmeur. Il la capture et la vend comme esclave.

❀ 633 – Naissance de ***Ilaryon tan Dhariwa***.

■ 633 — ***Alajaalam Jalara*** devient Grand Prêtre.

❀ 635 — ***Citela Kaertan***, la mère de ***Nayla***, meurt.

❀ 635 — ***Devor Milar*** est nommé commandant.

■ 635 — ***Jani Qorkvin*** est vendue à un contrebandier, qui tombe amoureux d'elle.

❀ 636 — ***Aaron Jouplim*** devient général des Gardes de la Foi.
Devor Milar est nommé colonel et on lui offre la toute nouvelle Phalange écarlate.

■ 636 — ***Jani Qorkvin*** tue son amant et prend le commandement de sa bande de contrebandiers.

❀ 636 — ***Devor Milar*** règle la révolte de mineurs sur Abamil et rencontre ***Leene Plaumec***.

■ 636 — Révolte d'Am'nacar, ***Jani*** y participe.
Elle tombe amoureuse du chef de la révolte Anri Gulsen, mais pour échapper à la Phalange écarlate, celui-ci la trahit. Elle réussit à s'échapper. Elle est sauvée par des paysans qui vont la vendre comme esclave.

■ 637 — ***Jani Qorkvin*** empoisonne ses bourreaux et s'échappe. Elle crée son propre groupe de contrebandiers.

■ 638 — ***Jani Qorkvin*** découvre Firni et en fait sa base.

639 — Les Hatamas capitulent et reculent dans les 15 % de la galaxie qui leur restent.

❀ 639 — Deuxième révolte de Bekil.
Tiywan est arrêté et envoyé au bagne.

❀ 639 — Le colonel ***Devor Milar*** est nommé la Main écarlate de Dieu.

❖ 639 — ***Jani Qorkvin***, lors d'une mission pour la Guilde, rencontre ***Cyath U'Arthan*** qui deviendra son bras droit.

❀ 639 — Le colonel ***Devor Milar*** capture ***Jani Qorkvin***. Il établit un contrat avec elle.

❀ 643 — Quatrième révolte dans le système OkJ, sur la planète Alima. La Phalange écarlate est envoyée pour la juguler.
Sur ordre de Dieu, ***Devor Milar*** détruit la planète.
Nayla perd connaissance, se connecte à ***Milar*** et détruit son blocage.

643 — ***Aldon Noor*** met en place la résistance sur Olima.

❖ 643 — ***Devor Milar*** intervient sur une planète attaquée par les Hatamas et rencontre ***Malk Thadees***.

❀ 643 — Après avoir rencontré Dieu sur AaA 03, **Devor Milar** reçoit une prophétie. Il s'échappe, prend l'identité de **Dane Mardon**, et demande de l'aide à **Thadees**.

❀ 643 — **Devor Milar**, sous l'identité de Mardon, arrive sur la base H515.

❀ 643 — **Nayla Kaertan** rejoint la résistance.

■ 647 — **Nayla Kaertan** commence son temps de conscription.

❖ 647 — Grâce à la mission punitive dans l'enclave sud, **Nayla Kaertan** évite un inquisiteur.

❖ 648 — La révolte commence sur RgN 07. Cet événement est considéré comme le début de la rébellion de l'Espoir.

❀ 648 — **Nayla Kaertan** arrive sur la base H515.

❀ 648 — Les soldats de H515 interviennent sur RgN 07. Cette action va déclencher l'enquête des Gardes de la Foi sur H515. **Devor Milar** est arrêté.
Il s'évade avec les autres et ils se réfugient sur Firni.

❀ 648 — Olima est libéré.
Les rebelles s'emparent du Vengeur 516.
La rébellion de l'Espoir commence.
Tellus s'immisce dans la rébellion.

❀ 648 — **Het Bara** est tué par **Ubanit** qui devient inquisiteur général à sa place.

❀ 648 — Grâce à une ruse de **Dem**, la flotte de Tellus est détruite.
Le culte de la Lumière prend de l'ampleur.

❀ 648 — La rébellion attaque la planète mère et s'empare du temple.

❀ 648 — **Nayla Kaertan** tue **Dieu**.
Devor Milar (**Dem**) est tué.

❀ 648 — **Nayla Kaertan** s'installe sur le trône.
La **République de la Lumière** est proclamée.
Instauration de la **religion de la Lumière**.

❀ 648 — **Dem** est ressuscité par Yggdrasil. Il est envoyé à Sinfin sans que **Nayla** soit au courant.

■ 649 — **Mylera** demande à être affectée ailleurs. Elle arrive sur la base d'Alphard.

  649 — Les Hatamas attaquent la République, mais ils sont vaincus.

■ 650 — **Do Jholman** accepte le commandement du Jarcar.

❖ 651 — **Leene Plaumec** accepte une mission sur Abamil. Elle y retrouve **Jani Qorkvin** et accepte de l'aider contre la République. Elle se fait muter sur la planète Yiria.

☼	652	—	Le père d'***Ilaryon tan Dhariwa*** est exécuté par la religion de la Lumière. ***Ilaryon*** est envoyé à Sinfin. Il s'évade en compagnie d'un étrange prisonnier : le Brûlé (***Dem***).
☼	652	—	***Dem***, ***Jani*** et ***Leene*** créent le Maquis.
☼	652	—	***Dem*** retrouve ***Nayla*** dans le temple sur la Planète mère.
☼	652	—	La flotte hatama détruit la flotte de la République, mais est à son tour détruite par la flotte tellusienne. Le capitaine ***Do Jholman*** est capturé par les Hatamas.
☼	652	—	***Haram Ar Tellus*** revient sur la Planète mère. Il épouse ***Nayla Kaertan***, un mariage blanc et politique.
☼	652	—	***Darlan Dar Merador*** détruit Kanade pour détruire les dépositaires.
☼	652	—	***Jani Qorkvin*** est tuée par Ilaryon sur une planète du territoire hatama à l'occasion d'une mission pour le compte de ***Nayla***.
☼	652	—	Tellus s'empare du pouvoir. ***Dem*** s'échappe à bord du *Némésis*. ***Nayla*** affronte le Chaos et s'échappe physiquement au cœur d'Yggdrasil. Elle va y modifier le passé et l'avenir selon des milliers de combinaisons sans pouvoir empêcher l'Aldarrök.
☼	652	—	***Do Jholman*** réussit à convaincre l'amiral ***Caiar'Jaali*** de la réalité de la menace. ***Dem*** et ***Serdar*** signent un pacte entre eux, puis ils s'allient avec l'amiral ***Jaali***.
☼	652	—	Complètement possédé par le Chaos, ***Ilaryon*** s'empare de Wyrdar et tue tous les ***Decem Nobilis*** ainsi que tous leurs clones. Seuls des vieux clones de ***Citela*** et de ***Darlan*** arrivent à s'échapper.
☼	652	—	Mort de ***Marthyn Dar Khaman***, tué par un serpent d'ombre.
☼	652	—	***Serdar*** conquiert la planète mère. ***Haram*** et les ***Decem Nobilis*** sont tués par la vieille ***Citela***. Seuls survivent le vieux ***Darlan*** et la ***Citela*** actuelle.
☼	652	—	***Nayla*** et ***Dem*** se sacrifient pour détruire le nexus avec l'aide de ***One***.
☼	652	—	One tue le vieux ***Darlan*** et disparaît.
☼	652	—	Création **Confédération des Planètes Unies** et ***Leene Plaumec*** est nommée chef du gouvernement de reconstruction. Elle fait la paix avec tous les peuples de la galaxie.

✿ 657   –   Discours des cinq ans de la Confédération.

❖ Date inconnue   –   One, après un voyage interminable, arrive dans la galaxie du Grand Chien. Il y trouve les restes d'une civilisation où des intelligences autonomes ont tout détruit avant de s'éteindre à leur tour. Il n'est plus seul.

Remerciements

« Destins tissés » est bien plus qu'un simple recueil de nouvelles. C'est une célébration, un adieu, et un cadeau. C'est un adieu à l'univers de La Tapisserie des Mondes. Cet univers m'a habitée et guidée pendant tant d'années qu'il est difficile de l'abandonner. C'est aussi un cadeau pour vous, mes lectrices et mes lecteurs. Sans vous, ce voyage aurait été bien solitaire.

Je tiens tout d'abord à exprimer ma gratitude infinie à ceux qui m'ont accompagnée dans cette aventure créative.

À Ymir et Maxime. Leurs illustrations ont donné vie à mes mondes.

À mes bêta-lectrices et mes bêta-lecteurs. Ils ont scruté chaque ligne avec une attention et une bienveillance admirable. Vous avez été mes éclaireurs, mes critiques et mes alliés. Grâce à vos yeux et vos esprits, les fils de cette Tapisserie ont été tissés plus solidement. Merci, Anne-Laure, Bertrand, Cécile, Chantal, Pauline, Françoise, Guillaume, Marie-Laure, Philippe et Thierry.

À mes correcteurs (Philippe et Hélène). Leur patience et leur précision ont permis à ces histoires de briller sans se laisser alourdir par les petites maladresses de l'écriture.

Enfin, et surtout, je remercie vous, mes lectrices et mes lecteurs. La Tapisserie des Mondes vous appartient. À chaque page que vous avez tournée, à chaque personnage que vous avez aimé (ou détesté), à chaque monde dans lequel vous avez plongé, vous avez donné vie à ces récits. Vous êtes la raison pour laquelle ces histoires existent, et c'est à vous que ce recueil est dédié.

Ce recueil est une fin, mais comme vous le savez, j'aime les fins ouvertes. Les fils de la Tapisserie des Mondes continueront à vibrer à travers vos souvenirs, vos réflexions, et, je l'espère, vos rêves. Les adieux sont parfois nécessaires pour que de nouveaux récits voient le jour.

Alors, à vous qui avez partagé cette aventure, merci de tout cœur. Merci pour vos regards, vos mots, vos encouragements. Merci d'avoir été là.

Avec toute ma gratitude,

Myriam

De la même auteure

La Tapisserie des Mondes

Plus brillantes sont les étoiles (Prélude)

L'humanité progresse dans l'espace depuis plus d'un siècle, déjà, s'implantant sur chaque planète habitable, au détriment des civilisations qu'elle rencontre. Le profit à tout prix est devenu la seule idéologie des Terriens, depuis la prise de pouvoir du Triumvirat.

Ava embarque à bord du C.S. Marco Polo, cargo de la flotte commerciale, sous les ordres du capitaine Bligh. Cette dernière, ancienne héroïne de guerre, doit conduire le vaisseau jusqu'à une planète paradisiaque, occupée par un peuple vivant en harmonie avec la nature. Elle devra composer avec un équipage récalcitrant et surmonter les nombreux dangers qui ponctueront ce long périple.

Ce voyage se révélera, pourtant, bien plus important que les deux femmes ne l'auraient jamais imaginé.

✦ ✦ ✦

Yggdrasil – La trilogie (Premier cycle)

Une dictature religieuse et militaire règne sur la galaxie. L'armée sainte, fanatiquement dévouée à la cause de celui qui se fait appeler Dieu, élimine impitoyablement ceux qui refusent de suivre les préceptes de la religion. Pourtant, les hérétiques propagent les paroles d'une prophétie annonçant qu'un Espoir va se lever et libérer l'univers.

Tourmentée par de terribles cauchemars prémonitoires, Nayla Kaertan arrivera-t-elle à échapper à l'Inquisition qui traque sans relâche ceux qui, comme elle, ont des dons étranges ? Doit-elle craindre son supérieur, un homme mystérieux, qui semble posséder des pouvoirs surnaturels ?

Aura-t-elle la force d'affronter son destin ?

Tome 1 – La prophétie
Tome 2 – La rébellion
Tome 3 – L'Espoir

✦ ✦ ✦

Aldarrök – La trilogie (Deuxième cycle)

Trois ans plus tôt, la rébellion a renversé l'Imperium. Après la chute de la dictature, l'irrésistible vent de liberté qui s'était répandu dans la galaxie s'est essoufflé. La République a imposé sa loi et une nouvelle religion, dirigée par des fanatiques, a remplacé l'ancienne.

Ilaryon a refusé de plier devant ceux qui ont exécuté son père. Envoyé à Sinfin, le pire bagne de la galaxie, le jeune homme devient très vite la proie d'autres prisonniers. Un homme étrange va s'interposer. Ce prisonnier défiguré, souffre-douleur des gardes, s'accroche à la vie avec obstination depuis trois longues années.

Les révélations du nouveau venu vont-elles réveiller celui qu'était le Brûlé autrefois ?

Tome 1 – Le chant du chaos
Tome 2 – À paraître
Tome 3 – À paraître

✦ ✦ ✦

Abri 19

Il y a onze ans, un mystérieux brouillard a recouvert la Terre. Les scientifiques n'ont pas réussi à l'endiguer ou même, à l'expliquer. Les gouvernements du monde se sont résignés à préserver une partie de la population en l'enfermant dans des bases secrètes.

Lorsqu'un accident survient dans l'abri 19, Liam doit faire un choix. Respecter les lois de l'abri ou sauver la vie de sa sœur et risquer l'exil dans un monde dévasté.

✦ ✦ ✦

Les Larmes des Aëlwynns — Le prince déchu

À la fin de l'ère du chaos, les Aëlwynns ont offert aux hommes une pierre permettant de contrôler la magie et depuis, la paix règne sur le royaume d'Ysaldin. Alors que ce fragile équilibre est menacé par la malnoire, le roi accuse les mages de faciliter la propagation de cette maladie mystérieuse et les déclare hors la loi.

Ignorant tout du danger qui guette ses semblables, Adriel se prépare à devenir mage à part entière, conscient que cette épreuve peut lui coûter la vie.

Au nord du royaume, le mercenaire Kenan est pris pour cible par de mystérieux mages noirs.

Au même moment, dans une vallée isolée, Elyne découvre que son fils est atteint de la malnoire. Osera-t-elle braver le décret royal pour le sauver ?

Et si le sort du royaume dépendait des décisions de ces trois personnes aux objectifs si différents ?

Tome 1 – Le prince déchu
Tome 2 – Le dernier mage
Tome 3 – La déesse sombre

✦ ✦ ✦

Le chat qui ne dormait jamais

Quand Minuit, un mystérieux chat aux yeux dorés, est accueilli dans la famille Guevel, personne ne s'attend à ce qu'il devienne bien plus qu'un simple animal de compagnie. Dans cette maison bretonne où tensions et silences s'accumulent, le félin se fait tour à tour confident, gardien et présence rassurante.

Pour Chloé, la petite fille sensible et rêveuse, Minuit est un ami qui semble comprendre ses peurs et ses joies. Mais plus le temps passe, plus une question la hante : pourquoi Minuit ne dort-il pas ? Est-il vraiment un simple chat, ou cache-t-il un secret inattendu ?

Entre les non-dits, les tourments adolescents de Lucas et la fatigue silencieuse d'Élodie, « Le chat qui ne dormait jamais » explore avec tendresse les liens fragiles, mais puissants, qui unissent les membres d'une famille en quête de réconfort.

Un livre plein de tendresse avec une touche de surnaturel.

✦ ✦ ✦

À Propos de l'Auteure

Depuis toujours, Myriam Caillonneau est fascinée par les livres et par ces récits qui transportent le lecteur loin de son quotidien.

Néanmoins, elle choisit la carrière militaire, sans perdre sa passion pour l'imaginaire.

L'envie d'écrire ne cesse de la hanter et elle décide d'utiliser son expérience pour créer un *space opera*, Yggdrasil. En 2019, elle se consacre pleinement à sa vie d'auteure et s'installe dans le Finistère.

Elle aime explorer l'âme humaine, le libre arbitre s'opposant à la destinée, la rédemption de ses héros, la lutte contre le totalitarisme et l'acceptation de la différence.

Vous pouvez me contacter :

— soit sur mon site : https://www.myriamcaillonneauauteure.com/

— soit à cette adresse mail : myriam.caillonneau@gmail.com

Éditeur

Éditions Myriam Caillonneau
Myriam.caillonneau@gmail.com

Imprimé par Kindle Direct Publishing
Impression à la demande

ISBN : 979-10-95740-32-2

Dépôt légal : avril 2025

9 791095 740322